爱的信仰

MINGJIA MINGPIAN JINGDIAN YUEDU

名家名篇经典阅读

《开学第一课》编写组 编

时代文艺出版社

图书在版编目（CIP）数据

爱的信仰/《开学第一课》编写组编. —2版. —长春：时代文艺出版社，2016.1
（开学第一课）
ISBN 978-7-5387-5035-5

Ⅰ.①爱… Ⅱ.①开… Ⅲ.①世界文学—作品综合集 Ⅳ.①I11

中国版本图书馆CIP数据核字（2015）第286693号

出 品 人　陈　琛
产品总监　郭力家
责任编辑　付　娜
装帧设计　孙　利
排版制作　尹　爽

本书著作权、版式和装帧设计受国际版权公约和中华人民共和国著作权法保护
本书所有文字、图片和示意图等专有使用权为时代文艺出版社所有
未事先获得时代文艺出版社许可，
本书的任何部分不得以图表、电子、影印、缩拍、录音和其他任何手段
进行复制和转载，违者必究。

爱的信仰

《开学第一课》编写组 编

出版发行/时代文艺出版社
地址/长春市泰来街1825号　时代文艺出版社　邮编/130011
总编办/0431-86012927　发行部/0431-86012957　北京开发部/010-63108163
网址/www.shidaicn.com
印刷/北京天正元印务有限公司
开本/710mm×1000mm　1/16　字数/178千字　印张/12
版次/2016年1月第2版　印次/2017年10月第2次印刷　定价/29.90元

图书如有印装错误　请寄回印厂调换

目 录
CONTENTS

汉赛尔与格莱特……………………… [德] 格林兄弟 / 001
阿拉丁和神灯的故事……… 节选自《一千零一夜》/ 010
大拇哥游记…………………………… [德] 格林兄弟 / 086
孝心无价………………………………………… 毕淑敏 / 090
相　　片………………………………………… 冰　心 / 092
一寸光阴不可轻………………………………… 季羡林 / 104
梦　　神………………………………… [丹麦] 安徒生 / 106
上　　学………………………………………… 老　舍 / 117
我的儿子是一个艺术家………………………… 孙淑芸 / 122
动物纪念碑……………………………………… 周鼎明 / 125
刽子手与断头台………………………………… 王家宝 / 128
真有狼孩吗………………………… [德] 赫尔施梅克 / 132
相信自己……………………………… [美] 爱默生 / 137
妹妹的咏叹调…………………………………… 唐凤楼 / 139
世界上最富的人…………… [哥伦比亚] 马克·贝那尔德斯 / 143
爷爷的毡靴…………………………… [苏联] 普里什文 / 149
过夜的小客人………………………… [美] 麦根·扎拉森 / 152

为我唱支歌……………………[英] 阿瑟·米尔沃德文 / 154
爱因斯坦教我欣赏音乐……[美] 杰罗姆·威德曼 / 157
大桥天使…………………………[美] 约翰·济佛 / 161
一位母亲给女儿的信……[美] 帕特里夏·歇洛克 / 165
埃歇尔的世界……………[荷兰] 布律诺·埃斯特 / 167
西风不相识………………………………三 毛 / 170
美丽人生…………………………………余志刚 / 185

汉赛尔与格莱特

[德] 格林兄弟

在大森林的边上，住着一个贫穷的樵夫，他妻子和两个孩子与他相依为命。他的儿子名叫汉赛尔，女儿名叫格莱特。他们家里原本就缺吃少喝，而这一年正好遇上国内物价飞涨，樵夫一家更是吃了上顿没下顿，连每天的面包也无法保证。这天夜里，愁得辗转难眠的樵夫躺在床上大伤脑筋，他又是叹气，又是呻吟。终于他对妻子说："咱们怎么办哪！自己都没有一点儿吃的，又拿什么去养咱们那可怜的孩子啊？"

"听我说，孩子他爹，"他老婆回答道，"明天大清早咱们就把孩子们带到远远的密林中去，在那儿给他们生一堆火，再给他们每人一小块面包，然后咱们就假装去干咱们的活，把他们单独留在那儿。他们不认识路，回不了家，咱们就不用再养他们啦。"

"不行啊，老婆，"樵夫说，"我不能这么干啊。我怎么忍心把我的孩子丢在丛林里喂野兽呢！"

"哎，你这个笨蛋，"他老婆说，"不这样的话，咱们四个全都得饿死！"接着她又叽里呱啦、没完没了地劝他，最后，他也就只好默许了。

那时两个孩子正饿得无法入睡，正好听见了继母与父亲的全部对话。听见继母对父亲的建议，格莱特伤心地哭了起来，她对汉赛尔说："这下咱俩可全完了。"

"别吱声，格莱特，"汉赛尔安慰她说，"放心吧，我会有办法的。"

等两个大人睡熟后，他便穿上外衣，打开后门偷偷溜到了房外。这时月色正明，皎洁的月光照得房前空地上的那些白色小石子闪闪发光，就像是一块块银币。汉赛尔蹲下身，尽力往外衣口袋里塞满白石子。然后他回屋对格莱特说:"放心吧,小妹,你只管好好睡觉就是了,上帝会与我们同在的。"说完,他回到了他的小床上睡觉。

天刚破晓,太阳还未跃出地平线,那个女人就叫醒了两个孩子,"快起来,快起来,你们这两个懒虫!"她嚷道,"我们要进山砍柴去了。"说着,她给一个孩子一小块面包,并告诫他们说:"这是你们的午饭,可别提前吃掉了,因为你们再也甭想得到任何东西了。"格莱特接过面包藏在她的围裙底下,因为汉赛尔的口袋里这时塞满了白石子。

随后,他们全家就朝着森林进发了。汉赛尔总是走一会儿便停下来回头看看自己的家,走一会儿便停下来回头看自己的家。他的父亲见了便说:"汉赛尔,你老是回头瞅什么?专心走你的路。"

"哦,爸爸,"汉赛尔回答说,"我在看我的白猫呢,它高高地蹲在屋顶上,想跟我说'再见'呢!"

"那不是你的小猫,小笨蛋,"继母说,"那是早晨的阳光照在烟囱上。"其实汉赛尔并不是真的在看小猫,他是悄悄地把亮亮的白石子从口袋里掏出来,一粒一粒地丢在走过的路上。

到了森林的深处,他们的父亲对他们说:"嗨,孩子们,去拾些柴火来,我给你们生一堆火。"

汉赛尔和格莱特拾来许多枯枝,把它们堆得像小山一样高。当枯枝点着了,火焰升得老高后,继母就对他们说:"你们两个躺到火堆边上去吧,好好待着,我和你爸爸到林子里砍柴。等一干完活,我们就来接你们回家。"

于是汉赛尔和格莱特坐在火堆旁边,等他们的父母干完活再来接他们。到了中午时分,他们就吃掉了自己的那一小块面包。因为一直能听见斧子砍树的嘭嘭声,他们相信自己的父亲就在近旁。其实他们听见的根本就不是斧子发出的声音,那是一根绑在一棵小树上的枯枝,在风的吹动下撞在树干上发出来的声音。兄妹俩坐了好久好久,疲倦得上眼皮和下眼皮都打起架来了。没多久,他们俩就呼呼睡着了,等他们从梦中醒来时,已是漆黑的夜晚。格莱特害怕得哭了起来,说:"这下咱们找不到出森林的路了!"

"别着急,"汉赛尔安慰她说,"等一会儿月亮出来了,咱们很快就会找到出森林的路。"

不久,当一轮满月升起来时,汉赛尔就拉着他妹妹的手,循着那些月光下像银币一样在地上闪闪发光的白石子指引的路往前走。他们走了整整一夜,在天刚破晓的时候回到了他们父亲的家门口。他们敲敲门,来开门的是他们的继母。她打开门一见是汉赛尔和格莱特,就说:"你们怎么在森林里睡了这么久,我们还以为你们不想回家了哪!"

看到孩子,父亲喜出望外,因为冷酷地抛弃两个孩子,他心中十分难受。

他们一家又在一起艰难地生活了。但时隔不久,又发生了全国性的饥荒。一天夜里,两个孩子又听见继母对他们的父亲说:"哎呀!能吃的都吃光了,就剩这半个面包,你看以后可怎么办啊?咱们还是得减轻负担,必须把两个孩子给扔了!这次咱们可以把他们带进更深、更远的森林中去,叫他们再也找不到路回来。只有这样才能挽救我们自己。"

听见妻子又说要抛弃孩子,樵夫心里十分难过。他心想,大家同甘共苦,共同分享最后一块面包不是更好吗?但是像天下所有的男人一样,对一个女人说个"不"字那是太难太难了,樵夫也毫不例外。就像是"谁套上了笼头,谁就必须得拉车"的道理一样,樵夫既然对妻子做过第一次让步,当然就必然有第二次让步了,他也就不再反对妻子的建议了。

然而,孩子们听到了他们的全部谈话。等父母都睡着后,汉赛尔又从床上爬了起来,想溜出门去,像上次那样,到外边去捡些小石子,但是这次他发现门让继母给锁死了。但他心里又有了新的主意,他又安慰他的小妹妹说:"别哭了,格莱特,不用担心,好好睡觉。上帝会帮助咱们的。"

一大清早,继母就把孩子们从床上揪了下来。她给了他们每人一块面包,可是比上次那块要小多了。

在去森林的途中,汉赛尔在口袋里捏碎了他的面包,并不时地停下脚步,把碎面包屑撒在路上。

"汉赛尔,你磨磨蹭蹭地在后面看什么?"他的父亲见他老是落在后面就问他。

"我在看我的小鸽子,它正站在屋顶上'咕咕咕'地跟我说再见呢。"汉赛尔回答说。

"你这个白痴,"他继母叫道,"那不是你的鸽子,那是早晨的阳光照在烟囱上面。"但是汉赛尔还是在路上一点一点地撒下了他的面包屑。

继母领着他们走了很久很久,来到了一个他们从未到过的森林中。像上次一样,又生起了一大堆火,继母又对他们说:"好好待在这儿,孩子们,要是困了就睡一觉,我们要到远点儿的地方去砍柴,干完活我们就来接你们。"

到了中午,格莱特把她的面包与汉赛尔分来吃了,因为汉赛尔的面包已经撒在路上了。然后,他们俩又睡着了。一直到了半夜,仍然没有人来接这两个可怜的孩子,他们醒来已是一片漆黑。汉赛尔安慰他的妹妹说:"等月亮一出来,我们就看得见我撒在地上的面包屑了,它们一定会指给我们回家的路。"

但是当月亮升起来时,他们在地上却怎么也找不到一点儿面包屑了,原来它们都被那些在树林里、田野上飞来飞去的鸟儿一点点地啄食了。

虽然汉赛尔也有些着急了,但他还是安慰妹妹说:"我们一定能找到路的,格莱特。"

但他们没有能够找到路,虽然他们走了一天一夜,可就是出不了森林。他们已经饿得头昏眼花,因为除了从地上找到的几颗草莓,他们没吃什么东西。这时他们累得连脚都迈不动了,倒在一棵树下就睡着了。

这已是他们离开父亲家的第三天早晨了,他们深陷丛林,已经迷路了。如果再不能得到帮助,他们必死无疑。就在这时,他们看到了一只通体雪白的、极其美丽的鸟儿站在一根树枝上引吭高歌,它唱得动听极了,他们兄妹俩不由自主地停了下来,听它唱。它唱完了歌,就张开翅膀,飞到了他们的面前,好像示意他们跟它走。他们于是就跟着它往前走,一直走到了一幢小屋的前面,小鸟停到小屋的房顶上。他俩这时才发现小屋居然是用香喷喷的面包做的,房顶上是厚厚的蛋糕,窗户却是明亮的糖块。

"让我们放开肚皮吧,"汉赛尔说,"这下我们该美美地吃上一顿了。我要吃一小块房顶,格莱特,你可以吃窗户,它的味道肯定美极了、甜极了。"

说着，汉赛尔爬上去掰了一小块房顶下来，尝着味道。格莱特却站在窗前，用嘴去啃那个甜窗户。这时，突然从屋子里传出一个声音："啃啊！啃啊！啃啊啃！谁在啃我的小房子？"

孩子们回答道："是风啊，是风，是天堂里的小娃娃。"

他们边吃边回答，一点儿也不受干扰。

汉赛尔觉得房顶的味道特别美，便又拆下一大块来；格莱特也干脆抠下一扇小圆窗，坐在地上慢慢享用。突然，房子的门打开了，一个老婆婆拄着拐杖颤颤巍巍地走了出来。汉赛尔和格莱特吓得双腿打战，拿在手里的食物也掉到了地上。

那个老婆婆晃着她颤颤巍巍的头说："好孩子，是谁带你们到这儿来的？来，跟我进屋去吧，这儿没人会伤害你们！"

她说着就拉着兄妹俩的手，把他们领进了她的小屋，并给他们准备了一顿丰盛的晚餐，有牛奶、糖饼、苹果，还有坚果。等孩子们吃完了，她又给孩子们铺了两张白色的小床，汉赛尔和格莱特往床上一躺，马上觉得是进了天堂。

其实这个老婆婆是笑里藏刀，她的友善只是伪装给他们看的，她实际上是一个专门引诱孩子上当的邪恶的巫婆，她那幢用美食建造的房子就是为了让孩子们落入她的圈套。一旦哪个孩子落入她的魔掌，她就杀死他，把他煮来吃掉。这个巫婆的红眼睛视力不好，看不远，但是她的嗅觉却像野兽一样灵敏，老远老远她就能嗅到人的味道。汉赛尔和格莱特刚刚走近她的房子她就知道了，高兴得一阵狂笑，然后就冷笑着打定了主意："我要牢牢地抓住他们，决不让他们跑掉。"

第二天一早，还不等孩子们醒来，她就起床了。看着两个小家伙那红扑扑、圆滚滚的脸蛋，她忍不住口水直流："好一顿美餐哪！"说着她便抓住汉赛尔的小胳膊，把他扛进了一间小马厩，并用栅栏把他锁了起来。汉赛尔在里面大喊大叫，可是毫无用处。然后，老巫婆走过去把格莱特摇醒，冲着她吼道："起来，懒丫头！快去打水来替你哥哥煮点儿好吃的。他关在外面的马厩里，我要把他养得白白胖胖的，然后吃掉他。"

格莱特听了伤心得大哭起来，可她还是不得不按照那个老巫婆的吩咐去干活。于是，汉赛尔每天都能吃到许多好吃的，而可怜的格莱特每天却只有螃蟹壳吃。每天早晨，老巫婆都要颤颤巍巍地走到小马厩去喊汉赛尔："汉赛尔，把你的手指头伸出来，让我摸摸你长胖了没有！"可是汉赛尔每次都是伸给她一根啃过的小骨头，老眼昏花的老巫婆，根本就看不清楚，她还真以为是汉赛尔的手指头呢！她心里感到非常纳闷，怎么汉赛尔还没有长胖一点儿呢？

又过了四个星期，汉赛尔还是很瘦的样子。老巫婆失去了耐心，便扬言她不想再等了。

"过来，格莱特，"她对小女孩吼道，"快点儿去打水来！管他是胖还是瘦，明天我一定要杀死汉赛尔，把他煮来吃了。"

可怜的小妹妹被逼着去打水来准备煮她的哥哥，一路上她伤心万分，眼泪顺着脸颊一串一串地往下掉！"亲爱的上帝，请帮帮我们吧！"她呼喊道，"还不如当初在森林里就被野兽吃掉，那我们总还是死在一起的啊！"

趁老巫婆离开一会儿，可怜的格莱特瞅准机会跑到汉赛尔身边，把她所听到的一切都告诉他："我们要赶快逃跑，因为这个老太婆是个邪恶的巫婆，她要杀死我们哩。"

可是汉赛尔说："我知道怎么逃出去，因为我已经把插销给弄开了。不过，你首先得去把她的魔杖和挂在她房间里的那根笛子偷来，这样万一她追来，我们就不怕她了。"

等格莱特好不容易把魔杖和笛子都偷来之后，两个孩子便逃跑了。

这时，老巫婆走过来看她的美餐是否弄好了，发现两个孩子却不见了。虽说她的眼睛不好，可她还是从窗口看到了那两个正在逃跑的孩子。

她勃然大怒，赶紧穿上她那双一步就能走上几码远的靴子，不多一会儿就要赶上那两个孩子了。格莱特眼看老巫婆就要追上他们了，便用她偷来的那根魔杖把汉赛尔变成了一个湖泊，而把她自己变成了一只在湖泊中游来游去的小天鹅。老巫婆来到湖边，往湖里扔了些面包屑想骗那只小天鹅上当。可是小天鹅就是不过来，最后老巫婆只好空着手回去了。

见到老巫婆走了，格莱特便用那根魔杖又把自己和汉赛尔变回了原来的模样。然后，他们又继续赶路，一直走到天黑。

很快，老巫婆又追了上来。

这时，小姑娘把自己变成了山楂树篱笆中的一朵玫瑰，于是汉赛尔便在这朵玫瑰的旁边坐了下来变成一位笛手。

"吹笛子的好心人，"老巫婆说，"我可以摘下那朵漂亮的玫瑰花吗？"

"哦，可以。"汉赛尔说。

于是，非常清楚那朵玫瑰是什么的老巫婆快步走向树篱想飞快地摘下它。就在这时，汉赛尔拿出他的笛子，吹了起来。

这是一根魔笛，谁听了这笛声都会不由自主地跳起舞来。所以那老巫婆不得不随着笛声一直不停地旋转起来，再也摘不到那朵玫瑰了。汉赛尔就这样不停地吹着，直吹到那些荆棘把巫婆的衣服刮破，并深深地刺到她的肉里，直刺得她哇哇乱叫。最后，老巫婆被那些荆棘给牢牢地缠住了。

这时，格莱特又恢复了自己的原形，和汉赛尔一块儿往家走去。走了长长的一段路程之后，格莱特累坏了。于是他们便在靠近森林的草地上找到了一棵空心树，就在树洞里躺了下来。就在他们睡着的时候，那个好不容易从荆棘丛中脱身出来的老巫婆又追了上来。她一看到自己的魔杖，就得意地一把抓住它。然后，立刻把可怜的汉赛尔变成了一头小鹿。

格莱特醒来之后，看到所发生的一切，伤心地扑到那头可怜的小动物身上哭了起来。这时，泪水也从小鹿的眼睛里不停地往下流。

格莱特说："放心吧，亲爱的小鹿，我绝不会离开你。"

说着，她就取下她那长长的金色项链戴到他的脖子上，然后又扯下一些灯芯草把它编成一条草绳，套住小鹿的脖子，无论她走到哪儿，她都把这头可怜的小鹿带在身边。

终于，有一天他们来到了一个小屋前。格莱特看到这间小屋没有人住，便说："我们就在这儿住下吧。"

她采来了很多树叶和青苔替小鹿铺了一张柔软的小床。每天早上，她便出去采摘一些坚果和浆果来充饥，又替她的哥哥采来很多树叶和青草。

她把树叶和青草放在自己的手中喂小鹿，而那头小鹿就在她的身旁欢快地蹦来蹦去。到了晚上，格莱特累了，就会把头枕在小鹿的身上睡觉。要是可怜的汉赛尔能够恢复原形，那他们的生活该有多幸福啊！

他们就这样在森林里生活了许多年，这时，格莱特已经长成了一个少女。有一天，刚好国王到这儿来打猎。当小鹿听到在森林中回荡的号角声、猎狗汪汪的叫声以及猎人们的大喊声时，忍不住想去看看是怎么回事。"哦，妹妹，"他说，"让我到森林里去看看吧，我再也不能待在这儿了。"他不断地恳求着，最后她只好同意让他去了。

"可是，"她说，"一定要在天黑之前回来。我会把门关好不让那些猎人们进来。如果你敲门并说：'妹妹，让我进来。'我就知道是你回来了。如果你不说话，我就把门紧紧地关住。"

于是小鹿便一蹦一跳地跑了出去。当国王和他的猎人们看到这头美丽的小鹿之后，便来追赶他，可是他们怎么也逮不着他，因为当他们每次认为自己快要抓住他时，他都会跳到树丛中藏起来。

天黑了下来，小鹿便跑回了小屋，他敲了敲门说："妹妹，让我进来吧！"于是格莱特便打开了门，他跳了进来，在他那温软的床上美美地睡了一觉。

第二天早上，围猎又开始了。小鹿一听到猎人们的号角声，他便说："妹妹，替我把门打开吧。我一定要出去。"

国王和他的猎人们见到这头小鹿，马上又开始了围捕。他们追了他一整天，最后终于把他给围住了，其中一个猎人还射中了他的一条腿。他一瘸一拐地好不容易才逃回了家中。那个射伤了他的猎人跟踪着他，听到了这头小鹿说："妹妹，让我进来吧。"还看到了那扇门开了，小鹿进去后很快又关上了。于是这个猎人就回去向国王禀报了他的所见所闻。国王说："那明天我们再围捕一次吧。"

当格莱特看到她那亲爱的小鹿受伤了，感到非常害怕。不过，她还是替他把伤口清洗得干干净净，敷上了一些草药。第二天早上，那伤口竟已经复原了。当号角再次吹响的时候，那小东西又说："我不能待在这儿，我必须出去看看。我会多加小心，不会让他们抓住我的。"

可是格莱特说："我肯定他们这一次会杀死你的，我不让你去。"

"如果你把我关在这儿的话，那我会遗憾而死。"他说。格莱特不得不让他出去，她心情沉重地打开门，小鹿便又欢快地向林中奔去。

国王一看到小鹿，便大声下令："你们今天一定要追到他，可你们谁也不许伤害他。"

然而，太阳落山的时候，他们还是没能抓住他。于是国王对那个曾经跟踪过小鹿的猎人说："那么现在领我去那个小屋吧。"

于是他们来到了小屋前，国王敲了敲门，并且说："妹妹，让我进来吧。"

门儿打开之后，国王走了进去，只见房子里站着一个他生平见过的最美丽的少女。

当格莱特看到来者并非是她的小鹿而是一位戴着皇冠的国王时，感到非常害怕。可是国王非常友善地拉着她的手，并说："你愿意和我一起到我的城堡去，做我的妻子吗？"

"是的，"格莱特说，"我可以和你一起去你的城堡，可是我不能成为你的妻子，因为我的小鹿必须和我在一起，我不能和他分开。"

"那好吧，"国王说，"他可以和你一起去，永远都不离开你，并且他想要什么就会有什么。"

正在这时，小鹿跳了进来。于是格莱特把草绳套在他的脖子上，他们便一起离开了小屋。

国王把小格莱特抱上他的高头大马之后，就朝着他的王宫跑去。那头小鹿也欢快地跟在他们后面。一路上，格莱特告诉了国王有关她的一切，国王认识那个老巫婆，便派人去把她叫来，命令她恢复小鹿的人形。

当格莱特看到他亲爱的哥哥又恢复了原形，她非常感激国王，便欣然同意嫁给他。他们就这样幸福地生活着，汉赛尔也成了国王的王公大臣。

阿拉丁和神灯的故事

节选自《一千零一夜》

相传在古时候，中国西部的某城市里，有一户家境贫寒、以缝纫为职业的人家，男主人名叫穆司塔法，他与老伴相依为命，膝下只有一个独生子，名叫阿拉丁。

阿拉丁生性贪玩，他游手好闲，从不学好，是个地地道道的小淘气鬼。

老两口一心一意盼着儿子学缝纫，以便将来能继承父业，并以此谋生度日。因为他们家境不好，没有多余的钱供阿拉丁读书或去学徒，更不可能让他去做生意。

但是，阿拉丁贪玩成性，从不愿意安心待在铺中缝纫，总是跑出去找本地区那些贫穷、调皮的孩子们游玩鬼混，成天不回家。阿拉丁对此已习以为常，无论劝导、鞭打都不起作用。他既不听父母的话，为继承父业学好缝纫，也不肯学搞经营做买卖的本领，就这样一天天混了下去。他父母认为他的前途实在不堪设想，令人担心。

眼见儿子这种不成才的行为，穆司塔法大失所望，悲愤交集。在阿拉丁十岁那年，他父亲终因忧郁成疾，一命呜呼了。

阿拉丁不但不因为父亲之死而内疚，改变他懒惰放荡的性格，反而认为父亲一死，自己再也不会受到严格的约束和管教了，因此就更加放荡不羁，越发懒散堕落，继续过浪荡生活。

他母亲看到自己的儿子不成器，半点儿希望都没有了，深感前途渺茫，不得已，只好把裁缝铺里的什物全都卖掉了，然后以纺线为业。可怜不幸的母亲，起早贪黑，靠纺线谋生度日，还要养活那不务正业的淘气儿子。就这样一直把他拉扯到十五岁。

这一天,阿拉丁同往常一样,正与本地区一群与他一样不务正业的孩子们在一起无聊地玩耍时,一个远道而来、看上去像一个修道士模样的外地人,来到他们身边,他站在一旁,若有所思地打量着这群孩子。后来他的注意力集中在阿拉丁身上。他仔细地盯着阿拉丁,细心观察、研究阿拉丁。最后他暗自忖道:"哦,他就是我所需要的那个孩子。"

原来,此人是从非洲摩洛哥长途跋涉到这里来的。他是摩尔族人,专搞魔法,精通魔术,并且擅长占星学。他长期以来,孜孜不倦地钻研这类歪门邪道,已达到炉火纯青的地步,终于成为一位名副其实的魔法师。如今,他不惜离乡背井,不畏艰险地旅行到此地,当然是有其目的的。

魔法师从他们中拉起了一个孩子到一旁,向他打听了阿拉丁的情况后,便走到阿拉丁身旁,拉着他说道:"我的孩子,你大概是裁缝穆司塔法的儿子吧?"

"不错。不过,我父亲五年前就去世了。"

魔法师听了这个消息,一下子扑向阿拉丁,搂着他的脖子,边吻他,边挥泪,一副悲痛怜惜的样子。

阿拉丁被这个陌生人的举动弄得不知所措,他诧异地问道:"老爷,你哭什么呀?"

"我的孩子,"魔法师用颤抖的声音说,"你可能不知道,我是你的伯父,你父亲是我同母异父的兄弟啊。我在外长期流浪,如今从老远的外地归来,带着喜悦的心情,怀着满腔期望,想和你父亲聚首见面,借此消除多年以来郁结在心中的思念之情,可不曾想到,今天听到的却是他逝世的噩耗,这怎能不使我伤心落泪呢?话又说回来,我能在这群儿童中,一眼就认出你是我的侄子,说明你具备着你父亲也就是我们家族的血缘。尽管我跟你父亲分别时,他还没有结婚。我长期在外流浪,一直盼着能见他一面。可是,我们兄弟俩远隔千山万水,这种夙愿一直难以实现。没想到你父亲如今先我而去,这怎不使我大失所望、悲恸欲绝啊!"

他说着又一把将阿拉丁搂在怀里,显得格外亲热,继续说:"好在你父亲为我们家族留下了你。亲爱的侄子啊!我已是半截入土的人了,因此，我们家族只能靠你往下传了。"

魔法师一边说着，一边伸手掏出钱袋，拿出十枚金币递给阿拉丁，问道："亲爱的侄子，你和母亲现在住在什么地方？"

阿拉丁把自己家的住处指给魔法师看。

魔法师嘱咐说："亲爱的侄子，你快些回去，把这些钱交给你母亲，并替我向她问好，告诉她，你见到了我以及我明天要上你家拜望她。"

阿拉丁与魔法师分手后，打破惯例，第一次在未到吃饭的时间就回家了，还未到家门口，他就激动地大声嚷嚷："娘，我给你报喜讯来了。我今天见到了我那个多年在外流浪的伯父了。他还嘱咐我问候你，并说明天前来拜访你。"

"儿啊！我看你大概又养成了说谎骗人的坏毛病了吧，不然怎么会钻出一个伯父来呢？"

"娘，你这是怎么说的！刚才在街上，我的确遇见了一位年纪与父亲差不多的老人，他从人群中认出了我，并说自己是我父亲的哥哥。真的，他不仅拥抱我、吻我，而且还流着泪打发我来问候你呢。"

"儿啊！据我所知，你原来是有一个伯父的，不过他早已去世了。怎么会又钻出一个伯父来？"

阿拉丁听了母亲的话，将信将疑，茫然不知所以。

魔法师跟阿拉丁分手后，好不容易熬过了一夜。第二天一大早，他就急忙地外出寻找阿拉丁。只要见不到这个孩子，他心里就惴惴不安。他东张西望，见他又同那些淘气的孩子们在一起，便赶忙上前，把他拉到身边，亲切地拥抱他，然后递给他两枚金币，说道："你快回家去告诉你母亲，说我要去你家吃晚饭，不过在这之前，你要带我去看一看上你家去的那条路线。"

"行，跟我来吧。"阿拉丁欣然应诺，随即带着魔法师朝回家的路上走，边走边指给他看，一直到了家门前，二人才分手告别。

阿拉丁一口气跑回家中，把两枚金币递给母亲，兴奋地说："娘，今天伯父要上我家来吃晚饭，这是他给你做饭菜的钱。"

阿拉丁的母亲很高兴，到市上买了各种食物，并向邻居借来杯盘碗盏,然后精心地开始烹调工作。待饭菜都做好了,她对阿拉丁吩咐道:"就怕你伯父不知道咱家的住处,你不如出去等他,见到他后,把他带来。"

"好吧!我这就去。"

阿拉丁听了母亲的话,正要出去接客的时候,突然听见敲门声。他赶忙出去开门一看,见魔法师和另一个携带酒和糕点、水果的仆人站在门口。阿拉丁喜形于色地迎接他们。

魔法师带着仆人走进屋里,让仆人放下礼物,把他打发走了,才与阿拉丁的母亲相对而泣地寒暄一番,然后他突然问道:"我兄弟生前经常在哪儿起坐?"

阿拉丁的母亲指了指摆在一边的一条长椅子,魔法师随即走过去,伏在地上,边吻地板边喃喃祈祷,他泣不成声地说道:"我的好兄弟啊!和你生离死别,连最后见一面的愿望都不能实现,难道这是我命运太坏的缘故吗?"他埋怨着抽噎着哭个不止,此情此景,就是铁石心肠的人都会感动得流泪。

阿拉丁的母亲被他所表现的那种有声有色的情感所迷惑,心里真有些相信此人可能真是阿拉丁的伯父。于是她走上前去,把魔法师从地上扶了起来,安慰道:"人死如灯灭,你即使哭断了气,也无法让穆司塔法起死回生,不用这样伤心了。"

她一边好言安慰魔法师,一边请他坐下,并殷勤招待他。

魔法师坐在席前,渐渐控制住了自己的情绪。

待恢复了常态后,他便同阿拉丁的母亲攀谈起来,说道:"弟媳啊!关于我的情况你大概一点儿也不知道,这也难怪,因为我与穆司塔法分手已是四十年前的事情了,当时我就离开了这座城市,从此开始过着流浪生活。我经过印度、波斯,来到享誉世界的文明古国埃及,并在那里待了很长一段时间。最后我离开那里,继续旅行到遥远的非洲西部,在摩洛哥内定居下来,一住就是三十年。由于我与穆司塔法彼此音讯不通,可能他以为我早已不在人世了。

"有一天，我独自坐在家里，突然感到无比的孤单和寂寞，一时间想起了家乡，想起了我的骨肉兄弟，也不知他现在究竟怎样了。随着这些联想，我越来越无法控制自己要回到家乡与亲人骨肉团聚的愿望。我顾影自怜，想到自己远离家乡和亲人，孤身流落在异乡，禁不住失声痛哭。后来，经过一番琢磨，我决心不管有什么样的艰难险阻，我都要回家乡一趟，并期待着同我兄弟重新见面。于是我对自己说：'你再不能离乡背井像个游牧的阿拉伯人一样过流浪生活了。应趁有生之年立刻起程回老家去，跟兄弟再见一面。因为世态炎凉，说不准哪一天，自己客死他乡，到那时候后悔都来不及了。再说，你现在手边还算富裕，倘若兄弟窘迫，你该接济他；如果他富裕，他也该前去祝贺才是。'想到这里，我再也坐不住了，立即开始做起程准备。待一切准备好后，恰逢礼拜五休息日，我就动身了。一路上我经历千辛万苦，吃尽各种苦头，全靠上天保佑，总算平安回到家乡来了。一到这里，我就四下打听你们的下落。昨天，无意间碰见侄子阿拉丁跟一些孩子一起玩耍，由于天然的血缘关系，一见到他，我就凭直觉知道他是我侄子。因此在见到他的那一刹那，我身上的疲劳和内心的苦恼，顿时就消除了，但当得知我兄弟已经逝世时，我又顿感无限的悲痛和伤心。当时的情况相信阿拉丁已对你讲了。我此次回来未能与兄弟见面，内心非常难过，但使我感到唯一慰藉的是，穆司塔法为家族留下了唯一的后代。"魔法师说完，便把视线移到阿拉丁身上。

　　他通过观察，发现自己的这番话已深深打动了阿拉丁的母亲。魔法师给她这些慰藉，旨在借此阻止她再提丈夫生前的事情，以便顺利地实施他的欺骗计划。于是他问阿拉丁："我的孩子，你现在以什么为职业？能凭自己的能力和本事养活你自己和母亲吗？"

　　阿拉丁无言可答，一时羞得低下了头。

　　这时候，他母亲迫不及待地说道："事实可不是你想象的这样。向天发誓，他呀，是个不懂事的孩子。整天游手好闲，消磨时间，跟那些顽皮无赖的孩子混在一起，使他父亲悲愤成疾，忧郁死去。现在我自己的境遇也非常悲惨，终日劳苦，从事纺线，一双手白天黑夜不离开纺纱杆，靠这，每天赚几个面包，母子二人得以糊口。阿拉丁每天除了吃饭时间，从来不归家见我的面。说真的，我正打算把门锁起来，不让他进家，由他自己去找出路，养活他自己。因为我已经老了，精力衰退，从事这样的劳动越来越困难了，照此继续下去也不容易了。"

魔法师听了阿拉丁母亲出自内心的话，装出一副同情的神情，对阿拉丁说："我的孩子，你向来行为不端，对于像你这样一个出生于诚实正直人家的年轻人来说，不应让你母亲这样年老体衰的人来养活你，你已不小了，难道不感到羞愧和可耻吗？我的孩子，你看看周围的一切吧，人们都是靠自己勤劳的双手来养家糊口、谋生度日的。你已长大了，完全可以通过学习来掌握一门技艺，我保证大力支持你。等你出师时，我的孩子，你便可自立谋生了。如果你不太喜欢你父亲的缝纫手艺，就可以选择你认为理想的手艺去学，你看怎么样？我的孩子，告诉我吧，做伯父的当全力帮助你。"

魔法师花心思讲了一通之后，见阿拉丁还是无动于衷，默不作声，觉得这个孩子生性懒惰，只想过浪荡生活，可以说是不可救药，但为达目的，他还是捺着性子对他说："孩子，你明白我所说的那些话的意思了吗？如果你不喜欢学手艺，那么我可以替你开个铺子，为你准备好各种昂贵、豪华的货物，让你去经营生意，掌握交易场中贱买贵卖的赚钱本领，将来成为闻名全城的名商大贾。"

阿拉丁被可以成为名商大贾这句话说动了。因为他知道名商大贾有身份，有地位，吃得好，穿得好。他抬头望着魔法师抿着嘴笑一笑，然后低着头露出满意的神情。

魔法师细心观察着，见阿拉丁脸上露出的笑容，便知他已被做生意打动了，于是趁势引诱他说："我的孩子，看来你愿意做生意，这证明你并不是无用的人，而是能成大事的，只是苦于没有机会。如今我替你开设一铺子，让你在不久的将来，成为商界中有名誉、有地位的人物。明天，我就带你上市场，先给你买一套合身的专门为富商巨贾所制的衣服，把你打扮起来，然后再着手准备开设铺子的事，以此实现我的诺言。"

开始，阿拉丁的母亲对这个自称为丈夫的哥哥的摩洛哥人还抱着怀疑，听他答应为自己的儿子出本钱办货物、开铺子，心中的疑惑随即消失了。她已完全相信此人确是自己丈夫的亲哥哥，不然，一个非亲非故的外地人，是绝不会为自己的儿子做这种好事的。于是她开导儿子回头来走正路，改变懒惰、贪玩的坏毛病，立志做一个规规矩矩、自食其力的人，尤其要以能干的伯父为榜样，把他当亲生父亲来看待，好好听他的话，并教导他要把以往跟那些游手好闲的顽皮孩子在一起所消磨掉的时光弥补过来。

阿拉丁的母亲这样教训了儿子，然后起身摆餐桌，端出饭菜，请魔法师坐首席，母子二人陪他一起吃晚饭。

魔法师边吃喝，边跟阿拉丁谈关于做生意的事。他的谈话使阿拉丁听得出神，兴奋得脸上发光，毫无睡意。

魔法师见自己的一番口舌有了结果，便放心地津津有味地大嚼起来，他开怀畅饮，喝得醉眼蒙眬，直到夜深才起身告辞。临行，他再一次嘱咐说："明天早晨我来，带阿拉丁去买商人们穿用的衣服，按计划行事。"

次日清晨，魔法师如约来到阿拉丁家，他没有进屋，一直站在门口等待阿拉丁收拾完毕后，便领着他一块儿来到市场中。在一家服装商店里，他指着那些衣服对阿拉丁说："我的孩子，你喜欢什么样式的，自己挑选吧。"

阿拉丁听了伯父的话，满心欢喜地挑了一套漂亮的衣服。

魔法师为他付了钱，然后带阿拉丁上澡堂去洗澡。阿拉丁穿上新衣服，激动地一再对伯父表示感谢。

离开澡堂，魔法师又带阿拉丁去逛集市。他俩兴致勃勃地在市场上转悠。魔法师带着他，一边观看那些热闹的交易场景，一边对他说："我的孩子，你今后要跟这些人结识往来，通过观察，向他们学习买卖的本领，从而丰富自己在这方面的经验，掌握经营的技巧。要知道，目前他们所进行的，将可能就是你自己的职业。"

逛过集市，魔法师带阿拉丁去逛城中的名胜古迹，并对他说："通过参观这些神奇的建筑，你可以不断增长自己的见识，丰富自己的阅历，使自己尽快变得成熟起来。"

魔法师带阿拉丁去娱乐场所尽情玩乐的目的，是想借此打开他的眼界,以使他坚定想成为见多识广的富商的决心,这样他便会听话,而不至于随时变卦。

最后,魔法师带阿拉丁来到他的住处———一所专为外地商人开设的大旅馆,并邀约各行各业的生意人和他见面,大伙在一起吃晚饭,他当着众人的面宣称阿拉丁是他的侄子。

天快黑的时候,客商们吃饱喝足,尽欢而散。魔法师这才把阿拉丁送回家。

阿拉丁的母亲见儿子身穿漂亮服装,完全变了一副模样,简直有些不敢相信自己的眼睛,激动得热泪盈眶。她千恩万谢地对魔法师说:"好兄弟,你像亲生父亲一样对这个孩子关怀备至,我的感激心情是千言万语也说不完的,你对我们母子俩的恩情,我终生难忘。"

"弟媳啊!这不过是我的一点儿心意罢了,不值得一提,因为这个孩子等于我的亲生儿子。替兄弟抚养、教育他的孩子,对我来说,是责无旁贷、义不容辞的。弟媳不必为此过意不去。"

"求上天保佑,哥哥长命百岁!从今以后,阿拉丁这个孩子将在你的庇护下过好日子了。我想他一定会听你的话。"

"弟媳啊!阿拉丁出身于善良家庭,本性是好的,只要我们好好引导他,在上天的保佑下,我相信他能步他父亲的后尘,立志规规矩矩做人,以慰他父亲在天之灵。弟媳盼子成龙的心也就有寄托了。明天恰巧是礼拜五休息日,商界停业,因此,我打算带阿拉丁去城外逛公园。因为在那里,他可以同那些富商名流见面,借此增长他的见识,为将来在生意场上立足打好基础,这对他来说是有好处的。"魔法师嘱咐毕,便告辞回旅馆安歇去了。

阿拉丁在一天之内穿上了新衣服,又进澡堂,吃馆子,游集市、名胜,并跟许多商人见面,他的高兴快乐心情是难以形容的。又想到明天一早伯父带他出城去游玩,更是兴奋得整夜没合眼。

第二天清晨,阿拉丁一听敲门声,知道伯父已来了,一骨碌从床上爬起来,开门迎接。

魔法师一见阿拉丁,便紧紧地拥抱他,亲切地拉着他的手说道:"侄子啊！今天我要带你去一个奇妙的地方，你可以大开眼界了。"他还说些好听的话，逗得阿拉丁兴奋不已。就这样两人说说笑笑离开了家，向城外走去。魔法师为使阿拉丁格外快乐，带着他到处参观游览，喋喋不休地为他介绍各种名胜古迹，并带他在景致优美的公园漫步。

阿拉丁一直陶醉在大自然的美丽景色之中，他一面饶有兴趣地观赏，一面与魔法师一起谈笑，直到魔法师提醒他该休息一下、吃点儿东西时，他才感到的确有些饿了。魔法师解开腰带，打开盛食物的袋子，阿拉丁立即狼吞虎咽地吃了起来，魔法师也陪着他吃。他俩一面吃一面休息，一直沉浸在愉快和满足之中。

魔法师看阿拉丁吃喝、休息得差不多了后，便开口说："侄子，现在已休息得差不多了，根据安排，我们应继续向前走，直到最终目的地。"

阿拉丁听了伯父之言，站了起来，随魔法师继续向前。他们不停地走着，穿过了一座又一座花园，越走越远，也不知走了多少时间，来到一座巍峨的高山脚下。

阿拉丁这个孩子，年纪不算太小，却从来没有离开过城市，到目前为止，也从来没有像今天这样走那么多路，因此他感到有些吃力了，于是向魔法师诉苦，说道："伯父，我们这是要上哪儿去呀？咱们出来快一天了，现在来到这个荒芜寂寞的地方，如果要走的路程还远，我可有些吃不消了，并且看样子前面也没有其他可以游览的了。倒不如趁早离开这里，回家去吧。"

"不，我的孩子，还不能回去。我们并没走错路，现在半途而废就太可惜了。因为咱们今天要做的事，并不是以逛花园为目的，而是一项惊天动地的大事业，绝非任何帝王的事业可以与它相比的，你所见所闻的事物与它比较，简直微不足道。所以希望你能鼓起勇气，跟我继续走下去，用你的行动来证明你已经长大了。"魔法师一边耐心地给他讲道理，一边拿话安慰他，并讲一些稀奇古怪的故事给他听，借此消除他因走路而产生的疲劳。魔法师利用这种骗术，带着阿拉丁一直往前走到目的地。

这便是这个西非魔法师不辞远道跋涉，从日落处的西方，奔到日出处的中国，几乎跋涉了半个地球的最终目的。

魔法师带着阿拉丁来到目的地，心里非常高兴，因为眼看他的计划就快实现了。为了不至于再出差错，他继续安慰着阿拉丁："好了，侄子，我们已到达目的地了。现在你暂且坐下休息一下，待会儿，将有妙不可言的事情发生。这种奇妙景象，只有你我二人有幸看到。不过还需烦你稍微休息一下后，去替我捡些碎木屑、干树枝，堆放在一起，让我将其点燃后，你便明白其中的奥妙，并完成我们此行的目的。"

阿拉丁听了魔法师的吩咐，渴望看到伯父所要做的事情，也就感觉自己不那么疲劳了。他稍微休息了一会儿，便站起身来，按魔法师的吩咐，开始四处寻找碎木片和干树枝，直到听到伯父叫他时，才带着木片、树枝来到魔法师面前。

魔法师一边把树枝点燃，一边从胸前的衣袋中掏出一个别致的小匣子，从里面取出些乳香，撒在火焰中，对着冒出来的青烟低声吟起咒语来。他念些什么，阿拉丁一句也听不懂。就在这时，浓烟笼罩下的大地突然震动起来，随着霹雳一声巨响，地面一下子裂开了。

阿拉丁眼看这种恐怖景象，大吃一惊，准备拔脚逃避灾难。魔法师看见他的举动，怒不可遏。如果让这个孩子走掉，他的全盘计划将功败垂成，因为他一心想要盗窃的地下秘密宝藏，除了阿拉丁外无人能够开启。所以他一发觉阿拉丁要逃跑，便举起手来，狠狠地一巴掌打在他的头上，打得他晕头转向，痛得昏倒在地。

当阿拉丁慢慢苏醒过来，朦胧中见魔法师站在他身边时，便因疼痛和委屈忍不住伤心哭泣起来，说道："伯父，我到底犯了什么过失，才受到这样的处罚呀？"

"我的孩子，我是一心一意要培养你成才的，你怎么这样不争气，为什么还要违背我的意志呢？"魔法师装出一副慈祥怜爱的样子，安慰阿拉丁，"我是你伯父，也可以说是你的生身父亲，对于父亲吩咐的事，你应该照办才是。这样做，对你会有好处，你完全用不着担心和恐惧。"

这时候，从那裂开的地方逐渐显露出一块长方形的云石，中间系着一个铜环。魔法师面对云石，取泥沙占卜一番，然后转向阿拉丁，说道："我的孩子，我要你做的事非常简单，如果你做到，那么你将会一下子变成比帝王还富裕的人物。而你却企图跑掉，对于你这种愚蠢的举动，我不得已才动手打你呀。告诉你吧，这个云石板下，埋藏着一个宝库，里面的宝物是用你的名义贮存起来的，是否取出宝物，必须由你来决定。刚才我就是为开启这个宝库而祈祷的。我的孩子，现在你听好，你现在下去，握着石板当中的那个铜环，再把石板揭起来，因为这件事非由你做不可，其他任何人都无法完成它。石板揭开后，你要走进去。进去之前，我得把必须注意的事告诉你，你必须照我说的去做，切不可疏忽大意，更不能违背我而自行其是。你要知道，我的孩子，这个专门为你而准备的宝库中，宝藏之丰富，就是帝王们所聚敛的财富都比不上。你想都无法想象。当然，这里的宝物也有我一份。"

阿拉丁听了魔法师的这番话，顿时把疲劳、疼痛都忘了。他虽然头昏眼花，呆呆地望着魔法师，但同时也为命运将很快使他成为富人而感到非常高兴。于是他真诚地对魔法师说："伯父，既然是这样，那你就尽管盼咐吧，我会按你的话去做的。"

"侄子，在我的心中，你比我亲生的儿子还亲呢。因为现在我除你之外，再没有其他的亲人了。也就是说，你同样也是我的继承人啊。"他这样说着，亲吻了阿拉丁一回，接着说道："我这么劳累奔波，到底为谁？你现在应当很清楚，我做的这一切完全是为你呀。请相信你马上会成为最富有、最伟大的人物的。好了，现在你快过去，去握着铜环，把石板揭起来吧。"

"伯父，那石板实在太重，我一个人怕是弄不动它。这样吧，让我们一起动手来揭开它。"

"不行，我的侄子，这样做反而会弄巧成拙。我刚才不是告诉过你吗，这个宝藏除你之外，别人是不能去碰它的。你别担心，只要握着铜环一揭，石板就会自动开启的。但你揭的时候，要不停地叫着自己和你父母的姓名。试试看，石板很容易被揭开，你无须用多大的力气。"

阿拉丁按照伯父的指令，紧一紧腰带，走到石板前，伸手握着铜环，然后边喊他自己和父母的名字，边揭石板。出乎意料，竟不费劲一下子揭开了。他一看，原来石板所盖的是一个地道口，有十二级台阶通向地下。

这时候，魔法师赶忙提醒阿拉丁，说道："孩子，你要集中注意力，不折不扣地照我的吩咐去做。现在你跨进洞口，小心谨慎地沿台阶走下去。到了底层，那里有很多间房子，每间房子摆着四个黄金或白银坛子，坛中虽然装着无价珠宝，但你千万不可碰它，别让自己碰着任何东西。你只管向前走，不要停下来，否则会立即变成一块黑石头。在你到达第四间房子时，会发现屋中有一道紧闭的房门。你要像揭石板时那样，喊着你自己和父母的名字去开启它，然后你可以进入一座花园中，像先前一样，你别管那些果树上结的放着奇光异彩的各种果实，只管沿当中的通道走下去。大约五十步远的地方，有一间富丽堂皇的大厅。大厅的天花板上挂着一盏油灯，厅中还有一架三十级梯阶的梯子。你沿梯子上去，取下油灯，倒掉灯中的油，然后把它装在胸前的袋里带回来。那盏灯一旦掌握在你手中，整个宝藏中的宝物便全归你所有了。"

魔法师嘱咐毕，从手上脱下一枚戒指，替阿拉丁戴在食指上，接着说道："我的孩子，告诉你吧，这个戒指可保护你不受任何危害和恐怖的威胁，所以你不用顾虑，但是你要牢牢记住我所嘱咐你的一切。好了，你鼓足勇气，快下去吧。如今你已长大成人，不要再像小孩子那样怕这怕那。当你胜利归来，我的孩子，你将赢得巨大的财富，一跃成为世界上最富有的人物。"

阿拉丁按照魔法师的吩咐，进入地洞，快步走下台阶，进入地道后，他小心翼翼地通过摆着金银坛子的那四间房子，来到花园，然后沿着通道向前，一直进入那间富丽堂皇的大厅，爬上梯子，取下吊在天花板上的那盏油灯，吹灭它，倒掉灯中的油，把它装进胸前的衣袋里，然后走下梯子，退出大厅，回到花园中。

此时，阿拉丁的心情放松了许多，不再像进来时那样紧张胆寒了。他从容不迫地漫步园中，欣赏园中的美妙景物。当他看到树枝上结满诱人的灿烂的宝石果子时，真有些心动。只见那些宝石果子个个发出灿烂耀眼的光芒，每颗宝石果子的体积都很大，就是帝王们所拥有的宝石也无法与之相比。

但阿拉丁毕竟还是个孩子，涉世不深，缺乏经验，对这些珍贵的珠宝玉石除了感到新鲜、稀奇外，并不知道其价值。在他看来，这些珠宝玉石不过是玻璃一类的制品罢了，甚至为这些果子不能食用而感到遗憾，但还是准备把这些东西当成稀有的物品，尽量收集一些带走。他暗自说："我要摘些玻璃果实，带回家去玩。"

他摘了许多各类果实，除装满每个衣袋外，还解围巾来包，然后缠在腰间。他只把这些东西当作装饰品来看待，根本没有别的打算。

阿拉丁怕自己迟迟不归，受到他那魔法师伯父的责备，便不敢再逗留。于是他匆匆离开花园，沿着进来的路线，一口气跑到地道口。当他走上台阶，到达最上一级时，发现这一级台阶比其余的都高，由于身上带的珠宝果实太多，只身一人无法攀缘，于是他伸出手来，对魔法师说道："伯父，拉我一把，我无法跨上。"

"我的孩子，你先把油灯递给我，这样可以减轻你的负担，我看你身上负荷挺沉的，似乎拿了不少东西。"

"不，伯父！我拿的东西并不重，只是这个台阶太高了。你伸出手来，帮我一下，把我拉出去，我再给你油灯好了。"

魔法师一听这话，顿时心急火燎，面露凶光。原来他不远万里、不辞辛劳从摩洛哥来到中国，唯一的目的就是要占有这个油灯，他帮助阿拉丁，并带他到此，也是为实现这个目的。阿拉丁并不知道这一切，他之所以没有马上把神灯给魔法师，完全是因为神灯揣在最下面，取出来不方便。实际上他打定主意，一出洞口就把神灯交给魔法师，并没有要将神灯占为己有的想法。可是魔法师却错误地以为阿拉丁察觉了自己的企图，不愿将神灯交给他。当他再三向阿拉丁索取神灯而无结果时，便怒不可遏地咒骂吵嚷起来。

此时，魔法师已被焦急和愤怒弄得失去了理智，以为神灯将要被他人占有，于是他心一横，索性念起咒语，把乳香往空中一撒，恶狠狠地施出报复手段。由于咒语的魔力，他身边的那块石板就动摇起来，慢慢滑到地道口上，恢复了原来的模样，成为地道的盖子。阿拉丁就这样被埋在宝库的地道中。

原来这魔法师是一个土生土长在非洲西部的摩尔人，从小就醉心于巫术，经过四十年潜心钻研，认真实践，他广纳了巫术界各种流派的口授心传，终于成为巫术界的能手，达到了登峰造极的地步。

有一天，魔法师凭魔力的感应，从魔籍中知道中国有一座叫卡拉斯的山脚下，有一个巨大的宝藏，财富异常丰富，而宝物中最有价值、最奇妙的，就是那一盏表面普通的神灯。因为谁拥有了那盏灯，便可成为不可战胜的万能者，无论地位、财富、权力各方面都将天下第一。就是人世间威望最高、权力最大、财富最多的帝王，其威力跟神灯的魔力比较，也只不过是小巫见大巫罢了。

魔法师根据他的巫术知识，深知那个宝藏只能由出生在当地某贫民家、名叫阿拉丁的孩子开启。于是，他仔细研究开启宝藏的步骤，希望能按自己的意愿顺利进行，不出任何问题地达到目的。一切都准备妥当后，他收拾行装，动身做中国之行。他马不停蹄地连续跋涉，终于来到中国，找到阿拉丁，对他施行骗术。

魔法师按照计划做了一切，以为能够获得神灯，成为神灯的主人，可是他万万没有料到，他经过长时间的精心策划和准备、艰难的奔走和跋涉后，在眼看就要成功的最后关头，受到了挫折，到头来只是竹篮打水一场空。因此，在绝望、愤怒之下，他决心置阿拉丁于死地。于是他施展魔法，把阿拉丁埋在地道里，让他慢慢死去。他认为采取这个措施，阿拉丁就出不了地道，神灯也就不可能被带出宝库，这样，他将来还有机会来实现其目的。

魔法师像做了一场白日梦，垂头丧气地离开中国，返回非洲老家去了。

阿拉丁被埋在地道里，大声呼唤魔法师，抱着最后一线希望求他伸手拉他一把，让他离开地道，回到地面上，但是不管他怎么声嘶力竭地呼喊、哀求，都始终得不到回答。这时候，阿拉丁才逐渐醒悟了，慢慢意识到此人不是自己的伯父，而是一个怀有罪恶目的、惯于撒谎骗人的妖道。

当感到没有摆脱危机的办法，没有活命的希望时，他苦恼极了，忍不住伤心哭泣起来。没办法，只得又沿台阶走去，指望老天爷给他一条出路，减轻自己的痛苦。由于魔法师用魔法将宝库中的各道门全都封起来了，他只得在伸手不见五指的黑暗中摸索着。一会儿左，一会儿右，当然最终毫无结果。他知道生路已经断绝，在恐惧和悲哀中，除了号啕大哭外，没有别的办法。

最后，他一屁股坐在地上等待死神降临。但是，天无绝人之路。在阿拉丁还未遇险被困的时候，老天爷已为他安排好一条绝处逢生之路。

阿拉丁在黑暗中也不知哭了多久，在活又活不成、死又死不了的情况下，不由自主地搓着自己的手。在搓手的过程中，他无意间擦着了戴在手指上的戒指，瞬间，一个威风凛凛的巨神出现在他面前，并用洪亮的声音向他说道："禀告主人，奴仆奉命前来听候吩咐，你需要我做什么？"

原来，在阿拉丁准备进入宝库时，魔法师曾给了他一枚戒指作为护身符，并对他说："无论你遇到什么危险，这枚戒指都能保你平安，能给你胆量和勇气。"这一切原来是老天爷在冥冥中借魔法师的手来保护阿拉丁的生命，以使他摆脱危险的巧妙安排。

阿拉丁听到说话声，仔细打量，才看清他面前站着一个魁梧的巨神，形貌酷似传说中所罗门大帝时代的妖魔。面对这可怕的巨神，他吓得魂不守舍，浑身发抖，一句话也说不出来。

巨神见此情境赶忙又对他说："不用怕，你需要什么？只管告诉我。如今我是你的仆人了。可能你还不清楚，戴在你手指上的这枚戒指，是我的主人。现在你既然拥有它，实际上你就是我的主人了，我就该听你的命令。"

阿拉丁听了巨神的解释，知道没有危险后，神色才逐渐恢复，心情也慢慢平静下来，同时想起魔法师给他戴戒指时嘱咐的话，便心里有数，马上勇气十足，高兴地说："戒指的仆人啊！我要你把我带到地面上去。"

阿拉丁刚说完这句话，大地突然裂开，他还没明白是怎么回事，自己便已经在地面上了。

由于他待在暗无天日的地道中已整整三天，一下子不适应夺目的阳光，不能睁眼看东西，只好试着把眼皮慢慢微睁，直到眼球对强烈的光线有所适应了，才睁开眼看周围的情况。

此时他的心情格外舒畅，同时又觉得惊奇诧异。他与魔法师开启的地下宝库的门道已经无影无踪，而且周围的地面平坦，完全没有任何变化，所有的痕迹都不存在了。眼前的情景，使他茫然不知身处何处。后来经过一番思索、观察，他终于明白：原来此地就是当初魔法师焚香、念咒语的那个地方，于是恍然大悟，确信自己还没离开原来的老地方。

他朝远处张望一阵，并能隐约辨认出那些景象和走过的道路。当初他觉得自己已无生路，但转眼间，即重新回到大地上，因此，他对老天爷给予的这一切感激不尽。阿拉丁带着劫后余生的幸福心情离开那里，一个人在回城的途中跋涉。沿途的情景，依然跟来时一样，并不陌生。他一口气回到城中，径直向家奔去。由于死里逃生而欢喜过度，也由于受到的惊吓、磨难太多和饥渴的时间太长，当他来到母亲跟前时，终于支持不住，昏倒在地，不省人事。

阿拉丁的母亲从儿子离家的那天起，便惴惴不安。由于孩子几天不归，她感到有些可怕，终日里长吁短叹、悲哀哭泣，在以泪洗面的日子中痛苦地煎熬。当看见阿拉丁归来时，她喜出望外，乐不可支，却想不到儿子突然昏倒。她颇为惊慌，赶忙起身急救，拿水洒在他脸上，向邻居找香料熏他，这才使他恢复了知觉。

阿拉丁慢慢苏醒过来后，顿觉腹中空空，于是他有气无力地对他母亲说："娘，我感觉非常饿，我整整三天没吃没喝了。"

他母亲赶忙端来食物，说道："儿啊！你现在什么也别想，快吃些东西，好好休息。至于发生了什么，以后再对我说吧。"

阿拉丁听了母亲的话，支撑着坐起来吃喝。当身心从极度疲倦中恢复过来后，才对母亲说道："娘啊，我有满腹痛苦、冤屈要向你诉说。那个口口声声自称是我伯父的人，没想到竟是一个地地道道的大恶魔，为达到自己的罪恶目的，他用最卑鄙毒辣的手段，想置我于死地。如果不是老天保佑，咱母子怕是这辈子再也见不着面了。"

接着阿拉丁一口气将他如何跟魔法师来到郊外，如何开启宝库洞口，获得神灯，又如何被害，以及最终逃出苦难的整个过程，细细地讲给母亲听了，最后他愤怒地说道："原来我所依靠并完全信任的这个所谓的伯父，竟是一个笑里藏刀、十恶不赦的大魔鬼，但愿老天会无情地惩罚他。"

阿拉丁的母亲听了儿子的叙述，得知魔法师危害他的始末，气愤地说道："孩子，正如你所说的，让老天无情地惩罚这个专搞异端邪说、利用巫术来害人的恶魔。幸亏老天保佑，你才没被他害死。这个坏蛋，当初我还真把他当作你的伯父了。"

由于阿拉丁在地道中几乎三天三夜没睡觉，因此他困倦得要命，唯一的愿望是能尽快休息。母亲理解儿子的心情，便让他躺下好好睡一觉。

阿拉丁因疲劳过度，所以睡得很香甜，一觉睡到第二天中午才醒过来。他一睁眼便向母亲要东西吃。他母亲有些为难地说："儿啊！现在家里没有什么现存的食物。这样吧，你先耐心等一会儿，待我把纺好的棉纱拿到市上卖掉后，再给你买些吃的。"

"娘，你纺的纱还是留下来，暂时别卖它。把我带回的那盏灯拿给我，让我拿去卖掉。我相信油灯总比纱值钱些。"

阿拉丁的母亲同意儿子的意见，把灯拿在手里，见灯有些脏，便对阿拉丁说："儿啊！灯拿来了，可是很脏，我先洗擦一下，弄干净些，这样会多卖几个钱。"

于是她抓了一把沙土，刚擦了一下，一个巨神便出现在她面前。那巨神的形貌非常可怕，又高又大，简直是面目狰狞的凶神恶煞。他粗声粗气地对阿拉丁的母亲说："我应命来了，你要我做什么？只管说吧。我是这盏灯的仆人，也是你的仆人，会不折不扣地按照你的命令行事的。"

突然出现在眼前的可怕形象，把阿拉丁的母亲吓得魂不附体，一句话也说不出口，当场就晕了过去。

阿拉丁一见他母亲这种情形，赶忙跑过来，把灯拿在自己手里，从容地和灯神交谈。因为他已经历过类似的情况。他在洞中所遇到的情形，与现在几乎是一样的，所以他一点儿也不畏惧，轻松自如地对眼前的巨神说："灯神啊！你就给我弄些可口的食物吧。"

灯神听了阿拉丁的吩咐，转眼就不见了。一会儿，灯神端来一席丰盛的饭菜，摆在一个精致名贵的银托盘中，总共十二种美味可口的菜肴。灯神摆好饭菜就匆匆隐去。

阿拉丁急忙抢救母亲，一边拿水洒在她脸上，一边用香熏她的鼻子。

待她慢慢苏醒过来，他说道："娘，老天爷可怜咱们，给我们送来了美味佳肴，你起来，咱们俩一起享用吧。"

阿拉丁的母亲看到那么讲究的银托盘、金杯碟和热气腾腾的丰富菜肴，十分惊奇、诧异，问道："儿啊！这是怎么回事？谁如此慷慨，为我们送来这样丰富的食物？真不知该如何感谢他呀。"

"娘，先别管这些，咱母子都快饿死了，快来一块儿吃吧。"他把母亲扶到席前，陪她一起吃喝。

由于长期挨饿，如今得到这样好的饭菜，母子俩食欲格外旺盛，饭量也比平时增加了许多。一方面是饥饿过度的缘故，另一方面是这样的珍馐美味以及如此精美的器皿，他母子生平从没见过，更不用说吃过了。

阿拉丁母子吃饱喝足，但无论如何也吃不完。他们剩下一些饭菜，留作晚饭，估计还够第二天食用。母子两人洗了手，坐下来，母亲这才想起刚才发生的事。她看了儿子一眼，说道："儿啊！现在你告诉我刚才发生的一切吧。那个自称仆人的巨神是如何对待你的？感谢老天爷！他为咱们提供美好充足的饮食，往后我们的生活就有着落了，我们也不会为此事再发愁了。"

阿拉丁回答了母亲的问话，把她见灯神惊恐过度而昏倒时，他跟灯神打交道的经过，从头到尾叙述了一遍。

她听了，感到十分诧异，说道："鬼神出现在人类面前的事，我只是听说过，但从没有亲身体验过，现在我相信这是事实了。儿啊！这个巨神是不是把你从地下宝藏中救出来的那个？"

"不，娘，你所见的这个巨神不是出现在山洞中的那个，他是神灯的仆从。"

"儿啊！你是凭什么这样肯定的？"

"因为他们虽然都是巨神，但形貌却不一样。那个是戒指的仆从，而你所看到的这个，是你拿在手中的那盏灯的仆从。"

"哦，我明白了，那个在我跟前一现身就不见了的、把我吓得半死的该诅咒的家伙，的确和这一盏灯有关系。"

"不错，他属于神灯。"

"儿啊！看在我养育你的情分上，听我一次话，把这盏灯和这枚戒指扔掉吧。因为把这样的东西留在身边，往后会给咱们招引灾祸的。我不愿看到类似的事情再发生。况且跟妖魔鬼怪交往，是犯禁的行为。"

"娘，按理我应照你所说的去做，但我却不能舍弃神灯和戒指。理由很简单，当我们最需要什么的时候，仆从为咱们所做的一切，你老人家已亲眼看到并亲自体会到。再说那个魔法师，他派我进宝库去，并不是为了获得黄金白银和其他任何价值连城的宝物。他一再嘱咐我，他所要获取的只有这盏神灯。这是他经过深思熟虑、仔细研究过的，他懂得其中的奥妙也深知这盏灯的价值，只不过还未证实它的作用罢了。他之所以忍受种种艰难困苦，不辞辛劳，长途跋涉，远离家乡，来到这里，其目的就是获取这盏神灯。因此，当他没有达到目的而感到绝望时，便恼羞成怒地把我给埋在地道中，想置我于死地。这一切充分说明，这盏灯的价值是无法估量的。由于它得之不易，因此无论如何必须留下它，并且要好生保护它，丝毫不能泄露它的秘密。咱们今后是要靠它过生活的，它会给我们带来富裕。至于说到这枚戒指，它的作用也非常大，我要随时戴在手指上。你清楚，没有这枚戒指，我不会活着回到你的身边，可能早已死在地下宝库的地道中了。如果我把这枚戒指脱下来，万一时运不好，突然发生什么意外，或者一旦灾难临头，而戒指又不在身边，那我就劫数难逃了。不过我非常理解你的顾虑，为尊重你的意见，我会把灯收藏起来。从今以后，绝不让类似的事情再在你眼前发生，以免你受惊。"

阿拉丁的母亲听了儿子的解释，明白了其中的道理，不再坚持自己的意见，于是她对阿拉丁说："儿啊！你觉得怎么好就怎么做吧，娘不阻拦你。我只希望不再看见仆从的形貌和那恐怖的情景就行了。"

阿拉丁母子俩靠灯神拿来的食物过日子。食物吃完时，阿拉丁准备拿一个盘子到集市去变卖，以换回食物，但他却不知盘子是纯金的。

阿拉丁在集市上，碰到一个卑鄙、贪婪的犹太人，鬼头鬼脑地纠缠着要买那个盘子。他把阿拉丁带到僻静的地方，仔细一再估量，最后确信盘子是纯金的名贵物品，所以决心收买。但是他不知阿拉丁是否识货，他估计，阿拉丁还只是一个毛孩子，也许根本不懂这些，于是便直截了当地对阿拉丁说:"我的小主人,这个盘子你打算卖多少钱?"

"它的价值,你自然非常清楚。"阿拉丁没有直接回答犹太人。

这样的回答,似乎是行家的口吻,犹太人便不敢贸然行动。他本来打算只花几个小钱将盘子买下,但怕阿拉丁真懂盘子的价值,而使生意不能成交。最终他抱着侥幸心理暗想:"这孩子有可能是假充内行,不一定知道盘子的价值。"他思索着从衣袋中掏出一枚金币。

阿拉丁看到他手中的金币,感到满意,立即把金币拿到手,然后转身匆匆走了。犹太人一眼看穿阿拉丁的无知和幼稚,相信实际上用不了一枚金币便可买到盘子。

阿拉丁卖了盘子,径直到面包店,买了面包,急忙回到家中,把面包和剩余的钱交给母亲。

"娘,还需要什么?你自己去买吧。"

阿拉丁的母亲拿着钱来到集市,挑选了一些日常必备的食物,满心欢喜地带回家,母子俩就这么一天一天过着日子。几天后,卖盘子的钱花光了,阿拉丁又拿一个卖给那个该诅咒的犹太人。每个金盘一枚金币,这已是够便宜的了,可是犹太人仍不满意,本来还想从中打折扣,但转念一想,认为由于上次没有把握好机会,用一枚金币买下了盘子,现在若不给这个数目,恐怕这个孩子会另找主顾,那就失去这种便宜的生意了,所以仍然只得照付一枚金币。

阿拉丁靠卖盘子过活,当把十二个金盘卖完后,就只得打那个摆在家中的银托盘的主意了。由于那个银托盘又大又沉,不便带往集市,所以他干脆带犹太商人到家中来看货,最后以十二枚金币的价钱把它卖给了犹太人。

就这样,阿拉丁母子过着丰衣足食的生活,需要什么就买什么,根本不用为钱发愁。眼看手中的钱又要花光了,阿拉丁这才趁母亲外出时,抓紧时间把神灯拿出来,擦了一下,灯神便像先前那样迅速地出现在他面前。

"请吩咐吧,我的主人!你要我做什么呢?"

"我要你像前次那样送一桌饭菜来。"

灯神应声隐去,转瞬间,又像前次那样,端来一个大托盘,盘中摆着十二个更精致的盘子，盘里盛满各式各样的菜肴，另外还增加了一些面包和几瓶醇酒。

不多一会儿，他母亲回到家中，看见大托盘中摆着的各种好菜，嗅到香味，心里感到欢喜，同时她知道这必是灯神所为，又觉得害怕。阿拉丁察觉到这种情景，说道："娘，你现在应该知道这盏灯的好处了。当我们需要时，它不折不扣地满足我们的愿望，因此，我们无论如何都不应该放弃它。"

"儿啊！我从心里感激这盏神灯，但愿老天爷多多赐福于它。但是我还是怕灯神在我面前出现，这一点你应该理解。"

阿拉丁和母亲坐在托盘面前，尽情享受这丰盛的饭菜，直至吃饱喝足。之后他们同样把剩余的饮食收存起来，留待下次食用。

又过了一天，阿拉丁见灯神送来的食物吃光了，知道又得出售盘子，于是他拿了一个盘子塞在衣服下面，径直去找那个犹太人，准备把盘子卖给他。可是说来也巧，他从一家古老的珠宝店门前经过时，被一个正直的珠宝商看见了，他叫住阿拉丁说："我的孩子，屡次见你从这儿经过，去和那个犹太人打交道，好像在跟他做买卖，彼此都成老主顾了。今天你大概又是去找那个犹太人，也许要卖给他什么东西吧？能告诉我吗？我的孩子，你要知道，那个犹太人可不是什么好人，而是一个奸诈的小人，一贯玩弄伎俩，贱买贵卖，牟取暴利，已经有很多善良之人在他那里吃亏了。见你和他打交道，我真怕你不明不白就上他的当了。我的孩子，如果你真有什么东西要出售，不妨先拿给我看看。你别害怕，我主要是怕你不懂市场行情，因此，打算替你估一下你的东西值多少钱。若你愿意，我会按公道价格购买，绝不会叫你吃亏。"

阿拉丁听了珠宝商的话，见他诚心诚意，便把盘子掏出来。商人接过去仔细打量，并在秤上称过重量，这才问道："你卖给那个犹太人的盘子与这个是一套吧？"

"是的，完全一样。"

"他买下一个这样的盘子，付了多少钱呢？"

"一枚金币。"

珠宝店的老板听了回答，大吃一惊，骂道："这个该死的犹太人，如此贪婪，竟用一枚金币的代价收买一个价值几十枚金币的金盘，这样欺骗孩子，真不怕天打雷劈呀！"接着他对阿拉丁说："我的孩子，那是个诡计多端、无恶不作的犹太人，你上了他的大当了。你手里的这些盘子是纯金的，按市场的行情，估计它最少值七十金币。如果你愿意，我打算以这个价格买下它，你看如何？"他说完，见阿拉丁表示同意，于是数了七十枚金币给他。

阿拉丁高兴地收下老板付给他的金币，对老板的公道与正直，表示了由衷的敬佩与感激，同时也认清了那个犹太奸商的丑恶嘴脸，不去上他的当，为此阿拉丁感到庆幸。他告别了珠宝店老板，带着轻松、愉快的心情回家去了。

阿拉丁母子俩虽然知道自己有花不完的钱、用不尽的物，但他们也毫不浪费，仍然过着节俭的生活，花钱办事很有分寸。因此，他们除了正常开支以外，还有大量剩余，钱财也越积越多。此时的阿拉丁已完全长成一个懂事的大人了。他改掉了少年时代的那种调皮捣蛋的坏毛病，断绝了与那些不三不四、游手好闲的人来往，选择那些正直诚实的人做朋友，同生意场中大小商人接触，在频繁往来中，不断地充实自己，努力学习经营的诀窍，提高投资求利的本领。

他还经常接近珠宝商和金银首饰商，学会了鉴赏名贵珠宝玉器，他留心观察商人们经营生意的方式方法。他把一切记在心里。随着鉴赏水平的提高和经验、阅历的逐步增长，他已清楚地知道那些他从花园中摘来的几袋果实，并不是玻璃一类的东西，而是名贵稀罕的珠宝，价值连城。因此，他感到自己是比帝王还富裕的有钱人了。他暗自估量，认为他自己现有的珠宝，跟古玩店中的比起来，数量虽然只有四分之一，但是价值不知要高多少倍。因为市场上那些珠宝中体积最大的，也无法跟自己最小的相比，更不用说质量的高低了。

阿拉丁善于利用一切机会向其他生意人学习，正逐步在生意场上出人头地。

这一天，阿拉丁照常穿得整整齐齐，去市场活动。他正在大街上漫步，忽然听到当差的大声对老百姓宣布："奉皇上圣旨，今日白狄奴·卜多鲁公主将前往澡堂沐浴熏香，为避免干扰，特令城中各商家停业，城中居民也要闭户一天，任何人不得外出，违者将处以绞刑。"

听了皇宫传出的禁令，不禁引起了阿拉丁极大的兴趣，一心要看看皇帝的女儿白狄奴·卜多鲁公主到底是啥模样。他暗自想道："朝中大小官员都称赞公主美丽可爱，我何不利用这次机会看看她呢？"

阿拉丁为了实现自己的想法，决定不顾危险，上澡堂去，以便能一睹白狄奴·卜多鲁公主的芳容。他打定主意后，毅然赶到澡堂，躲在后面，耐心等候白狄奴·卜多鲁公主的到来。

白狄奴·卜多鲁公主在奴婢、卫士的簇拥下，在城中主要街道上漫游，想借参观漫游的机会，四下走走，以求开心。最后她姗姗来到澡堂。她一进大门，便取下面纱，这时候，阿拉丁眼中便出现了一个窈窕活泼的美女。她光彩照人，简直像仙女下凡。

阿拉丁暗自称赞："都说公主美丽，确实名不虚传！"

阿拉丁从见到白狄奴·卜多鲁公主那一刻起，心弦就像受到撞击，脑海里从早到晚都萦绕着公主的形象，对周围的一切都毫无反应，像一个呆头呆脑的痴人。这天早晨，母亲陪他一起吃早饭，见儿子心事重重，便关切地问道："儿啊！你最近是否碰到什么不顺心的事，能否告诉我？让母亲分担你的痛苦吧！因为见你这样，我心里也不好受啊。"

过去阿拉丁总认为天下的女人不外乎都像他母亲那样平凡，没有什么可称道的地方。虽然他经常听别人说起皇帝的女儿白狄奴·卜多鲁公主是如何如何超凡美丽，如何如何具有荡人心魄的魅力，但是他并不真正懂得所谓"美丽""爱情"是什么。从那天他亲眼看见公主后，便一头坠入爱河，弄得他精神恍惚，不思茶饭，前后一下子判若两人。因此，当他母亲一再问他苦恼的原因时，他便不耐烦地摇着头说："你别管我！"

做母亲的总是心痛自己的孩子，因此，母亲不懈地安慰他，关心他的起居饮食，但阿拉丁对一切都没有兴趣，经常通宵失眠。这种现象一直延续下去，他母亲越来越感到困惑，一时间又毫无办法。最后，她认定儿子一定是害了什么病，便心疼地对他说道："儿啊！看样子你一定得了病，你感觉什么地方不舒服，赶快告诉我，我这就去请大夫给你治疗。听说最近有个阿拉伯大夫到咱们城中来行医，他精通脉理，医术高明，皇上都曾召他进宫去治病。我想，若请他来为你医治医治，你肯定会很快好起来的。"

阿拉丁一听要请医生来替自己治病，才不得不向母亲道出实情。他把那天有幸见到美丽绝伦的白狄奴·卜多鲁公主，并由此而陷入情网的事从头到尾细说一遍后，接着说："公主的美丽可爱是绝无仅有的，难以用语言来表达，因此，苦恼不安也就随之而来。要说生病，也就是害了难以形容的相思病，医治的最好方法，只能是了却我的心愿，让白狄奴·卜多鲁公主嫁给我。"

阿拉丁的母亲怎么也没想到儿子会有这种荒谬的念头，认为他的想法太天真、太幼稚，说道："儿啊！对天发誓，在我看来，你已经失掉理智了，应该赶快恢复常态才对。你怎么能像着魔似的，产生这样的想法呢？"

"不，亲爱的母亲大人，我并未丧失理智，更不是狂人。之所以这样，是因为美丽的白狄奴·卜多鲁公主掠去了我的心。要使我平静下来，只有将她娶到手。现在我正打算向公主的父亲——皇帝大人去求亲呢。"

"儿啊！用我的生命起誓，你这样说，会招人笑话的，大家肯定会说你已疯了。你千万别再谈这种无聊的话。这样的事，别人想都不敢想，更不会去做了。再说，就算你的想法行得通的话，可谁愿意为你去做媒呢？总不至于你自己去为自己做媒吧？"

"娘，我可不需要别人去替我提亲。对我来说，还有谁比你去替我向皇帝大人提亲更适合呢？"

"儿啊！你说什么呀？难道你天真地以为我也像你一样失掉理智了吗？你快放弃这个念头吧，可不要把这件事放在心上了。孩子，不要忘记你是出生在裁缝家庭啊，像我们这样贫穷的人家，怎么敢妄想娶皇帝的女儿做儿媳妇呢？你应该清楚，皇帝只能同帝王将相们结亲，那样才称得上门当户对。"

"娘，你说的这些道理，我非常清楚。我是穷苦人家的孩子，但这也不能改变我的主意。我是你唯一的儿子，而你又无微不至地关心、爱护我，因此我才把希望寄托在你身上，求你同意我的意见，并促成我的愿望。如果你不肯这样做，那就等于把我的一生给毁了。因为若不能同心爱的人结婚，我就无法生活下去了。娘啊！再次恳求你答应孩儿的要求吧。"

阿拉丁的母亲听了儿子的肺腑之言，不禁产生了同情怜悯的心情，她一边伤心哭泣，一边说道："儿啊！你说得对，你是我唯一的心肝，为了你我愿意替你说这门亲事，不过我所担心的是，即使我去同跟咱们景况相似的人家提亲，对人家提出的诸如你有多少财产、靠经商还是手艺来养家糊口等极简单的问题，我都穷于应付，叫我有什么勇气向皇帝去求亲呢？他是如此高傲之人，对其左右的亲信都看不上眼，又怎么会理睬像我们这样的普通百姓。再说，有谁愿意将自己女儿下嫁裁缝的儿子做老婆呢？你应该清楚，去向皇帝求亲，不但是自讨没趣，而且肯定会惹怒皇帝，并招致杀身之祸呢。这可是性命攸关的呀！就算我老脸不要，冒着生命危险去做这事，又用什么办法接近皇帝呢？即使我有幸能进宫，去见皇帝，我也不知该怎么开口。还有，我能给威严的皇帝献上什么礼物，才能使他哪怕是有那么一点点动心呢？因为凡是攀缘皇帝并希望获得恩赏的人，必须带着帝王喜爱的礼物去见他，才有实现愿望的可能。我不是没有告诫过你。我们若是拿不出皇帝感兴趣的贡礼，要实现你的愿望其可能性微乎其微。因此，又何必冒风险去向公主求婚呢？"

"娘，我再一次声明，我钟情于白狄奴·卜多鲁公主，爱情的火焰在我心里剧烈燃烧，我已不能再忍受这样的折磨，必须把她娶到手，才能摆脱这样的痛苦。至于你所讲的这些，有一件事提醒了我，它坚定了我向皇帝求亲的决心，并增强了我完成心愿的勇气和信心。因为事实并不像你所说的那样，我们没有可奉献的礼物。我不但有，而且有最适合做贡礼的礼物呢。这种礼物是帝王所没有的，也是皇宫中的珍宝所不能媲美的。娘，告诉你吧，当初我从地下宝藏中带回来的、曾被我当作普通物品的那些东西，都是无价之宝。即使最小的一颗宝石，也是皇帝所有的珠宝不能比拟的。近来我经常同珠宝商往来，学到一些知识，知道我装在袋中的宝石，其价值无法形容。若作为贡礼献上，它会使皇帝惊喜万分。这样事情就好办多了。你尽管放心,娘,记得我们家有个钵盂,现在请母亲按我的要求,去把钵盂找出来,我将装些宝石在里面,咱母子可先仔细欣赏宝石的灿烂光芒,这样你便会相信,用这样的物品做贡礼去敬献皇帝,是再适合不过的了。"

阿拉丁的母亲去取钵盂,心想:"他的话不太可信,待我找出钵盂,就可以证实了。"她嘀咕着把钵盂搁在阿拉丁面前。

阿拉丁精心挑选了不少宝石,将钵盂装得满满的。母亲站在一旁耐心观看,她的眼睛已被那些璀璨的宝石发出的光芒刺得睁不开了。她想儿子所说的也许是事实。

"娘,这样名贵的礼物,定会使你受到皇帝热情的接待。因此你不要再犹豫,打起精神,带着这钵宝石,快去皇宫见皇上。"

"儿啊!看得出来,这礼物的确非同寻常,也正如你所说的是宝中之宝。但即使带上这样的礼物,要叫我在皇帝面前,要求把他的女儿许配给我的儿子,我还是感到难以启口,尤其是怕回答他提出来的这样那样的问题。"

"娘,我相信皇帝的注意力会被光芒夺目的宝物吸引住,他欣赏宝物都来不及,哪会有工夫去想别的事情,因此你的顾虑是多余的。你只要把宝石献上,便可以大胆地替我向他的女儿白狄奴·卜多鲁公主求婚,别把事情想象得太困难。你知道,万能的神灯会供给我们需要的一切东西。这就使我们有足够的财产做保证,无须为这类事发愁。只是现在我们需要好好研究一下,如何应答皇上提出的问题。"

当天夜里,阿拉丁母子在一起通宵达旦地商讨如何办好这桩事情。

第二天早晨,阿拉丁的母亲虽然一晚上没休息,但仍然精神很好,一副充满信心的样子,因为她知道神灯的作用,它有求必应,既能供给她所需要的一切,也能帮她战胜困难,完成这件大事。

阿拉丁在母亲行前,特别嘱咐她道:"娘,神灯是咱家最珍贵、最重要的宝贝,它的价值和用途千万不可让外人知道,否则那些无耻之徒会千方百计偷窃或抢夺。我们一旦失去了神灯,咱们所享受的这种幸福生活就会完全丧失,而我的希望、理想也就将付诸东流。因为咱们的希望和幸福，完全是建立在我们拥有神灯这个基础上的。"

"儿啊，这个利害关系我是非常清楚的，你不必顾虑。"她说着用一块最好的帕子，把盛宝石的钵盂包起来，带着上皇宫去了。

阿拉丁的母亲匆匆来到皇宫门前，见早朝的将相、官吏们络绎不绝地进入皇宫，聚集在朝廷上，他们先行鞠躬礼，然后一个个把手臂交叉贴在胸前，垂头听命，待皇帝示意后，他们才各按等级就座。接着按程序逐一上奏，并静听皇帝决断。早朝完毕后，皇帝进入后宫，其他臣僚才顺序退下。

阿拉丁的母亲一动不动地站在一旁，观望等待。直至早朝完毕，官员们各自办事去了。她见皇帝没有要接见她的意思，这才闷闷不乐、无精打采地转回家去。

阿拉丁见母亲提着礼物归来，知道她此行并不顺利，但他并不想追问缘故。

阿拉丁的母亲把礼物放下，把经过叙述一番，然后说道："儿啊！今天我本来是鼓足了勇气，等待谒见皇帝的。当然也准备好了如何回答他的问题，但是由于今天求见的人太多，没得机会跟皇帝见面交谈。明天我再上皇宫见皇帝，相信会有结果的。"

阿拉丁听母亲这么说，并没有感到失望。虽然他很爱白狄奴·卜多鲁公主，希望尽快同她结婚，可是事情不是想象的那样顺利，因此他不得不抑制感情，耐心等待。

次日清晨，阿拉丁的母亲又赶到皇宫，见接待厅的门窗关闭着。她向旁人打听，才知道皇帝并不是每天都要接见老百姓的。他每周只接见老百姓三次。阿拉丁的母亲颇感失望，闷闷不乐地转回家，等接待日再去求见。

接待日这天，阿拉丁的母亲带着礼物，又来到皇宫。她按规定站在接待厅门外，等待进谒。这天求见的人很多，而每次只放一人进入接待厅，其余的人继续在外等候。当先前进去的那人出来后，才放下一个人进去。由于时间限制，这天的接见还没轮到她就告结束了。

阿拉丁的母亲连续跑了一个月，次次都遇到这种情况。终于在月底的某日，她轮到了晋见的机会，但关键时刻，她突然由于胆怯而犹豫了一下，就在她踌躇不前时，厅门已关上，宣告今天接见结束。

皇帝在宰相陪同下，离开接待厅，准备前往后宫。他突然感觉到阿拉丁的母亲好像每逢接待日都到场，却从未进入过接待厅。因此，他回头对宰相说："爱卿，这个老太婆在最近几次接待日，都来求见，却从未进入过接待厅，她老是胆怯地站在那里，手里还提着一包东西，你知道她的情况吗？"

"尊敬的陛下，像她这样的人，会有什么事呢？不外乎是受了丈夫的虐待，或是受了家人的气后，到这儿来向陛下诉苦叫屈吧。"

皇帝对宰相的回答显然不满意，说："我看未必如此。不过，她会再来求见的。到那时，你直接带她来见我吧。"

"遵命。"宰相回答道。

阿拉丁的母亲每次接待日都到场，在厅门前等候。为了替儿子求亲，尽管吃尽了苦头，但她始终坚持不懈，为了让儿子的愿望得以实现，她任劳任怨地克服困难。这天，当她再次等候谒见时，皇帝看见了她，便对宰相说："这就是那天我对你提过的老太婆。你把她带来，我想了解一下她的情况，看看她到底有什么愿望。"

宰相遵命，立刻把阿拉丁的母亲引到皇帝面前。

阿拉丁的母亲向皇帝致敬，吻他的指尖，并拿他的指尖摸自己的眉毛，表示无上敬意。接着她祝皇帝万寿无疆，世代荣华富贵，最后拜倒在皇帝脚下，跪着聆听皇帝的吩咐。

"老人家，"皇帝开始跟她说话，"很多的日子里，我见你都上接待厅来，显然你是有话要说的。你需要什么，告诉我吧，看我能否满足你的要求。"

"是的，我是一直盼望得到皇上的恩赏。不过在我向陛下陈述情况之前，首先恳求陛下对我的安全给予保障，并允许我一个人独自在御前讲明我的希望和目的。"

皇帝由于急于想要知道她的要求，欣然答应了她的请求。他让左右的侍从离开，只留下宰相一人在旁，才对她说："好了，有什么你就快讲吧。"

"如果我说错了话，恳求陛下饶恕。"她再次强调。

"老天爷会饶恕你的。"

"尊敬的陛下,我有个儿子,名叫阿拉丁。有一天他在街上,听见官中的差官传达圣旨,从而知道陛下的女儿白狄奴·卜多鲁公主要前往澡堂沐浴。于是他在好奇心的驱使下,为看公主一眼,便设法溜进澡堂,想躲在大门后面窥探她。当公主进澡堂时,他看见了公主。他满心欢喜,感到无上荣幸。但是,他从见到公主的那天起,直到现在,生活失常,整日闷闷不乐,日子很不好过。因为他倾心公主,硬要我前来向陛下求亲,希望结为夫妻。由于他过分钟情公主,我简直没法打消他的幻想。爱情牢固地控制着他的生命,已经到了活不下去的地步。他曾对我说:'娘,你要知道,假使达不到同公主结婚的目的,我就活不下去了。'所以我才冒昧前来求见,恳求宽大仁慈的皇上体谅我母子的苦衷,饶恕我们犯的罪过吧。"

皇帝听完阿拉丁母亲的叙述,先是哈哈大笑一阵,接着便控制住自己,显得十分慈祥。他仔细打量着阿拉丁的母亲,接着问道:"你手里拿着的那包东西是什么?"

阿拉丁的母亲心里明白,皇帝的笑脸转眼就可能成为怒目,但既然皇帝已发出询问,便只好打开帕子,心想:"我先把宝石献上再说。"

帕子打开之后,整个接待厅一下子闪烁着珠光宝气。皇帝十分惊诧,情不自禁地从座位上跳起来,大声说:"这样的罕世之宝,是我有生以来第一次见到的。"继而他对宰相说:"爱卿,你的观感如何?如此稀奇的珠宝,你曾见过吗?"

"尊敬的陛下,连你都没见过样名贵的珠宝,我怎么会见过?据我所知,从我们皇宫里所有珠宝中,恐怕也选不出一颗能与这钵盂中最小的宝石相媲美的。"

"照此说来,贡献这些珠宝的人,是有资格做白狄奴·卜多鲁公主的丈夫了?"

宰相听了皇帝的话,一时张口结舌,不知如何回答才好,心里非常难受,这是因为皇帝曾答应将公主许配给他的儿子做妻子。宰相愣了一会儿,说道:"尊敬的陛下,当初承蒙你开恩,答应将令千金许配给我儿子,臣及家人感恩不尽。今见陛下有反悔之意,那么就恕我冒昧向皇上进一言,希望陛下看在臣的面子上,给我儿子三个月限期,以便让他筹措到一些名贵的礼物敬献给陛下,作为聘礼。"

皇帝明知这是不可能的事,无论宰相或其他公侯显贵都是绝对办不到的,但出于宽大、仁慈,便接受了宰相的要求,给予三个月的限期。同时,他对阿拉丁的母亲说:"回去告诉你的儿子吧,我发誓愿将公主嫁给他,不过现在他必须替她预备一份嫁妆,因此你的儿子必须耐心地等三个月。"

阿拉丁的母亲得到皇帝的肯定答复,万分感激,连忙叩首致谢,然后带着愉快的心情回家去了。

阿拉丁见母亲眉开眼笑地回来,而且没有再把那包宝石带回来,知道事情有了眉目,于是他忙问母亲:"娘,看你的神情,一定是给我带来了好消息,那些珍贵的宝石起了作用吧?你受到皇帝的亲切接待了?他是否仔细倾听了你的陈述呢?是否答应了你的请求?"

阿拉丁的母亲把她进宫的经过:皇帝如何叫宰相引见她,他对那稀罕、珍贵的宝石所表现出来的惊奇羡慕的神态,以及宰相的观感等,从头到尾,详细叙述了一遍,然后说道:"皇帝对我许下诺言,愿将公主嫁给你。不过,我的孩子,由于当初皇上曾允诺要将公主许配给宰相的儿子,因此,在宰相的提醒下,皇上可能是为了应付他,才答应三个月后替你和公主成亲。因此,我很担心宰相会从中捣鬼,千方百计地对这桩婚事进行破坏,从而使皇帝改变主意,真要出现这样的情况,那就难办了。"

阿拉丁听了母亲的叙述,得知皇帝允许将公主嫁给他,尽管要等三个月,但心里依然充满喜悦,他欣然说道:"皇帝既然允许我和公主成亲,三个月的限期固然难熬,但我心中的快乐仍然是无法形容的。"

他非常感动母亲为他奔劳,对她说:"娘,对天发誓,今天以前,我是在墓中生活。幸亏你把我救出来,让我起死回生了。感谢上天!我现在醒悟了,我肯定人世间没有比我更幸福的人了。"

于是他耐心等待限期满的一天,好同白狄奴·卜多鲁公主结婚,成为恩爱夫妻。

阿拉丁遵照皇帝的旨意,好不容易才等满了两个月的限期,但不料情况突然起了变化。

这一天傍晚，阿拉丁母亲上市场去买油，却见铺店都关了门，家家户户张灯结彩，整个城市装饰得焕然一新，官吏骑着高头大马，指挥部队站岗巡逻，烛光和火炬交相辉映，热闹异常。眼看那种反常的景象，她非常惊奇，急忙走进一家油店，边买油边向油商打探消息："大叔，告诉我，今天人们装饰门面，大街小巷张灯结彩，还有官吏巡逻，士兵站岗，这到底是怎么一回事？"

"老大娘，恐怕你不是本城居民，而是外乡人吧？"

"不，我是本城居民。"

"既然如此，怎么连这样一桩大事也不知道呢？告诉你吧，今天晚上是皇帝的女儿白狄奴·卜多鲁公主同宰相的儿子结婚的吉日。现在宰相的儿子正在澡堂沐浴熏香，那些官吏和士兵奉命为他站岗巡逻，等他沐浴完毕，好护送他进宫去同公主见面，举行隆重的婚礼。"

阿拉丁的母亲听了油商的话，犹如晴天霹雳，一下子吓得六神无主。她首先想到的是自己的儿子阿拉丁。她深知这个可怜的孩子，自从得到皇帝的允诺后，便充满希望，耐心地、度日如年地忍受着煎熬，眼看三个月期限就要到了，没想到会出现这样的情况。于是她心急如焚地赶回家里，对阿拉丁说："儿啊！我要告诉你一个不幸的消息，这会使你感到无比的痛苦。当然我的心情也与你一样。"

"是什么不幸消息？快告诉我。"

"皇帝食言了，他把白狄奴·卜多鲁公主许配给了宰相的儿子，并决定今晚在皇宫举行结婚典礼呢。"

"不会吧。你是从哪儿听来的消息？"

阿拉丁的母亲这才把她刚才所听到看到的一切说了一遍。

阿拉丁不禁怒火中烧，他强迫自己冷静下来思考着对策。突然，他眼前一亮，精神振奋地对母亲说道："娘，拿我的生命起誓，别以为宰相的儿子会如愿以偿地把公主娶到手。咱们暂不谈这件事。现在你快去做饭，待吃过饭，我将在寝室里休息一会儿。请你老放心好了，这件事会有美满的结果的。"

阿拉丁按计划行事，吃过饭后进了寝室，把门关起来，然后取出神灯，用手一擦，灯神便出现在他面前，应声说："你需要什么，请吩咐吧。"

"事情是这样的，我曾向皇帝求亲，要娶他的女儿，而皇帝在收下我的聘礼后，欣然答应三个月后为我和公主举行婚礼。但没想到皇帝不守信用，中途变卦，竟把公主许配给了宰相的儿子，并于今晚举行婚礼，这使我非常愤怒。因此，我要你今晚前往宫中，待新娘新郎进入洞房就寝的时候，把他俩连床带人一起搬到我这儿来，你能办得到吗？"

"没问题，愿为你效劳。除此之外，还有其他要做的事吗？"

"目前没有别的事了。"阿拉丁快慰地说。

他走出寝室，若无其事地跟母亲聊起天来。过了一阵，他估计灯神差不多该回来了，便起身进入房内。又一会儿后，灯神果然将一对新人连同他们的床一起搬到这里来了。阿拉丁满心欢喜，接着他又吩咐灯神："把那个该死的家伙关进厕所里，让他在那儿过夜好了。"

灯神立即按吩咐把新郎弄到厕所里，同时向他喷出一股冷气，冻得他直打哆嗦，狼狈不堪地待在那里。然后灯神回到阿拉丁面前，问道："还有别的事要做吗？"

"明天早晨你再上这儿来，把他俩原样带回宫中去。"

"遵命。"灯神应诺着悄然隐退。

阿拉丁站起身来，眼见事情如此顺利，心里别提有多高兴。当他看见躺在那里的美丽公主时，心情又有些激动，但他尽量控制住自己，因为直到目前，他爱恋公主，敬重她的心情，丝毫没有因自己所吃的苦头而有所改变。他关切地对公主说："美丽的公主啊！请不要误会，我绝没有把你弄到这儿来毁坏名节的意思，因为这是上天的安排。之所以这样做完全是为了保护你，防止坏人玩弄你。另一方面，是因为令尊曾许下诺言，愿把你嫁给我。现在你只管放心，安安静静地休息吧。"

白狄奴·卜多鲁公主受到如此惊吓，早已惶恐不安，战栗不已。她的心神完全陷于恍惚迷离状态，一句话也说不出来。

阿拉丁从容脱掉外衣，扔在一边，随即倒在公主身旁睡觉。他很规矩，既没有亵渎的想法，也没有放荡的行为。他知道公主直到目前还是清白的，因此，他对公主与宰相的儿子结婚这件事，并不觉得怎么可怕。另外，就目前的处境来说，可能是太恶劣了点儿。这也许是她生平仅有的一夜，也是最难熬过的一夜。当然，对置身于厕所里的宰相的儿子来说，其境遇就更糟了。这个娇生惯养的公子哥儿由于灯神的压力，不得不整夜受惊挨冻。

第二天黎明，阿拉丁刚醒来，还未擦灯召唤，灯神便按主人昨夜的指示，出现在他的面前并请示道："我的主人，把你要做的事交给我去办吧。"

"你先去把那个所谓的新郎带到这儿来，然后连同这个所谓的新娘一并送回宫去吧。"

灯神遵循阿拉丁的命令，转眼间就把这对新人送到了宫中，放在他俩的洞房里。公主和宰相的儿子察觉自己突然又回到宫中，不禁面面相觑。由于惊喜过度，两人突然便晕过去了。

灯神把公主和宰相的儿子安置妥当，便悄然归去。

过了一会儿，皇帝前来看望公主，并为女儿道喜。这时，宰相的儿子已从昏迷中苏醒过来，听到开门声，知道是皇帝来到洞房，他想下床穿衣服，迎接岳父，但由于昨夜在厕所冻得太厉害，现在手脚已麻木了，因而他力不从心，只得躺在床上。

皇帝来到白狄奴·卜多鲁公主面前，亲切地吻她的额头，向她问好，并询问她对婚事满意不满意。但女儿却用愤怒的眼光瞪着他，默不作答。皇帝一再重复问话，而公主始终保持沉默，不肯透露昨夜的内情。迫不得已，皇帝只得离开女儿，匆匆返回行宫，把他和公主之间发生的不愉快的情景，告诉了皇后。

皇后怕皇帝怪罪公主，便连忙解释说："主上，这种情形，对一般刚结婚的姑娘来说，是不足为怪的，这可能是害羞，主上应多谅解她才是。过几天她习以为常了，就会谈笑自若的。现在就让她保持沉默吧。我想，还是我亲自去看一看她。"

于是皇后整理一下衣冠，匆匆来到公主的洞房，问她好，吻她的额头，眼眶里含着泪水。公主无动于衷，默不吭声。皇后暗自想："毫无疑问，一定是发生了意外事件，不然她不会始终都是这个样子。"于是她关切地问道："女儿啊！你怎么了？我来看望你，祝福你，你都不理睬，我想一定是发生了什么事了吧？你快告诉我，让娘替你做主。"

"娘，原谅我吧。"白狄奴·卜多鲁公主抬头望着皇后那双关切的目光，终于忍不住而开口了："承蒙母后来看我，做女儿的应该恭恭敬敬地迎接你，不过当母亲听我讲明昨夜所发生的事，便会理解女儿此刻的心情了。"见母亲表示理解，她便继续说道："昨晚发生的事是这样的：我与夫君正准备就寝时，房里突然出现了一个来路不明、面目可憎的家伙，他二话不说，把我们连人带床一起举了起来，一下子转移到一处阴森、暗淡的地方。"接着公主把后来的遭遇：她丈夫如何被带走，只留她一个人躺在床上担惊受怕，以及随后怎样出现另一个彬彬有礼的青年来代替她丈夫，躺在她一旁过夜等，从头到尾叙述了一遍。最后说："直到今天早晨，那个面目狰狞的家伙才又把我们连床带人一起搬运了回来。当父亲清晨驾临，并向我道安时，我还没有从昨晚的惊吓和恐怖中缓过劲儿来，处在神魂不定、心绪不宁之中，无法回答父亲的问候。我知道失礼了，可能大大伤害了父王。因此，希望你把我的境遇转告父王，求他原谅、饶恕，并请体谅我当时的那种混乱心情吧。"

皇后听了白狄奴·卜多鲁公主的叙述，感到震惊，她安慰公主道："女儿啊！你好生镇静下来。至于昨晚发生在你身上的这桩不幸事件，应立即把它忘掉，可千万别在人前宣扬，否则人们会认为皇帝的女儿丧失理智了。你没让父王知道这件事，这是对的。现在你更需小心谨慎。"

"娘，我现在身体健康正常，神智也很清醒，我没有发疯，先前所讲的都是事实。你若不信，完全可以问我的丈夫。"

"女儿啊！你快起来，把昨晚的噩梦忘掉，换上新装，然后前去参加热闹的婚宴。在美妙的弹唱音乐声中，尽情欣赏歌女、艺人的歌舞，这样你会感觉到你的心情轻松、愉快。女儿啊！现在人们正在彩饰城市，备办丰盛筵席，以热烈庆祝婚礼，为你祝福呢。"

皇后吩咐毕，即刻召唤宫中最老练的侍女，替公主梳妆打扮，准备去参加婚宴。然后她赶忙来到皇帝面前，说明公主因在新婚之夜受到梦魇的折磨，身体不大舒适，才有早上那种失态的表现。最后说："还望大王原谅女儿失敬的地方，对这事别过于认真了。"

随后皇后暗地里召见了宰相的儿子，私下向他打听："白狄奴·卜多鲁公主所说的昨晚发生在新房内的事是否属实？"

宰相的儿子怕说出实情，会因此而拆散他和公主的婚姻，因而胡扯道："回禀母后，我可是一点儿也不知道这回事。"

皇后听了宰相之子的回答，便认为公主只是做了一个噩梦，那些事必是梦中的幻境，于是她放下心，高兴地陪公主出席婚宴。庆祝宴会整整热闹了一天。宴会场中，宾客满座，歌女翩翩起舞，艺人抑扬顿挫地引吭高歌，乐师敲击和吹奏各种乐器，发出铿锵悦耳的声音，这一切交织成一片喜气洋洋的景象，到处充满着快乐的气氛。皇后和宰相父子格外关心公主，一个个自告奋勇，尽情渲染宴会的乐趣，想这样来感染公主，使她触景生情，转忧为喜。为了达到这个目的，他们不辞辛苦，不嫌麻烦，想尽各种办法，凡是公主感兴趣的事物，全都安排出来，他们认为这样便可消除公主的烦恼，从而使她愉快。然而他们的努力却没有收到预期的效果。白狄奴·卜多鲁公主老是愁眉不展，一动也不动地默然坐着，始终被昨夜发生的事所困扰。

而宰相的儿子虽然昨晚整夜被关在厕所里受冻，所吃的苦头也更多，但现在他却对昨夜的事情不得不装作满不在乎，好像根本未发生什么一样。他怕一公开了昨夜的情况，会影响他的婚姻大事不说，还会对自己取得的显赫地位造成损害。他更怕失去他钟情的美丽的白狄奴·卜多鲁公主。

当天阿拉丁也出去凑热闹，看见那些不知情的人们所表现出的欢乐从皇宫一直延伸到城里的每个角落，他只是暗暗发笑。当听见人们对宰相之子发出的赞语、祝福，他嗤之以鼻，暗自说："你们这些可怜虫，根本不知道昨夜他的遭遇，否则才不会赞叹、羡慕他呢。"

阿拉丁回到家中，若无其事地等待着，直到天黑，睡觉的时候到了，才走进寝室，把神灯拿出来，用手指一擦，灯神便出现在他的面前，于是他吩咐灯神像昨天那样，趁宰相的儿子同公主欢聚之前，就把他俩连床带人一起弄到他家里来。

灯神随即隐退。一会儿后，他把宰相的儿子和白狄奴·卜多鲁公主夫妇带到阿拉丁家中，并像昨晚那样，把所谓的新郎带到厕所中拘禁起来，让他受苦。

阿拉丁看灯神完成任务，这才脱下外衣，倒在公主身边睡觉。

次日清晨，灯神照例来到阿拉丁面前，按阿拉丁的指示，把宰相的儿子和白狄奴·卜多鲁公主一起送到宫中，照原样摆在他俩的洞房里。

皇帝清晨从梦中醒来，一睁眼就想到他的宝贝女儿白狄奴·卜多鲁公主，决定马上去看看她是否恢复了常态。于是他驱散睡意，马上下床，整理一下衣冠，匆匆来到公主的洞房门前，呼唤她。

宰相的儿子吃了一夜苦头，冻得要命。他刚被送到房中，便听见呼唤声，只得挣扎着下床，趁皇帝进入新房之前，随仆人回相府去了。

皇帝掀起新房的挂毯，挨到床前，向躺着的女儿问好，亲切地吻她的额角，询问她的情况。结果却见她愁眉苦脸，一声不吭地怒目瞪着他，露出可怜又可怕的神情。

皇帝眼看那种情景，抑制不住心中的怒火，疑心是发生什么祸事了，终于气急败坏地抽出腰刀，厉声说道："到底发生什么事了？你再不告诉我，我就宰掉你。我好心好意地跟你说话，你却不理睬。这种行为，难道是尊敬我的表示吗？是我所期望的回敬吗？"

白狄奴·卜多鲁公主眼看皇帝手中明晃晃的腰刀和他非常生气的情形，明白父王由于误会而产生愤怒，这种愤怒已快到无法控制的地步了。于是她毅然排除胆怯、羞愧、畏惧的心情，决定把情况全盘托出，因此说道："尊敬的父王，请别生我的气，也不必动感情，关于我的事情，父王是会知道的，会让我有辩解余地并原谅我的。"于是公主把两个夜晚所碰到的一切，从头细说一遍，最后说道："父王如果你不相信我的话，那么请去问我的丈夫好了，他会把一切情况都告诉你的。至于他本人被带到什么地方，受到什么待遇，这一切，我一点儿也不知道。"

皇帝听了公主之言，既愤怒，又难过，气得直掉眼泪，只得把腰刀插入鞘中，边吻公主边说："女儿啊！你干吗不把头天夜里发生的事告诉我呢？如果你早说，我完全可以保护你，免得你第二次又受惊恐和虐待。不过今后不会发生意外了。现在你起来，抛弃杂念，别再为这件事发愁了。今夜，我派人守夜保护你，不让灾祸再降临到你身上。"

皇帝吩咐毕，离开公主的洞房，匆匆回到寝室，马上召宰相进宫，迫不及待地问道："爱卿，也许令郎已经告诉了你他和公主所遇到的意外事件了吧？你对这件事是怎么看的？"

"尊敬的陛下，臣从昨天起到现在，还没见到儿子的面呢！"

皇帝只得把公主的意外遭遇，从头叙述一遍，然后说道："你马上去了解一下令郎在这件事中的实际情况吧，也许公主在这次事件中所遭受的磨难，与令郎的遭遇不一样。但我相信公主所说的是事实。"

宰相立即告辞，急忙回到相府，马上派人唤儿子到跟前，把皇帝所谈的情况说了一遍，然后追问究竟，到底是真是假。

在宰相的追问下，他的儿子不敢再隐瞒下去，只得老老实实地说："爹，白狄奴·卜多鲁公主没有说谎，她所讲的全都是事实。过去的两夜里，我们应该享受的新婚之夜的快乐，叫那意外的灾难破坏了。我自己的遭遇尤其惨痛，不但不能和新娘同床，而且被禁闭在黑暗、可怕、发臭的地方，整夜担惊受怕，冻得要命，差一点儿送了性命。"最后他说："亲爱的父亲，恳请你去见皇帝，求他还我自由，解除我和公主的婚约吧。本来么，能娶皇帝的女儿为妻，作为驸马，这的确是再光荣不过的事，尤其我爱公主，已经达到不惜为她牺牲的程度。但是现在我已精疲力竭，像前天和昨天晚上那种苦难的日子，我再也受不了了。"

宰相听了儿子的叙述，大失所望，忧愁苦恼到极点，他所以同皇帝联姻，目的在于使儿子成为驸马，使他平步青云，最终成为一国之主。现在听了儿子的遭遇，深感困惑，不知怎么办好。对他来说，婚约无效的确是一件痛心的事。因为儿子刚开始享受至高无上的荣誉，他还不愿就这么放弃了，于是他对儿子说："儿啊！你暂且忍耐一下，待我们看一看今晚会发生什么再说吧，我们会派守夜人保护你的。要知道，你是唯一获得这种地位和荣誉的人。有多少人羡慕你、敬佩你呀！别这么轻易地就抛弃它。"

宰相嘱咐一番，随即匆匆前往皇宫，据实向皇帝报告，说明白白狄奴·卜多鲁公主所说的都是事实。

"事情既然如此，就不该再拖延下去了。"皇帝斩钉截铁地对宰相说，并马上宣布解除婚约，下令停止庆祝婚典的一切活动。

事情来得这样突然，人们都莫名其妙。宰相父子那种狼狈可怜相，使人们大感吃惊，并且议论纷纷，互相打听："突然宣布公主的婚姻无效，这到底是什么缘故呢？"当然其中的真实情况，除了追求白狄奴·卜多鲁公主的阿拉丁外，谁也不会知道，因此，也只有阿拉丁一个人在暗中发笑。

皇帝一手解除了公主和宰相之子的婚约，但他把对阿拉丁母亲许下的诺言也早已忘得一干二净了。阿拉丁只能耐心地等待皇帝给他所规定的期限满，然后去正式提出与白狄奴·卜多鲁公主结婚。

三个月期满的这一天，阿拉丁一早便催促母亲去见皇帝，恳求履行诺言。他母亲果然按计划行事，心地坦荡地前往皇宫，等待谒见皇帝。皇帝驾临接待厅，一见阿拉丁的母亲站在厅外，便想起给她许过的诺言，随即回顾身边的宰相，说道："爱卿，这是曾经给我贡献珍宝的那个老妇人，我们曾对她许下诺言：待三个月的期限到时，便请她进宫来，共同安排公主同她儿子的婚事。现在限期已满，我看还是先把她带进来再说吧。"

宰相听了皇帝之言，随即带阿拉丁的母亲进接待厅，谒见皇帝。

阿拉丁的母亲跪下向皇帝请安问好，并祝福他荣华富贵，万寿无疆。皇帝一时高兴，问她前来要求什么。

阿拉丁的母亲趁机说道："禀告皇上，你规定的三个月已经满期，现在是让我儿子阿拉丁和白狄奴·卜多鲁公主结婚的时候了。"

皇帝听了阿拉丁的母亲的要求，感到震惊、为难，一时陷入迷惘状态，他对阿拉丁的母亲那副穷酸、卑微的样子，实在看不顺眼，然而前次她带来的那份礼物，却是非常名贵的，其价值之高，远非他的能力可以酬答。于是他向宰相讨主意："你有什么办法应付这个局面呢？我的确有言在先，答应她的儿子同公主结婚，因此她的要求是有根据的，不过，要我的女儿下嫁这样穷苦贫贱的人家怎么行呢？"

宰相本来就因儿子的婚姻受挫而苦恼万分，并且他一直就嫉妒和憎恨阿拉丁，因此他心里暗自想道："我的儿子都丧失了驸马的地位，又怎能让你这种家境的人如愿地获得此地位呢？"于是他心怀恶意，悄悄地向皇帝耳语："陛下，你要摆脱这个坏人并不困难，因为像他这样没有一技之长、地位低下的普通臣民，陛下本来就不该考虑把高贵的公主许配给他。"

"不过现在怎么办呢？"皇帝不明白宰相的意思，"当初我曾对这个老太婆许下诺言，而我对子民所说的话，等于彼此间订下的契约，怎能违背诺言而拒绝这门亲事呢？"

"主上，此事很简单，你只需在索取聘礼方面提高条件，便可在不违背诺言的条件下拒绝这门亲事。比如，要他用四十个纯金制的大盘，盛满像前次给陛下的那一类名贵宝石，再由四十名白肤色的婢女端着，在四十名黑皮肤的太监护送下，送进宫来，作为娶公主的聘礼。这样的条件，他是无法办到的。到那时再拒绝他，我想就不会有什么不妥之处了吧。"

皇帝听了宰相出的点子，非常高兴，说道："爱卿，你的建议看来是解决问题的最好办法了。当我们提出的条件他无法满足时，主动权就掌握在我们手中了。"

皇帝和宰相密商妥当，才对阿拉丁的母亲说："你去告诉你的儿子吧，我对人说话是算数的，决不食言，不过要附加一个条件，就是送的聘礼，要用四十个纯金盘子，装满四十盘像前次献给我的那种珍贵宝石，由四十名白肤色的美女捧着，并派四十名黑肤色的太监护卫，一起送进宫来，作为娶公主的礼物。如果你的儿子能做到这一点，我就把女儿嫁给他做妻子。"

皇帝的要求使阿拉丁的母亲大失所望。在回家途中，她不停地摇头叹息，暗自说："我可怜的孩子，到哪儿去弄这样的盘子和宝石呢？让他再上那个魔窟似的地下宝藏去取吧，这无论如何是不可能的事。就算他带回来的那些宝石能拿去充数，可我们从哪儿去找那些白使女和黑太监呢？"

到了家中，她见阿拉丁正等待着，便说："儿啊！凭你的能力，我看无法达到娶白狄奴·卜多鲁公主的愿望，因此我劝你还是下决心抛弃你那不切实际的幻想吧，因为我们无法满足皇帝提出来的那些苛刻的条件。"

"你快说一说新的情况吧，到底是什么条件？"阿拉丁催促他母亲。

"儿啊！皇帝这次接见我，依然表现出尊敬的神情，看来他对咱们是抱慈悲态度的，只是那个讨厌的宰相，可以看出他是你的冤家对头。因为当我要求皇帝履行诺言时，皇帝当面征求宰相的意见，他便悄悄地向皇帝耳语。他们嘀咕一阵之后,皇帝才答复我。"于是她把皇帝提出来的条件重述一遍,然后说:"儿啊!皇帝等待你赶快回答他,可是在我看来,咱们没有办法回答他呀!"

阿拉丁听了忍不住大笑起来,说道:"娘,你认为这件事太难,断定咱们无法办到,其实不然。这些条件算不了什么,母亲只管放心,不必焦虑,我自有办法应付。咱们先吃点儿东西,填填肚子,到时看吧,你肯定会满意的。皇帝之所以提出如此苛刻的条件,索取聘礼,其目的在于为难我,让我知难而退,以便拒绝我同他的女儿结婚。我看这份聘礼数量并不算大,比我想象的要少得多。好了,你不必忧愁,待我准备充分后,你再上皇宫回话吧。"

阿拉丁趁母亲上街买东西的时候,赶快回到寝室,取出神灯一擦,灯神便出现在他的面前,说道:"请吩咐吧,我的主人!你要我做什么?"

"我要娶皇帝的女儿白狄奴·卜多鲁公主为妻,需按他的要求备办如下聘礼,分别是:四十个纯金盘子,每个盘子重十磅,盘中要装满珍贵宝石,并指定要咱们从地下宝藏中所获取的那种类型的;由四十名白肤色的美女端着,在四十名黑肤色的太监护卫下,一起送进宫去。你能按我所需要的这一切尽快置备齐全吗?"

"没问题,我的主人,你只管放心。"灯神答应着悄然隐退。

约莫一个小时,灯神再次出现,便按要求将需要的东西一件不少地备办齐了。他来到阿拉丁面前,说道:"一切都照办了,还需要什么吗?"

阿拉丁看了,非常高兴,说道:"目前暂不需要什么了。"

一会儿,阿拉丁的母亲从菜市回到家来,一进门就看见黑人太监和白人姑娘们。她惊喜万分地大声嚷道:"承蒙老天爷开恩,这一切定是灯神的功劳。"

阿拉丁趁母亲还没脱披巾,便说:"娘,趁皇帝退朝回后宫之前,赶快把这些礼物及婢仆送到宫中,奉献给皇帝。让他知道,凡是他所要求的,我全能办到。即使要求再多一些也行,同时他会明白自己被宰相作弄、欺骗了;另外,也要让皇帝和宰相都明白,他们君臣两人别想为难我、阻挠我,因为那样做是徒劳的。"阿拉丁打开大门,让他母亲带领婢仆们送聘礼进宫。

送礼的队伍在阿拉丁母亲的带领下,浩浩荡荡地向皇宫进发。经过闹市时,行人都停下脚步,观看那种惊人的、奇迹般的场面:婢女们一个个美丽无比,身上的穿戴是镶金嵌玉、价值千金的锦缎衣裙。尤其惹人注目的是那些装在金盘中,虽覆盖有绣花帕子,仍放射出强烈光芒的珍贵宝石。

当阿拉丁的母亲率领婢仆们一行进入宫内,宫中上下便沉浸在一片羡慕与惊叹之中。那光芒四射的宝石,那犹如仙女下凡的婢仆,怎能不使他们目瞪口呆。

护卫官如梦方醒地赶忙跑去向皇帝报告送礼队伍的情景。皇帝听了异常吃惊,但又大为欢喜,即刻吩咐引客人见。阿拉丁的母亲率领婢仆们,随护卫官来到接待厅,在皇帝面前一起跪下,同声祝福他世代荣华、万寿无疆。婢女们把顶在头上盛满宝石的金盘拿下来,依顺序摆在皇帝脚下,并揭开覆在盘上的丝帕,然后退到一旁,毕恭毕敬地站着听候吩咐。

皇帝眼看这些具有仙女般苗条的身段和美丽容貌的婢女们,激动得几乎发狂。他打量着金盘中的宝石,一时竟被那灿烂夺目的光芒弄得心神恍惚,呆若木鸡。

碰到这样的意外,皇帝简直不知该怎样应付才好,他一句话也说不出口。过了一会儿,他才清醒过来,意识到在这么短暂的时间内,求婚者居然能够收集这样多的宝物,实在是非同一般。这使他万分惊奇。

最后皇帝欣然接收下聘礼,并吩咐婢女将礼品送进后宫,献给白狄奴·卜多鲁公主。

阿拉丁的母亲乘机毕恭毕敬地对皇帝说:"启禀主上,我儿阿拉丁呈献的这份薄礼和白狄奴·卜多鲁公主那高贵、体面的身份比起来,可能有些不相称了。论公主的身价,再多几倍这样的彩金也不为过呀。"

皇帝听了老太婆一番谦虚话,回头瞧了一下宰相,问道:"爱卿,你怎样看待这件事?我想能在如此短的时间内筹措得这样一笔彩礼的人,是完全有资格被选做驸马的。"

宰相对这份彩礼的惊奇、羡慕程度,绝不亚于皇帝,但是他要陷害阿拉丁的嫉妒心也迅速膨胀起来。当他看到皇帝满足于彩礼，婚姻也成定局时，便不好正面反对，只得含糊其辞地说："不管怎样，这是不太适宜的。"他以极卑鄙的手段，继续破坏阿拉丁和白狄奴·卜多鲁公主的婚姻，大言不惭地对皇帝说："陛下，就算宇宙间的珍宝全收集起来，也不能买公主的一片指甲，可是陛下却过于重视聘礼而轻视公主本身了。"

皇帝听了，完全明白宰相的这种言论，显然是出于过分的嫉妒，所以不屑理睬。他对阿拉丁的母亲说："老人家，你回去告诉令郎吧，我收下聘礼，同意选他为驸马，并告诉他立刻进宫来，今晚就让他和公主举行结婚仪式。"

阿拉丁的母亲高兴万分，欣然告辞出来，在回家的路上，步履如飞，一心要痛痛快快地祝贺儿子一番。她想到儿子的心愿就要成为现实，心里快乐得真是难以形容。

皇帝把阿拉丁的母亲打发走后，立即在侍从在护卫下，来到白狄奴·卜多鲁公主的闺房中，吩咐奴婢们将聘礼拿给公主一一过目。

白狄奴·卜多鲁公主看了聘礼，感到震惊，叹道："在我看来，这些珍宝真是人间罕有的啊！"她环顾身边这些形貌苗条美丽、举止伶俐活泼的婢女们，心里感到格外高兴。她知道这些婢女们和一盘盘珍宝，都是那位深深爱着她的人儿的聘礼，便感到心旷神怡，虽然她曾一度婚姻遭到挫折，并为此而悲伤、苦恼，但此时，她已完全从痛苦中摆脱出来，终于眉开眼笑，精神焕发。

见此情景，皇帝心中的顾虑也消逝了，于是兴高采烈地对公主说："女儿啊！这些聘礼，还合你的心意吧？我敢说，今日向你求婚的这个人，比宰相的儿子更适合做你的丈夫。你这桩婚姻肯定是幸福美满的。"

阿拉丁一见母亲眉开眼笑，满面春风地奔回家来，意识到这是个好兆头，便不由自主地大声说："谢天谢地！娘啊，看你这高兴劲儿，一定是给我带来了好消息吧？"

"儿啊！高兴吧。你的愿望已成为现实。告诉你，皇帝已赏脸收下了我送去的聘礼，他非常满意，答应将公主嫁给你，并嘱咐我：'叫你儿子立即进宫，今晚就给他和公主完婚。'儿啊，为你的婚事，我已尽了最大努力，今后就看你的了。"

阿拉丁高兴地当即跳了起来，他拉着母亲的手，亲切地吻着，不断地说着感谢的话。

过了一会儿，他走进寝室，取出神灯一擦，灯神便出现在他面前。他吩咐道："你现在立即把我带到一座人间罕见的澡堂去，我要在那里沐浴熏香，同时为我预备一套古今帝王都没见过的御用衣冠。"

灯神欣然应允，随即带阿拉丁飞到一座无比富丽堂皇的、连波斯国王也没见过的澡堂里。澡堂四周是用花岗石和红玉石建成的，金碧辉煌，光彩夺目。大厅的墙壁上镶嵌着各种名贵的宝石，真像人间天堂。澡堂安静极了，空无一人，只在阿拉丁到来时，才有一个神仆前来伺候他，替他擦背、冲洗。

阿拉丁沐浴完毕后，便来到大厅休息，这是灯神按要求为他准备好的。神仆端出一些果子和一杯浓香的咖啡供他享受。待他吃喝、休息之后，一队黑肤色仆人便前来服侍他，替他穿衣整冠，并用香烟熏沐他，把他打扮得整整齐齐。此时的阿拉丁一下子变成了仪表出众的人物。现在人们再不会把他当穷裁缝的儿子看待了，因为他即将成为驸马，跻身皇亲国戚了。

阿拉丁穿戴齐全后，灯神又出现在他面前，说道："主人，你有什么吩咐？"

"你听好了，我要四十八名仆人来做我的卫队，其中一半作为前卫，一半作为后卫，他们的穿戴和装备必须是罕有的，还要一匹适合帝王身份的人骑用的高头骏马，马鞍应嵌满珠宝并由金银制成。再要四万八千枚金币，这样可以使每个侍从各携带一千枚金币。另外，还要为我母亲预备十二个美如天仙的婢女，当然她们的衣裙应是最考究的，以便陪老人家一起进入皇宫。"

"明白了。"灯神回答一声，并随即带他一起飞回了家，然后就立刻隐退了。

一会儿，当灯神再次出现时，便带来阿拉丁要求的一切。他牵着一匹闻名于世的，就是最好的阿拉伯骏马也不能与之媲美的高头大马，马身上配着金鞍银辔，鞍垫是用最名贵的锦缎制的，上面镶满珠宝，放射出耀眼的光芒。

阿拉丁跨上坐骑。卫队分为前后两部分，排成整齐的队伍，浩浩荡荡地向皇宫进发。街上的行人被他们威武的气势和整齐的装束吸引住，都停下来看热闹，他们既惊美，又赞叹。

阿拉丁在队伍中尤其显眼。他相貌英俊，举止大方，使人肃然起敬。路上，侍卫们按阿拉丁的吩咐，把金币一把一把地撒向人群。那派头和气势，完全就是王孙公子在出巡。人们对阿拉丁的敬佩之情溢于言表。他们中有些人虽然知道阿拉丁出自贫穷人家，是裁缝的儿子，但是没有谁嫉妒他，相反，人们却说这是上天的安排，他时来运转，应该享受他应得的幸福，并替他祈求福寿。

阿拉丁在卫队的护卫下，来到皇宫门前，正准备下马进宫，一位受皇帝吩咐专门在此迎候的大臣急忙上前阻止道："主人啊！奉皇帝圣旨，请你骑马进宫，直至殿前下马。"

此时，皇宫门前文武百官已遵循皇帝的命令，按身份地位的高低，排列在那里迎接新郎。他们见阿拉丁来到了迎宾殿，便争先恐后地扶他下马。随后众人鱼贯进入迎宾殿。

早已等候在这里的皇帝立即离开宝座，来到阿拉丁面前，不但免他下跪、磕头，而且紧紧地拥抱他，吻他。随后安排他在右边坐下，亲密地和他攀谈。

阿拉丁非常注意自己的言行举止，动作、应酬、对答都恰如其分，完全符合王宫的礼仪。他向皇帝行礼、祝愿，说道："皇上，尊敬的万民之主啊！由于陛下的慷慨赏赐，使我如愿以偿，与美丽无比的白狄奴·卜多鲁公主结成夫妻，而成为今天天底下最幸福的人。我的感激之情是不能用语言所表达的。在此，我作为陛下谦恭、卑顺的奴仆，衷心祝愿陛下万寿无疆、国泰民安。现在切望陛下恩上加恩，赏我一块土地，让我替公主建筑一幢适合她居住的宫室，借此表示我对她的敬仰爱慕之情。"

皇帝看了阿拉丁穿的全是御用服饰，而且容貌英俊，随身有威武的卫队伺候，感到很不寻常，因而产生钦佩的心情。同样，当阿拉丁的母亲穿戴着极其华丽的衣裙，打扮得像皇后一样，在十二名天仙般美丽的婢女簇拥下，到宫中参加婚礼时，也引来了阵阵赞叹声。阿拉丁口齿伶俐，他诗一般的语言以及恰如其分地引用那些优雅的辞藻，给皇帝留下了很深的印象。因此，不仅皇帝本人，就是在场的文武朝臣也都从心底对他表示钦佩。当然，这其中只有宰相例外。他嫉妒阿拉丁，内心燃烧着愤恨的火焰。

皇帝一时乐得抑制不住激情，把阿拉丁紧紧地抱在怀里，边吻边说："我的孩子，你的言谈举止完全合我心意，此时此刻，这种愉快的心情，我还是生平第一次体会到。"目睹这一切，宰相那颗仇恨、嫉妒的心就快要爆炸了。

皇帝亲切地拉着阿拉丁的手，脸上堆满了笑。他吩咐乐师奏乐，与阿拉丁一起，带着朝臣们，在欢快的乐曲声中步入宴会厅。此时大厅内已摆下了丰盛的筵席。皇帝拉着阿拉丁在自己右边坐下，其余文武百官、皇亲国戚也按官阶大小，地位高低顺序入席。

在热闹的鼓乐声中，一场阔气、隆重的婚宴大典开始了。

席间，皇帝和阿拉丁一直在亲切地交谈。阿拉丁有问必答，彬彬有礼，殷勤谦恭，言谈、举止完全像一个从小就生活在宫廷中，熟悉各种礼节的王孙公子。在皇帝及朝臣的眼中，阿拉丁作为驸马是当之无愧的。

宴会之后，皇帝随即召法官和证婚人，准备马上举行订婚仪式。此时，阿拉丁突然起身朝外走去。皇帝见此行动，颇感奇怪，立即制止，说道："我的孩子，马上要举行订婚仪式，下一步便要举行结婚典礼，一切都准备妥当了，你却要离开，不知是什么原因？"

"启禀皇上，有一件非常重要的事，我必须现在立刻去做，那就是为我心爱的白狄奴·卜多鲁公主建一幢适合她崇高地位和尊贵身份的居室，以此来表示我对她深深的爱意。在此之前，我是不能同她见面的。不过，请陛下放心，在你的关怀之下，依靠老天的力量和我自己的努力，这座举世无双的宫殿会在最短期限内建成。为了白狄奴·卜多鲁公主一生的幸福，我必须这样做，这是我义不容辞的分内事。"

"哦，我的孩子，你的心意我完全能够理解。"皇帝说，"这样吧，你自己去察看一下。不过我看皇宫前面那片广阔平坦的空地，倒是一块理想的基地，不知你认为怎样？能否就在那里建筑呢？"

"正合我的心愿。能在皇宫附近替白狄奴·卜多鲁公主修建宫室是最好不过的了。"阿拉丁说完，便告辞了皇帝，骑上坐骑，带领卫队离开皇宫。阿拉丁所表现出的果断言行，博得众人的称赞。

回到家中，阿拉丁立刻进入卧室。他取出神灯一擦，灯神随即就出现在他的面前，问道："主人，需要什么，请吩咐吧！"

阿拉丁立刻向灯神指示道："我要你以最快的速度，在皇宫前那块空地上，建起一幢异常美丽、宏伟的宫殿。里面的陈设和物品要应有尽有，并且全是名贵的御用之物。"

"明白了，一定照办。"灯神应诺着，悄然隐退。

第二天一大早，灯神就出现在阿拉丁面前，说道："禀告主人，宫殿已经按照你的设想和要求修建好了，现在请随我一块儿去检查一下，看你是否满意？"

阿拉丁欣然同意前往察看，于是灯神驮着他，转眼便来到新宫殿的所在地。

阿拉丁带着欣喜的目光，仔细观赏这座巍峨壮丽的建筑物，非常满意。整幢建筑都是用名贵的碧玉、花岗石、云石等材料，经过精雕细凿建成的。而最令人叹为观止的，是楼上那个有二十四扇格子窗的望景亭台。每扇窗户上都嵌有各种名贵的宝石，其构思之新颖，做工之考究，是凡人所无法想象的，但这窗户中显然有一扇是故意没有完工的，这是阿拉丁想借机考验一下皇帝的能力而留下的。

阿拉丁还想对宫内的装饰和陈设进行察看，于是，他在灯神的带领下，步入宫殿。

他们先来到贮藏室，见里面有堆积如山的金银珠宝、绫罗绸缎，数量之多，质量之好，无法估量。在一间间布置得美轮美奂的寝室内，摆放着堂皇的卧具、富丽的陈设和罕见的装饰品。他们步入餐厅，见摆放在那里的餐具非金即银，锃亮无比。最后他们来到马厩，那里饲养着一匹匹健壮的高头骏马，远非一般帝王拥有的骡马可以比拟。除此之外，在这幢新落成的宫殿中，还有大批供使唤的宦官、奴仆以及美若天仙的婢女。

阿拉丁心情愉快地看完整幢宫殿后，便迈着轻松的步子，向宫外走去。走着走着，他忽然转过身，对跟在后面的灯神说："哦，我还忘了一件事。"

"什么事？请主人吩咐吧。"

"为了使白狄奴·卜多鲁公主从皇宫走到这儿来时，脚不接触地面，我需要一张纯金丝编的地毯，并把它从这里一直铺到皇宫。"

灯神领命而去，转眼间就回到阿拉丁面前，说道："事情已办妥，请主人前去察看。"

于是，阿拉丁随灯神一起走出宫殿。他仔细看了看铺在两宫之间那令人惊叹的地毯，才心满意足地离开那里，在灯神护送下回到家里。

第二天清晨，皇帝醒来后，便起身推开窗子。他一眼便望见皇宫对面那幢宏伟壮丽的宫殿。为证实自己不是在梦中，他揉一揉眼睛，再次仔细观察。最后，他确信那的确是一幢非常富丽堂皇的大建筑物。而当他看到铺在两座宫殿之间的、绝无仅有的地毯时，简直惊得目瞪口呆。

这天清晨，宰相进宫早朝，在皇宫面前停住了脚步，对眼前看到的这一切，他惊诧万分，茫然不知所以。稍时，他才回过神来，便匆匆进宫，谒见皇帝。君臣二人立刻便以这个不可思议的奇迹为话题，议论起来。最后，皇帝得意扬扬地对宰相说："我想你现在应该改变看法了吧。当初，我说阿拉丁有资格做白狄奴·卜多鲁公主的丈夫，你还不以为然。"

宰相对阿拉丁的愤恨、嫉妒之心始终没有改变，因此他回答皇帝说："陛下，这么巍峨富丽的大建筑，世间即便是最有钱的大富翁和最有权势的帝王，也不可能在一夜间把它建成，我看这只是魔法师玩弄的把戏罢了。"

"你这是在诽谤阿拉丁。我看你那嫉妒之心显然又在作祟了。从阿拉丁打算为公主营建一幢宫殿而向我要一块基地起，到他实现诺言止的整个过程都是知道的，怎么还要怀疑一个能把帝王所没有的名贵珍宝作为聘礼的人，不能建筑这样一幢宫殿呢？"

皇帝的一番言论，使宰相明白他很爱阿拉丁，这就更激起了宰相的嫉妒和怨恨。但他没有其他办法，也不敢明目张胆同阿拉丁对抗，所以只得忍气吞声，不再吭气。他只能唯唯诺诺，唯命是从，跟随皇帝及文臣武将，在宦官、宫女簇拥下，等待着参加白狄奴·卜多鲁公主的婚礼。

这天早晨，阿拉丁一醒来，便想起了今天是他同公主结婚的好日子，他一骨碌从床上爬起来，立刻取来神灯一擦，灯神便出现在他面前，说道："我的主人，有什么事要做？请吩咐吧。"

"我马上要到皇宫去举行婚礼。你快去给我弄一万金币，待会我要用。"

灯神立即隐去，转瞬间便带来一万金币。

阿拉丁带着金币，跨上高头大马，在前后侍卫的护卫下，往皇宫进发。一路上，他不停地把金币撒向人群，充分表现出他慷慨豪爽的派头，人群中传来阵阵赞扬和祝福声，无形中，他的地位声望显得更高贵了。

阿拉丁率领侍从浩浩荡荡来到宫门前，文武百官赶忙迎了上去。传令官立即向皇帝报告驸马驾到。皇帝离开宝座，步出厅外迎接阿拉丁，热烈地拥抱、亲吻他，然后拉着他的手一起步入客厅，让他坐在自己身边。于是装饰得焕然一新的皇宫和整座城市便开始欢庆公主的结婚大典，乐师们吹奏起欢快的乐曲，艺人们随着乐曲翩翩起舞，到处都是一片欢歌笑语，全城上下欢声雷动。直到正午时分，皇帝才吩咐摆宴。

宦官遵循命令，立即指挥婢仆们迅速安排桌椅，端出饭菜，大宴宾客。皇帝与阿拉丁、朝中文臣武将、富商、名流等人愉快地步入宴会厅，随即按官阶的大小和地位的高低顺序坐下，然后大家无拘无束地尽情吃喝起来。

婚宴席上，宾朋满座，谈笑风生。大家都尽情享受那满桌的山珍海味。皇宫和阿拉丁新建的壮丽宫殿内外，人来人往，门庭若市，到处都沉浸在一片欢乐之中，皇帝的记忆中里突然闪现出当初阿拉丁的母亲前来求见时的那副寒酸模样，现在看来，前后完全是两回事。

宴会结束后，阿拉丁起身向皇帝告辞，然后跨上骏马，在侍从的护卫下，转回自己的宫殿里去，准备参加下面的活动。

在新宫殿门前，阿拉丁从马上跳下来，步入客厅。侍从排成整齐的行列，恭候着他。见他进来，便小心翼翼地上前伺候他。婢仆为他端来果汁，阿拉丁一饮而尽，随即吩咐宫中的奴婢、宦官和各色人等，大家分头准备，届时迎接白狄奴·卜多鲁公主到新宫殿中举行结婚典礼。

过了正午，太阳逐渐西斜，皇帝在武官、公侯和宰相的陪同下来宫前的广场，观看骑术、武艺表演。

同样，阿拉丁也骑了一匹高头大马，在侍卫的簇拥下，来到广场参加表演。他在竞技场中大显身手，充分显露他高超的骑术和精湛的武艺。

此时，白狄奴·卜多鲁公主正坐在闺房的阳台上，透过窗子，俯视广场。当她看见阿拉丁英俊漂亮的外貌和活泼矫健的身姿，便抑制不住爱慕的激情，从座位上跳起来，冲到阳台边上向他挥手致意。

参加表演骑术、武艺的人，各显身手，尽情表演后，便随着铃声各自归队，听候评比。结果阿拉丁被公认为出类拔萃的优胜者。表演结束后，皇帝率领亲信臣僚，高高兴兴地回宫去了。阿拉丁也在侍从的簇拥下，胜利返回。

黄昏时候，皇帝的大臣和贵族陪新郎阿拉丁前往皇家澡堂洗澡。阿拉丁沐浴、熏香后，穿戴华丽衣冠，跨上骏马，左右有四个手持宝剑的骑兵护卫着。官吏、贵族排成整整齐齐的队伍跟在他后面，浩浩荡荡向新宫殿进发。人们从四面八方拥来，有的抬着蜡烛，有的敲着铜鼓，有的吹奏着各式各样的管弦乐器，簇拥着把阿拉丁和陪伴他的官吏、贵族送到新宫殿门前。

阿拉丁请陪伴他的官吏、贵族到客厅就座。婢仆们立即端来了果子露等饮料招待他们，同时也盛情款待那些前来欢呼祝愿的人群。新宫殿内外挤满了人，盛况空前。阿拉丁面对这样的欢腾景象，感到无比快慰，吩咐侍从站在宫殿门前，拿金币撒给他们，表示竭诚感谢。

皇帝从广场回到宫中后，即刻吩咐所有皇亲贵戚，为白狄奴·卜多鲁公主组成送亲的班子，先在宫中举行各种传统的礼节和仪式，然后热热闹闹地送公主前往丈夫宫中，举行结婚仪式。皇帝的亲信属僚也奉命加入送亲队伍中。宫娥彩女和宦官婢仆手持蜡烛走在前头，接着是文武官吏、大公、贵人和他们的妻妾，最后是当初阿拉丁打发她们送聘礼给公主的那四十名婢女。她们每人手中握着一支巨大蜡烛，插在嵌宝石的金蜡台上，散发出樟脑和龙涎香的气味。庞大的皇家送亲队伍浩浩荡荡，走向阿拉丁的宫殿，形成壮观的场面，一直把公主送到新宫殿楼上的洞房中。接着妇女们便忙着替公主重新梳妆打扮，给她穿上霞帔，佩戴上美丽的凤冠，然后陪她到堂上行礼，新郎新娘便在人们的欢呼声中，共拜天地，正式结成夫妻。阿拉丁的母亲一直站在新娘身旁，当新郎伸手揭下新娘的面纱时，她才真正确信自己的儿媳妇的确像外界所传的那样，是位美丽无比的绝世佳人。

白狄奴·卜多鲁公主以惊喜的目光环顾四周，见房屋内灯火辉煌，一盏盏各式各样的烛台都是黄金制成的，嵌满了绿宝石、红宝石。她暗自想道："我一直以为皇帝的宫殿是世间最富丽堂皇的了，现在看来，这幢宫殿才是独一无二的，古今所有帝王的宫殿都无法与之相比。我相信，即使集中全人类的力量，也不可能在一个晚上建成这样一幢宫殿的，这不能不说是一个奇迹。"

除了宫内的装潢陈设之外，整幢宫殿雄伟壮丽的外观，也使白狄奴·卜多鲁公主在心底暗暗赞叹。

这时，款待送亲队伍的筵席已经摆开，大家入席吃喝，满堂都是欢声笑语。

正当大家开怀畅饮、尽情欢乐时，由八十名手持管弦乐器的歌女组成的乐队来到席间，乐器在她们玉指的弹拨下奏出了和谐悦耳的美妙乐曲，大家都被优美的音乐所陶醉。白狄奴·卜多鲁公主听了抑扬顿挫的音乐，感到心旷神怡，暗自叹道："我生平还没有听到过这样美妙动听的音乐呢。"她索性不再吃喝，聚精会神地欣赏起音乐来。

宴会持续不停，宾客开怀畅饮，音乐和欢笑融成一片，直热闹到夜半三更，最后新郎站起来，亲自斟了一杯酒，递给新娘。公主接过去，一饮而尽。此时宾客们高兴的程度达到最高潮，大家认为这是最值得纪念的一夜。这样快乐的气氛，就是赫赫不可一世的亚历山大大帝也是不曾享受过的。

阿拉丁和爱妻白狄奴·卜多鲁公主待宾客尽欢，筵席散后，才双双并肩进入洞房。这一夜他们百般恩爱，共度鱼水之欢。

次日清晨，阿拉丁早早就起来了，他在仆从的服侍下穿戴、吃喝完毕，稍事休息，便吩咐备马，前往皇宫去。他刚进入皇宫庭院，宦官便急忙奔进后宫,向皇帝报告阿拉丁莅临的消息。

皇帝听说阿拉丁驾临,急忙起身迎接。一见阿拉丁,便像对待亲生儿子一样,热烈地拥抱、亲吻他,让他坐在自己右边。

阿拉丁先向皇帝请安、祝福,然后向他说道:"皇上,我的主人,今天你能否赏光,率领满朝文武和皇亲贵族,前往令爱白狄奴·卜多鲁公主的家中,吃一顿午饭?"

"我的孩子,有何不可呢?"皇帝高兴地接受阿拉丁的邀请。

皇帝率领应邀的文武朝臣和皇亲贵族,同阿拉丁一起离开皇宫,来到阿拉丁为白狄奴·卜多鲁公主建筑的新宫殿里。皇帝举目环顾,对这座金碧辉煌、造型别致、举世无双的宫殿赞不绝口。

之后,他回头对宰相说:"你觉得怎样?谈谈你的看法吧。"

"皇上,这的确是一幢富丽堂皇的宫殿,可它不是亚当的子孙中最有权势的帝王所能建造的,即使集中全人类的力量也不可能建造这样的宫殿。也就是说,它绝不是人力所为,而是魔法和巫术的产物。"

宰相的这通议论,显然出自他仇恨、嫉妒阿拉丁的心理,皇帝对此非常清楚。于是他直截了当地对宰相说:"你心里想些什么,不用说我都清楚,希望你别再发表这样的谬论了。"

阿拉丁带着皇帝及其僚属在宫殿内转了一圈后,便把他们领到最高层的望景台上。他们举目眺望,见亭榭的门窗,全是用祖母绿石、红宝石和其他贵重宝石嵌镶而成,美观华丽的程度为世间罕见,无与伦比。面对那样的景象,皇帝有些飘飘然,好像置身于仙境之中。他怀着陶醉的心情,漫步绕着亭榭兜圈子,仔细观赏。就在这时,他突然发现那道阿拉丁故意安排没有完工的窗子,便惊奇地叹道:"阿拉丁,对你来说,这可是美中不足呀!"接着他回头问宰相:"你知道,这扇窗子为什么局部还未完工呢?"

"主上,据我设想,这扇窗子之所以还未完工,可能是陛下催阿拉丁赶来办婚事,由于时间太紧迫而未来得及完工吧。"

阿拉丁趁皇帝和宰相谈话的时候,抽空下楼,来到白狄奴·卜多鲁公主的房中,告诉她皇帝驾临的消息。他再次回到皇帝面前时,皇帝问他:

"我的孩子，这望景亭的窗子，为什么局部还未完工呢？"

"皇上，我的主人，鉴于婚期迫在眉睫，我太忙碌，仓促间来不及物色能工巧匠，因而造成部分工程未完工的情况。"

"这扇窗子未竣工的地方，我打算动用我的能工巧匠来完成它。"皇帝许下心愿。

"真能这样，老天爷会使陛下流芳百世的。"

皇帝决心用所有的力量来完成那扇窗子的未完工程。于是便马上布置下去，要下边的人，立即分头召集并挑选一批能工巧匠，打开宫内库藏，提供所需的一切材料，在最短时间内完成那扇窗子的工程。

白狄奴·卜多鲁公主姗姗前来迎接皇帝，眉开眼笑地向皇帝走过来。皇帝看见公主满面春风，便高兴地上前拥抱她，亲切地吻她的额角。他带领僚属，跟随公主，一起来到楼下的餐厅里。皇帝坐在为他设置的首席，左右有白狄奴·卜多鲁公主和阿拉丁驸马陪同，朝臣、大公、贵族和内侍的头目，则按顺序坐在专为他们设置的座位上，一起共进午餐。

皇帝品尝了一点儿东西，便觉得菜肴格外芳香，味道特别可口，是他平生所未尝过的。他对烹调的高超技术和豪华的餐具羡慕到了极点。席间，有八十名歌女排队站在宾客面前奏乐助兴。那动人心弦的美妙乐声，使在座的人心情格外舒畅，他们乐不可支，胃口大开。

皇帝抑制不住奔腾澎湃的心情，由衷地叹道："我从心里感觉到，这一切都远远超出一般国王和波斯大帝的权力范围之外了。"

皇帝和僚属们一个个无拘无束，大吃大喝，尽情享受这美味佳肴，直至吃饱喝足，洗过手，才转到客厅休息、聊天，品尝各种各样的水果。在愉快的气氛中，皇帝突然想起那扇窗子工程的进展情况，于是忙站起来，准备亲自去察看。他走上最高层，来到工匠跟前，发觉工作几乎毫无进展。

他暗想：要求尽快完工，真是谈何容易。并且他们的技艺，跟原来的工程技术比起来，也太逊色了。

皇帝离开望景亭不久，工匠们便来报告，说放在小库藏中的宝石虽已全部搬来供他们使用，但跟实际需要相比，还差得多。皇帝听了，即刻下令开启宫中最大的库藏，取出其中的宝石，按工匠的需要供给，并且说，

如果还不够，可以把阿拉丁贡献的那份宝石也拿来使用。

工匠们小心翼翼地从皇宫中取来全部宝石，拼命地埋头工作，但工程还没做完一半，宝石就又用完了。

为了实现自己许下的诺言，不得已，皇帝只好下令征用宰相和朝臣们私人的宝石。人们虽然按皇帝的命令来办，可是宝石的数量仍然远远不够。

次日，阿拉丁一早便去检查工匠们的工作，发现工程只完成一半，并且质量远远达不到要求。他一气之下，命令他们即刻停工，没必要再做下去，并吩咐他们把宝石物归原主。

工匠们按照阿拉丁的指示，赶快拆卸用上的宝石，归并在一起，分别归还物主。皇帝的归皇帝，宰相、朝臣的也归还本人。做完这一切，工匠们才向皇帝报告他们奉阿拉丁的命令停止了施工。

皇帝听了，感到不可理解，于是立刻吩咐侍从备马，跨上坐骑离开皇宫，上阿拉丁的宫殿去，以便亲自了解真实情况。

阿拉丁命令工匠们停工，并把他们遣走后，便回到房中，取出神灯一擦，灯神立刻出现在他面前，说道："有什么吩咐，你只管说吧。"

"你去把望景亭中那扇未完工的窗子做完吧，注意要使它与整个建筑保持协调一致。"

"明白了。"灯神应诺着悄然隐退。

一会儿，灯神再次出现在阿拉丁面前说道："我的主人，你吩咐我做的事，已经做完了，你去看一下吧，看是否符合要求。"

阿拉丁高兴地来到最高层的望景亭，见那扇窗子已修理完整，跟其他的窗子一模一样，毫无差别。当他正准备离开时，一名宦官急急忙忙跑到他面前，说道："禀告主人，皇帝骑着御马前来看你，现已到了楼下。"阿拉丁听了，赶快下楼迎接。

皇帝一见阿拉丁便说："我的孩子，你不让匠人们做完那扇窗子的工程，而使宫殿中留下残缺不全的地方，是何目的呀？"

"主上，首先声明，留下这扇窗子并不是表明我能力有限，也不是要有意为难陛下，我的目的只是为让陛下参观时，能即时发现这其中的缺陷，并指出还应当添补些什么罢了。"

阿拉丁向皇帝讲明情况后，便陪着他再次上到望景亭。皇帝把所有的窗子仔细看了一遍，终于认为每扇窗子都完整无缺，全都一个模样，挑剔不出丝毫缺点。他骇然震惊，激动得热烈拥抱阿拉丁，亲切地吻他，说道："我的孩子，你是从哪儿学来这种非凡的独特工艺？你在一晚上做成的事，那些能工巧匠花几个月工夫也无法完成。我敢说，世上再也找不出像你这样能干的人了。"

"承蒙主上的夸奖，我可不该受此赞扬。但愿老天爷赏赐陛下长命百岁，万寿无疆。"

"对天发誓，我的孩子，就你的能力而言，接受如此赞扬是当之无愧的。"

皇帝和阿拉丁彼此谦虚，互相恭维了一番，一起来到楼下白狄奴·卜多鲁公主的房中。公主见父王驾到，便立即起身迎接，让父王休息，自己在一旁小心伺候着。皇帝眼看自己的女儿生活在豪华、宏伟的宫殿中，过着极其安乐、舒适的生活，内心感到无限满足和快慰。他和女儿亲热地交谈了一阵，才高高兴兴地回宫去了。

阿拉丁新婚之后，过着甜蜜安定的生活。他每天总要在侍人们前呼后拥下，去城中巡游，借看热闹消遣的机会做好事，所到之处总是把大量金币撒给街道两旁的人群，用这样的办法广施博济。

阿拉丁的声誉、地位虽然日益显赫，但他仍未改变自己本来的面目，始终保持着过去的某些生活习惯，依然与原来的旧友交往密切。他坚持骑马，经常驰骋于宫前的广场，参加皇帝主持的骑术比赛。白狄奴·卜多鲁公主活泼伶俐，喜热闹，爱玩耍。每当她看见阿拉丁矫健的身影和高超的骑术时，内心就充满了爱慕之情。她深切感到老天爷为她所安排的这一切是如此的美好。想起当初她一度跟宰相的儿子发生纠缠的时候，是她的丈夫阿拉丁来保护她，使她保持了贞操。而如今她能如愿以偿地与阿拉丁相亲相爱，都是老天爷对她无上恩赐的例证。

阿拉丁的声誉越传越远，朝野上下爱戴他和信任他的心情日益增加。在一般老百姓的心目中，他已成为伟大非凡的人物，博得世人的敬仰和拥戴。

这天，突然从边境传来敌人入侵的消息。皇帝即刻调兵遣将，并让阿拉丁挂帅，率领全副武装的部队，开往前线御敌。

阿拉丁遵命，统率部队，马不停蹄，夜以继日地奔赴战场，与强敌对垒。他在战火纷飞的阵地中，身先士卒，奋不顾身，英勇杀敌。战斗越打越激烈，双方都伤亡惨重。战场上，刀枪剑戟的碰撞声、人吼马嘶的喧闹声融为一片，汇成悲壮惨烈的景象。最后阿拉丁大显身手，冲破敌阵，杀得敌人丢盔弃甲，狼狈逃窜。阿拉丁大获全胜，夺得很多的战利品。

阿拉丁战胜敌人的捷报传来，全城欢腾。

当他凯旋时，皇帝亲自出城迎接，亲切地拥抱他，吻他。老百姓也争先恐后地出来一睹他们心目中的英雄，向他欢呼、庆贺，整个城市都笼罩在节日的欢乐气氛中。

皇帝和阿拉丁翁婿二人喜气洋洋地并肩进城。在皇帝的陪同下，阿拉丁回到他自己的宫殿中。白狄奴·卜多鲁公主早已等着迎接他，满心欢喜地吻他的额角，殷勤地让他和皇帝休息，并吩咐婢仆端出果汁、糕点，陪他俩吃喝。

阿拉丁歼敌有功，博得朝野的钦佩和爱戴。为了庆贺他的凯旋，皇帝发布圣旨，命令全国各城市张灯结彩，欢庆胜利。这样一来，阿拉丁一鸣惊人，扬名天下，上自官吏、部队，下至老百姓都另眼看待他。在众人心目中，阿拉丁被视为上帝，他们虔诚地为他祷告祝福。由于阿拉丁为人慷慨，本来就受人们的拥护、爱戴，再加上他高超的骑术、精湛的武艺，以及捍卫社稷歼灭敌人的功勋，使人们格外崇敬他。此时的阿拉丁，名誉、地位已达到无以复加的地步。

再说非洲魔法师自从回到故乡后，一直不甘心自己的失败，总是耿耿于怀，想着自己为谋取神灯所经受的跋涉劳累，尤其是在经过多少艰难困苦后，就快要到手的神灯却不翼而飞的情景，就深感悲伤和愤怒。他咒骂阿拉丁违背命令，给他造成终身遗憾。他有时抑制不住悲愤情绪而狂叫大喊，但最后他还是自我安慰道："那个小杂种现在已死在地道中，有机会我会再去谋取神灯，反正它仍安然地保存在那里。"

非洲魔法师的心中尚存的一线希望，在经过一些日子后，又重新恢复了。他决心重整旗鼓、行动起来。

这一天，他取出沙盘，仔细检查并做好一切准备，打算卜问阿拉丁的下场和神灯的去向。他摊平沙粒，布成平整的轮廓，并在上面弄出许多小点子，然后开始占卜。他将呈现在沙盘上的形迹，仔细地转移到一张纸上，然后聚精会神地对它进行观察、研究，结果却不见任何反应。他不甘心，经过短时间的休息，便重新布置一番，把盘中沙粒的体形按主要和次要的秩序，更精确地固定下来，再做第二次卜卦，结果仍不知神灯的去向。这使他大失所望，怒火中烧。他为探听阿拉丁的下场，不得不捺着性子继续卜第三次卦。

这一次，他终于知道了阿拉丁并未埋葬在那个宝藏的地道中，这使他非常惊诧，愤怒到了极点。经过仔细观察、研究之后，总算把阿拉丁的去向弄明白了。原来这个小家伙已经溜出地道，还活在人间，而且他为人机警灵活，已成为神灯的主人。他不由自主地联想到自己的悲惨遭遇。他自怨自艾地说："为了寻求神灯，我所经历的艰辛和所吃的苦头，是别人无法忍受的。可是那个该死的小杂种却不劳而获，坐享其成。他到底如何知道神灯的秘密，而一跃成为世间地位崇高、无比富有的人物的呢？"

非洲魔法师通过卜卦，知道阿拉丁目前的情况后，气得肺都要炸了。他咬牙切齿地说："只有把他置于死地，我才会解恨呢。"

为达到报复阿拉丁和夺取神灯的目的，他强压怒火，收拾行装，做好了重返中国的准备。

魔法师怀着希望和仇恨的复杂心情，风尘仆仆，经过漫长的旅程，终于再次来到中国，并进入阿拉丁所在的京城。他来到一家旅店中住下，换了一身衣服，便走出旅店，到大街上溜达去了。他来到人群中，侧耳细听他们谈话。有的人对新建的宫殿的宏伟、壮丽赞不绝口，有的人对阿拉丁的高尚操行推崇备至，有的人欣赏其仪表堂堂，有的人模仿其言谈举止。魔法师来到一家茶馆，见人们一边品茶一边聊天，有低头细语的，有高谈阔论的，真是五花八门。魔法师挤到一个正在夸赞阿拉丁的年轻人身旁，插嘴说："小伙子，你所夸奖的这个人，到底是谁呀？"

"老人家，你肯定不是本地人，并且一定是从遥远的国度刚到这儿来的。但即使是这样，你也应该听说过赫赫有名的阿拉丁啊。他那幢富丽堂皇的宫殿已经驰名天下，成为人间奇迹了。他的荣誉和威望，几乎和上帝齐名，难道对他的情况，你一点儿也不了解吗？"

"听你这样说，我倒是很想亲眼看一看那幢宫殿，能劳你的驾，带我去看一看吗？"

"不妨事，我带你去吧。"年轻人答应魔法师的要求，他带魔法师一直来到阿拉丁的宫殿所在地。

魔法师仔细打量、观看一番，心里明白到这幢宫殿的建成，只能是神灯起的作用。他暗自嘀咕："这个该死的家伙，我不置他于死地，绝不罢休。"魔法师此刻的愤怒已到了极点。

回到旅店，他取出天文历表和沙盘，卜了卦，寻找神灯的所在。当他发现神灯不在阿拉丁身边，而摆在新宫殿时，便喜不自禁地大声说："现在我有办法了。阿拉丁，你等着吧！我能轻而易举地杀死你，并把神灯弄到手了。"

他打定主意后，便急急忙忙走出旅店，来到一家打铁的店铺，对店主说："你替我做几盏油灯吧，我愿加倍付你工钱，只要你赶快把灯做出来就行了。"

店主正愁这两天生意清淡，便欣然同意替魔法师做灯，他马上动手，夜以继日地埋头工作，很快便按要求把灯赶做出来了。

魔法师付了一笔工钱，把灯带回旅店，装在一个篮子里。他提着一篮油灯，走出旅店，在大街、小巷高喊道："谁有旧灯？快拿来换新灯喽！"人们听他这么叫喊，都嘲笑奚落他："这人一定是疯了，不然，怎么会用新灯换旧灯呢？"因此围着他看热闹的人越聚越多，小孩尤其好奇，老是跟在后面嘲弄他。魔法师却满不在乎地一个劲儿朝前走，终于来到阿拉丁的宫殿前。

他把叫唤声提高，孩子们也跟着放开嗓子大声嚷："老疯子……"

说来凑巧，当时恰好白狄奴·卜多鲁公主坐在望景亭中眺望景致，突然听到一阵阵叫喊的嘈杂声，便从窗户朝下看，见那种景象很奇怪，不知是怎么回事，便打发女仆下去了解情况。

女仆立即下楼，走出大门一看，便听见有人在喊："谁有旧灯？愿意拿来换新灯吗？"同时一群孩子在后面，闹得非常厉害。

女仆赶快回去告诉白狄奴·卜多鲁公主，公主听了，忍不住哈哈大笑起来。于是婢女们七嘴八舌地同公主议论开了，其中有人说："我觉得这个人所说的，一定不是真话。"

"公主，我看见咱们主人房中有一盏旧灯。"另一个婢女说，"干脆我们就拿去与他换，这样便知道他所说的是真话还是假话了。"原来由于阿拉丁一时疏忽大意，竟忘记把神灯收藏起来，被那个婢女看见了。

关于神灯的秘密，白狄奴·卜多鲁公主一点儿也不知道，当然她也不知道阿拉丁能一步登天同她结婚，成为皇帝的快婿，当上驸马，全是这盏神灯的功劳。因此，她同意婢女的建议，说道："好的，去把你主人房中的那盏旧灯拿来吧。"她所以这样做，不外乎是为了证实那个叫唤者是否真能以旧灯换新灯罢了。

婢女即刻把神灯拿来，递给白狄奴·卜多鲁公主。公主根本不知道这是魔法师的诡计，毫不犹豫地就打发一名宦官把旧灯拿下去换新灯。宦官遵命下去，不一会儿，便带着一盏新灯来到楼上，小心翼翼地放在公主面前。当公主仔细看看换来的果然是一盏新灯时，才真正觉得那个换灯人的行为不可理解，不禁捧腹大笑起来。

非洲魔法师见换到的旧灯，确实是从地下宝藏中取出来的那盏令人心醉的神灯，万分高兴，立刻把它塞在胸前的衣袋里，扔掉作为交易使用的那些剩余的新灯，拔脚就走。他摆脱孩子们，一直跑到远离城市的郊外，才放慢脚步，继续向前，在荒无人烟的野外，耐心地等待夜幕降临。看见差不多是时候了，魔法师才掏出神灯一擦，灯神随即出现在他面前，说道："主人，奴仆听你的召唤，到你面前来了，要我做什么？只管吩咐吧。"

于是魔法师对灯神说："你把阿拉丁的那幢宫殿，连同里面所有的一切人和物，全都给我搬到我的家乡非洲去，当然，别忘了连我本人也一起带走。"

"明白了，愿意效劳。现在你先闭上眼睛，等你再睁眼时，便可看到你自己连同宫殿一起都在你的家乡了。"

果然在转眼之间，灯神便把魔法师和阿拉丁的宫殿连同其中的一切，全搬到了非洲。

皇帝一向钟爱自己的掌上明珠白狄奴·卜多鲁公主，所以每天清晨起来第一件事，便是观望女儿的宫殿。

在阿拉丁的宫殿被搬走的第二天早晨，皇帝照常起得很早，他打开窗户，却发现皇宫对面的那座金碧辉煌的新宫殿不在了，只剩下那块空旷、平坦的基地。他异常吃惊，恐怖得浑身战栗。为证实自己没有看错，他揉了揉眼睛，再仔细观察了半天，终于证明自己没有看错，前面的宫殿的确已无影无踪了。他一下控制不住自己，泪水夺眶而出，顺着腮颊流下，浸湿了络腮胡。他毫无办法，只得急忙召宰相进宫。

宰相谒见皇帝，看到皇帝哭哭啼啼的可怜相，暗自吃惊，说道："请饶恕我，皇帝陛下！求老天爷护佑，使陛下免除每件灾祸。现在见陛下如此悲痛，我心里也非常震惊和难过，恳请陛下讲明到底发生了什么事。"

"你真的不知道我的遭遇，还是故意装出来的？"

"主上，对天发誓，臣一点儿也不知道。"

"那么，今天你显然没注意到阿拉丁的宫殿喽？"

"主上，臣确实没有留意那幢宫殿，想必是关锁着还未开门吧。"

"你既然没看到，怎能说这样的话，现在你站起来，从窗户往外看一看，你能说它关锁着还未开门吗？"

宰相走近窗前，朝外一看，这才看清，皇宫的对面已是空空如也，什么都没有了。他感到茫然，默不作声地回到皇帝面前。皇帝问他："现在你知道我悲痛的原因了吗？你能说出那幢宫殿现在何处吗？"

"主上，前些时候，臣曾一再提醒陛下，指出那幢宫殿非凡人所为，而是魔法、巫术的产物。"

皇帝一听，顿时火冒三丈，狂怒地吼叫着："阿拉丁哪里去了？"

"他上山打猎去了。"宰相轻轻地回答一句。

皇帝急忙下令，派卫队出发，前去捉拿阿拉丁。

卫队、侍从一齐出动，上山寻找，在猎区他们找到了阿拉丁，诚恳地对他说："阿拉丁，我们的主人啊！求你宽恕，别责怪我们。因为我们是奉皇上的命令来逮捕你的。我们可不敢抗命不从啊！"

阿拉丁听了卫士的话，不禁大吃一惊，由于不知是什么原因，所以不可能有任何心理准备。待他稍微镇定一下情绪后，才对卫士们说："你们知道皇帝为什么要下令逮捕我吗？是我冒犯了他老人家，还是我有叛国行为？"

"我们的主人啊！我们只是执行逮捕你的任务，至于为什么，我们一点儿也不知道。"

阿拉丁从马上下来，坦率地对卫士们说："既是皇帝的圣旨，你们就按其吩咐做吧。"

卫士们勉为其难地给阿拉丁戴上枷锁镣铐，把他押解进城。人们见被捕者是阿拉丁，简直不敢相信。由于阿拉丁平时对人谦虚、慷慨、善良，一贯同情普通的穷苦人，所以一向博得他们的拥护和爱戴。他被捕的消息一下子便传开了，人们闻风而动，都想亲自证实自己所听到的是否属实。沿途的人越聚越多，大家都流下同情的眼泪。有的怀着愤怒的心情，质问为什么要逮捕阿拉丁？其中有的卫士也同情阿拉丁，打算为他求情。

卫士们把阿拉丁押至宫中，立即向皇帝报告了逮捕的经过。皇帝不问青红皂白，即刻下令将阿拉丁推出斩首。

刽子手奉命，赶快铺下皮垫子，让阿拉丁跪在上面，用布条蒙住他的眼睛，然后抽出宝剑，围着他绕圈子，等皇帝最后的处决令一下，便动手行刑。

皇帝要处决阿拉丁的消息刚一传出，人们便从四面八方蜂拥而至。他们把皇宫团团围住，并派人去见皇帝，陈述他们的意见："假若阿拉丁稍微受到一点儿危害，我们立刻夷平你的宫殿，把你和其他的人通通埋葬在里面。"

人们对皇帝提出了警告，而宰相清楚，这些愤怒的人群说得到做得到。为了平息事态，他及时进谏皇帝，奏道："陛下，你的这道命令会很快毁掉我们的生命，必须立刻收回成命，宽恕你的女婿，否则，人们的莽撞行为，会给我们带来极大的灾难。因为他们爱戴阿拉丁的程度，远远超过了我们。"

皇帝从窗户朝外一看，见百姓们蜂拥而至，人越来越多，来势汹汹，潮涌般势不可挡，大有推倒宫墙之势。见此情景，皇帝迫于压力收回成命。于是他一方面吩咐刽子手释放阿拉丁，另一方面赶快差人向人群宣布宽恕阿拉丁，恢复他的自由。这才使人群的骚动平息下来。

阿拉丁获得了自由，感到十分高兴。他抬头见皇帝在宝座上，便走到御前，说道："主上，承蒙陛下开恩，赏我活命，我永生难忘。但我还是要了解，我到底什么地方触犯了陛下？由于什么罪过，才获得如此的待遇？"

"叛贼！"皇帝吼了一声，"犯了什么罪过，你应该比谁都清楚。"继而他又对宰相说道："你带他过去，让他向窗外看看，再叫他告诉我们，他的宫殿哪儿去了？"宰相遵命照办，随即带阿拉丁来到窗前。

阿拉丁朝外一望，只见皇宫对面那座自己的宫殿已不知去向，这才明白为什么会落得这样的结果。当然，对发生的一切他也不知道究竟是怎么一回事，只是感到震惊和不可理解。

他恍恍惚惚地回到皇帝面前，听见皇帝质问："你的宫殿呢？我的女儿哪里去了？你难道不知道，我就只有这么一个宝贝女儿吗？"

"主上，我不知道宫殿和公主的去向，对发生的这一切我简直一无所知。"

"阿拉丁，你要知道，我之所以饶恕你，是为了让你尽快把我的女儿找回来。只有找到公主，才允许你再来见我。用我的头颅起誓，找不回公主，我非砍你的头不可。"

"明白了，不过恳求陛下给我四十天的期限。要是过了期限还找不到公主，那就随陛下处置了。"

"我可以答应你要求的期限，但你别想逃出我的手心。你即使逃到月亮上，我也要把你抓回来。"

"皇上，如期限已到还找不到公主，我会回来自首，并愿把头颅献上。"

人们得知阿拉丁受宽恕，恢复了自由，都由衷地为他高兴，默默地替他祝福。可是阿拉丁本人却因为这次重大打击而深感羞耻和痛苦。他无颜见亲友，在人们面前也总感觉抬不起头。他离开皇宫，神志恍惚地在大街上游荡，对目前自己的境遇和未来怎么办，都感到茫然。

就这样迷迷糊糊地在城中游荡了两天，这期间，许多人都关心、同情他，不断地送些饮食给他充饥度日。

阿拉丁见这样流浪下去不是办法，丝毫不能解决问题，便索性离开城市，来到郊外。

这天，他来到一条河边，由于失望过度，使他几乎丧失了生存下去的勇气，一度产生投河自杀的念头。他站在河岸上，面对滚滚的河水，突然想起那次他埋在地道中遇险的情况。当时他并没有丧生，而且渡过难关，成就大业，现在怎能轻生呢？

他蹲下去用河水洗脸，想使自己清醒清醒，以便冷静地思考一下，下一步该怎么做。他刚捧了水在手中，双手一搓，便擦着手指上的戒指，戒指神突然出现在他面前，说道："我的主人，奴仆奉召前来，有什么事要做？请吩咐吧。"

阿拉丁一见戒指神，欢喜得跳了起来，大声说道："我要你把我的宫殿和我的妻子白狄奴·卜多鲁公主，以及宫中所有的一切，都给我搬到这儿来。"

"主人啊！不是我不愿意，你要我做的事，我实在无能为力。因为这是灯神职权范围内的事情，我不敢去尝试。"

"哦，原来是这样。好吧，我不勉强你。不过，最低限度你得把我送到宫殿所在地。无论宫殿在什么地方，我都非立即去那里不可。"

"遵命。"戒指神说完，便背着阿拉丁飞腾起来。

戒指神把阿拉丁送到他的宫殿面前，而他落脚的地点，正对着他妻子白狄奴·卜多鲁公主的寝室。此时已是夜深人静了。当阿拉丁在伸手不见五指的夜色中，好不容易辨认出自己的住室时，他满腔的忧愁立即消逝了。他确信这是老天爷让他重见妻子的安排，戒指神在他山穷水尽走投无路的危急情况下，及时前来救援，给予了他生存的希望。

由于一段时间来阿拉丁遭受了沉重的打击，忧愁痛苦一直萦绕着他，他已整整四天没睡好觉,此刻他疲惫不堪,当他走到宫殿左边的一棵树下时,刚坐定就沉沉睡着了。阿拉丁由于太疲倦,一觉就睡到大天亮。

当他被叽叽喳喳的鸟叫声吵醒时,太阳已经照在他脸上。他一骨碌爬起来,走到小河边洗手洗脸,然后合掌默默祈求老天爷援助他顺利救出妻子。他来到宫殿前,仔细打量一番后,靠墙坐了下来,心里思忖着用什么办法闯进宫去跟妻子见面。

白狄奴·卜多鲁公主受了非洲魔法师的欺骗,失去了神灯,如今跌在陷阱中。由于离别丈夫和父亲,心情万分痛苦,她茶饭不思,更无法安睡,整日里悲哀哭泣。她的亲信使女非常同情她,随时在她身边照顾她。恰巧这天清晨,在命运的驱使下,婢女伺候公主时,随手打开了窗户。本来是想让公主看一看树木、溪流,以使她放松一下,获得一些心理慰藉。可此时她却一眼看见阿拉丁坐在墙边,便迫不及待地嚷道:"公主啊!你快来看,谁坐在墙脚下呀。"

白狄奴·卜多鲁公主听到叫唤声,赶快一骨碌站起来。她到窗前向外张望,看见了阿拉丁。此时阿拉丁也抬头看见了她,于是两人的目光相对,互用眼神问好。白狄奴·卜多鲁公主对阿拉丁说:"你赶快从侧门进来吧。那个该死的家伙不在屋里。"

她立即打发婢女下去给阿拉丁开门。阿拉丁快步来到白狄奴·卜多鲁公主面前,夫妻重逢,互相拥抱、接吻,高兴得热泪盈眶。

阿拉丁说道:"亲爱的!我现在急需知道的是,我有一盏旧油灯,原来摆在我的房间里,你知道它现在在什么地方吗?"

公主听了丈夫的询问,好像明白了什么,她长叹一声,说道:"亲爱的,我万万没想到,这盏油灯会使我们落到今天这种境况之中啊。"

"快告诉我油灯的去向吧。"阿拉丁忙着催问。

于是,公主把事情的原委从头到尾叙述了一遍,尤其把旧灯调换新灯的过程讲得更详细,最后说:"第二天我发觉我置身于这里,才意识到我们彼此恐再难见面了。那个用欺骗手段拿走旧灯的人,还厚颜无耻地说,他干这种勾当,是凭其魔力驱使和那盏灯的作用而完成的。他是非洲的摩尔人,现在我们就在他的家乡呢。"

"告诉我吧，这个该死的家伙，除了骗走神灯，搬走宫殿外，还有别的什么企图吗？"

"他每天都要到这儿来纠缠我，向我求婚，叫我忘掉你。他还说，我父亲已经将你处死，说你的父母是穷苦人，你是靠他发财致富的。此外他还用许多好话来安慰我，可是我始终处在悲痛之中，整日里以泪洗面，一直没有搭理他。"

"快告诉我，他把那盏灯放在哪里了？"

"他随时把灯带在身边，一刻也不离开。那天他问我对你还抱什么念头时，曾从胸前的衣袋中掏出灯来，让我看了一眼。"

听到这个消息，阿拉丁非常高兴，说道："亲爱的，你听好了！我将暂时离开这里，换掉我这套衣服，然后再来见你。当你见我改装时，不要惊奇。你必须派个女仆守住侧门，待会儿为我开门。我会教你怎样除掉这个该死的贼人。"

他交代毕，立即溜出宫殿，迈开脚步，不停地朝前走。途中他碰见一个农夫，便上前对他说："你好！庄户人，能把你的衣服跟我的对换一下吗？"

农夫不知他是何用意，表示拒绝。他不管三七二十一，动手硬把农夫的衣衫脱下来，同时把自己的新衣脱下给农夫。他用农夫的衣服把自己打扮成庄稼人后，便来到附近的城市，花了两枚金币，从集市里买了一瓶烈性麻醉剂，揣在怀里，然后急急忙忙，一口气奔到宫殿门前，守门的女仆赶快开门让他进去。

阿拉丁立刻到白狄奴·卜多鲁公主面前，说道："现在你马上去换一身最华丽的衣裙，精心打扮一番。待那个该死的摩尔人回来时，你要一改过去那种忧愁、苦闷的神态，眉开眼笑、落落大方地迎接他，显得异常亲切热情，与他倾心交谈。一定要让他认为你已把丈夫、父亲忘得一干二净了。然后，陪他一起尽情吃喝，目的只有一个，就是要使他以为你已经钟情于他，从而让他对你失去警觉，待时机成熟时，你迅速拿出这瓶麻醉剂滴几滴在他喝的酒杯中，再斟满酒，想尽办法让他喝下去。只要这杯酒一下肚，他就会很快失去知觉，像死人一样倒下去。那时，你再放我进来，后面的事我自会处理。"

"要我对这个该死的无耻之徒笑脸相迎，哪怕是暂时的，我也会觉得很难受。但为了摆脱这个坏蛋，重新回到你的怀抱，我愿意这样做。"

阿拉丁同妻子商量好了后，一起吃了一点儿饮食，便匆匆和她分手。

白狄奴·卜多鲁公主按照阿拉丁的嘱咐立刻开始行动，她唤来婢女替她梳妆，换上最华丽的衣裙，打扮得花枝招展，像下凡的仙女一样美丽。这时候，那个非洲魔法师也回来了，于是她便笑容可掬地迎了上去。

魔法师见白狄奴·卜多鲁公主梳妆打扮得这么漂亮，一改前几天那种愁容满面的样子，用和颜悦色的态度待他，使他喜不自禁，认为自己的愿望已有实现的可能了，求爱之心和占有欲也随之膨胀起来。

白狄奴·卜多鲁公主强装笑脸，从容大方地让魔法师坐在自己的身边，亲切地对他说道："亲爱的人儿啊！你是否愿意今晚到我这儿来，陪我喝几杯呢？这种孤单寂寞、度日如年的日子，我可不愿意再忍受下去了。我相信你昨天所说的话，家父肯定是为了我而一气之下杀了阿拉丁。因此，他不会再从坟墓中出来见我了。对我今天的这种突然转变，你一定不要觉得奇怪。因为事到如今，除你之外，我没有其他可依靠的人了，所以，我决心委身于你，让你代替阿拉丁，做我的终身伴侣。希望你答应我的请求，今晚上你我这儿来，咱俩一起饮酒作乐。酒我这儿有，但都是家乡的。我希望能尝尝这里的美酒，因为听说非洲的酒是再好不过的了。"

白狄奴·卜多鲁公主的一番甜言蜜语，说得魔法师心花怒放，忘乎所以，他欣然说道："你所希望的和吩咐的，一切都能办到。我家里有一坛本地酿的醇酒，埋在地下已经八年了，保存得很好。你现在稍微等一会儿。我立刻回家去取酒，很快就回来。"

白狄奴·卜多鲁公主善于交际，长于应付，于是她进一步玩弄魔法师，说道："亲爱的，何必你亲自去呢？你一走，我又会觉得孤单寂寞，倒不如叫一个宦官去取，你就留在我身边，一步也别离开。"

这些话，说得魔法师心里甜滋滋的，于是他忙说："公主啊！那坛酒埋在什么地方，除我之外，别人是不知道的。我快去快回不会耽搁的。"

魔法师说完就走了。

不多一会儿，魔法师果然带着酒回到公主身边。公主表示感谢，说道："亲爱的，你为我不怕麻烦，太辛苦了，我实在有些过意不去啊！"

"我的心肝啊！能伺候你，我感到万分的荣幸，哪儿有什么麻烦可言！"

二人相互客气一番后，便在桌前坐下。

白狄奴·卜多鲁公主端起一杯女仆为他们斟好的酒，顺手递给魔法师，自己同时端起另一杯，然后举杯向魔法师祝福，愿他长命百岁，随即一饮而尽。魔法师也赶紧祝福她，愿她永远年轻、漂亮、幸福，然后一口把杯中的酒干了。他哪里知道，从现在起他已经在不知不觉中落入阿拉丁和公主为他张开的罗网中了。魔法师天真地以为，白狄奴·卜多鲁公主已经完全屈服、顺从于他了，心里很是得意。他一边用色迷迷的眼光打量公主，一边飘飘然地狂饮，此刻他几乎把世间的一切都忘得干干净净了。

白狄奴·卜多鲁公主始终陪着魔法师吃喝，当见他有几分醉意时，便对他说："在我的家乡，有一种风俗习惯，不知你们这儿是否也如此？"

"哦，什么风俗习惯？"

"相爱的双方在饮酒时，为表示爱意，应彼此交换酒杯，各干一杯，这称为交杯酒，就算双方已定下了终身。"

说罢，公主拿起魔法师的酒杯，斟了一杯酒摆在自己面前，并把自己的杯子递给女仆，让她按事先的布置，斟一杯有麻醉剂的药酒，递给魔法师。白狄奴·卜多鲁公主从座位上站起来，拉着魔法师的手，娇滴滴地说："亲爱的，这是你喝过的酒杯，那是我喝过的酒杯，现在咱俩交换，各干一杯交杯酒吧。"她说罢，举杯一饮而尽。

魔法师被白狄奴·卜多鲁公主的甜言和举动弄得神魂颠倒，欣然学着白狄奴·卜多鲁公主的举止，举起他的酒杯，一口就干了下去。不想酒一下肚，他便头晕眼花，重重地倒在地上，昏迷过去。

见此情景，女仆们立即奔下楼，开了侧门，让主人阿拉丁走了进来。

阿拉丁急忙奔上楼来，见白狄奴·卜多鲁公主坐在桌旁，已经把非洲魔法师彻底麻醉了。他激动地奔上前，一把将公主搂在怀里，紧紧地拥抱她，吻她，随后对公主说："你同婢女暂时退到内室去，让我来处理这儿的事。"

白狄奴·卜多鲁公主立刻和婢女们进入内室。阿拉丁迅速地把房门关锁起来，然后来到魔法师身边，先从他的衣袋里取出神灯，然后拔出腰刀，毫不犹豫地一刀结果了魔法师的性命。接着他拿起神灯一擦，灯神便出现在他面前，说道："我的主人，有什么事要做？请吩咐吧。"

"我要你把我的宫殿，从这里立刻搬回中国去，仍然把它安置在皇宫前面的那个老地方。"

"明白了，愿意效劳。"灯神答应着隐退下去。

阿拉丁这才进入内室，搂着白狄奴·卜多鲁公主的脖子，亲切地吻她。夫妻相亲相爱，并肩坐在一起倾心交谈，并吩咐婢仆摆出饮食，愉快地吃喝，直喝到二人都感觉有些醉意，才从容上床，相拥着甜蜜地进入梦乡。

第二天一大早，阿拉丁从梦中醒来，急忙唤醒白狄奴·卜多鲁公主，一起洗脸穿衣，婢女们替公主梳妆、佩戴首饰，换穿华丽衣裙，打扮得非常漂亮。同时阿拉丁也穿戴整齐。白狄奴·卜多鲁公主显得格外活泼可爱，想到就要同父王重逢，便抑制不住内心的激动、欢乐。

皇帝释放阿拉丁之后，便成天为自己的独生女儿、被他视为掌上明珠的白狄奴·卜多鲁公主的安危焦心。日子一天天过去了，却始终不见女儿的踪影，也不知她现在身在何处，是死是活。他日不思茶饭，夜不能安眠，整天都呆呆地坐着，像妇孺一样悲哀哭泣。每天清晨都怀着一线希望推窗眺望，当看到眼前仍是空空如也时，又不免伤心流泪。

这天清晨，他照例眺望窗外时，却发现那幢他已非常熟悉的金碧辉煌的宫殿又矗立在那儿了。他简直不能相信自己的眼睛，用手背揉了一下再仔细审视，终于看出那的确是他女婿的宫殿。于是他迫不及待，大声吩咐侍从备马，他要赶快前往阿拉丁的宫殿。

阿拉丁见皇帝扬鞭策马向他的宫殿跑来，急忙出门迎接。阿拉丁搀扶着由于激动而有些站立不稳的岳父走进宫殿，白狄奴·卜多鲁公主听说父王驾临，急忙奔到楼下迎接，父女彼此见面，立即拥抱在一起，喜极而泣。阿拉丁夫妻共同搀扶皇帝，慢步上楼。到了公主房中，皇帝才冷静下来，他关切地询问她的情况和遭遇。

白狄奴·卜多鲁公主便开始向皇帝叙述她的遭遇："父王啊！多亏了我亲爱的丈夫阿拉丁把我从非洲魔法师的魔爪下拯救出来，你老人家才有再见女儿的机会。那个该诅咒的摩尔人，是绝无仅有的大坏蛋，世间少有比他更坏的人了。要不是阿拉丁机智勇敢地救我出魔窟，我难免要受那该死的魔法师的糟蹋、蹂躏。"接着公主把遭难的经过，如何受魔法师的欺骗、用旧灯换取新灯，如何第二天就不知不觉地被搬到遥远的非洲，过着度日如年的苦难日子，以及与阿拉丁一起设计除掉魔法师的经过详细地说了一遍。最后她说："我丈夫终于把我带回来了，至于他怎样带我回来的，我一点儿也不知道。"

　　阿拉丁在等公主叙述完后，便接着把他在听到女仆告知魔法师已被醉倒后，再次进入宫殿，叫妻子、女仆离开房间，他又是怎样从死人般醉倒的魔法师身上取走神灯，怎样用腰刀结果了他的性命，怎样命灯神将他们连同宫殿一起搬回来的经过，详详细细地讲了一遍。最后说道："如果陛下对我所讲的有所怀疑，可亲自去看看还躺在那里的魔法师的尸体。"

　　皇帝果然随阿拉丁去看非洲魔法师丧命的地方，并吩咐把死尸搬走，放火烧掉，把骨灰撒在野外。

　　至此，皇帝才真正醒悟过来，把阿拉丁紧紧搂在怀里，亲切地吻他，说道："孩子，原谅我吧！在该死的魔法师胡作非为的时候，我险些害了你的性命。我的孩子，我相信你是能原谅我的。当时我那样对待你，完全是由于一时控制不住自己愤怒的情绪所致。对我来说，失去女儿比失去江山还痛苦。做父亲的这种心情，相信你是会理解的。"

　　"主上，我完全理解你当时的心情和做法。这完全是在情理之中。如果真是我害了白狄奴·卜多鲁公主，毫无疑问应受到那样的处罚，但事实上这一切，全是那个该死的魔法师一手弄出来的。"

　　听了阿拉丁的话，皇帝顿感如释重负，于是派人四下传达圣旨，为庆贺白狄奴·卜多鲁公主和驸马阿拉丁平安归来，全国上下举行庆典活动。

　　各地官民遵循皇帝的命令，把城市装饰一新，大摆筵席，热热闹闹地欢庆了一个月。

阿拉丁虽然除掉了作恶多端的非洲魔法师，夺回了妻子和宫殿，但他还没有真正摆脱危险。因为谁也没料到，这个已被烧为灰烬的魔法师，还有一个比他更坏的同胞哥哥。此人是一个本领高强、精通各种占卦的大魔法师。所谓"掰成两半的豆不会是两样"正是他们兄弟的写照。

他们分居两地，却都在利用妖法、邪术干伤天害理之事。恶贯满盈的弟弟结束了罪恶的一生，其情况他哥哥当时并不知道。只是这天，大魔法师突然心血来潮，想了解远在异乡的弟弟的近况，因此取出沙盘占卦，于是得知弟弟已死亡。这噩耗使他无比悲痛，为了弄清弟弟是如何死的以及现葬身何处，他又卜了一卦，这下他知道弟弟死在一个名叫阿拉丁的年轻中国人手中。

非洲大魔法师在弄清楚这个情况之后，便发誓要尽快替弟弟报仇。他准备了行装，随即动身出发，不辞艰辛，跋涉了几个月，才到达中国的京城。他知道这是杀他弟弟的那个凶手居住的城市。在一家旅店中，他租下一间房子，进去躺在床上稍事休息后，便溜出旅馆，上街溜达，借此识别方向，熟悉环境，以便顺利完成替他弟弟报仇的任务。

这一天，他来到闹市中一座非常考究的茶楼，见里面挤满了人。他们有的在打牌，有的在下棋，有的听说书，有的一边品茶，一边闲聊，五花八门，热闹得很。

于是，他打算进去凑凑热闹，想通过别人的谈话了解一些情况。他挤进去，在人丛中找个位置坐下，细听周围的人谈天说地。听着听着，逐渐听出点儿什么来。因为，他们的话题中经常涉及一个名叫菲图苏的道姑。说她终日待在简陋的修道院中，埋头修炼。她神通广大，道法高深，而且廉洁虔诚。每月只进城两次，目的是为众人看病。她医术高明，且乐意救助那些无依无靠、贫穷可怜的人。

非洲大魔法师听了众人称赞道姑菲图苏的德行，暗自欢喜，心想："我的愿望很快就能实现了。谢天谢地，我能从这个老婆子身上达到我的目的。"为进一步了解情况，他便有意与身边的一个人拉起话来："老伯，刚才听你们几位谈到道姑菲图苏的道行，实在令人钦佩，但不知她是谁？住在什么地方？"

"奇怪！"被问的人惊叫起来，"一个住在我们这座城市里的人，是绝不会不知道关于道姑菲图苏的神奇事迹的。很显然，可怜的朋友，你不是本地人。"

"你说得很对，我的确是刚从外地来到这里的。刚才你们所谈论的关于那位道姑的事，我非常感兴趣，希望能全面了解她的事迹，并希望你告诉我她准确住址，以便我好专程去拜访她。因为我是幻尘中罹难而且有罪在身的人，要去求她救援，求她替我祈祷，若能靠她的慈悲，帮我渡过患难的苦海，我就终生有幸，感激不尽了。"

大魔法师的一席话使此人颇受感动，便把道姑菲图苏的品行和所作所为，非常详尽地向他叙述了一遍，并告诉他道姑菲图苏住在丘陵的窑洞中，然后不嫌麻烦地带他到城外，把去道姑居室的路指给他看。大魔法师对此人的好心肠，一再表示万分感谢。

大魔法师满心欢喜地回到旅馆，他仔仔细细地考虑了一番，决定从道姑身上着手，来实施自己的复仇计划。

第二天一大早，大魔法师便来到道姑的住处。可能是由于命运的安排，这一天恰逢道姑进城行医，他不得已只好暂时放弃行动。在回来的路上，他看见人群聚集在一起，都想往里挤。他出于好奇心，便走过去看热闹，却发现道姑菲图苏在人群当中，被人们团团围住。这些人都是患病或身有痼疾的，大家都求道姑为自己祈祷、治疗。为满足人们的愿望，她有求必应，忙得不可开交。

大魔法师中途遇见道姑后，一直等她返回窑洞，才蛮有把握地回到旅馆。他耐心地等到日落时，才离开旅馆，来到一家酒馆，喝了一碗酒后，便迈步出城，急急忙忙奔到道姑菲图苏居住的窑洞前，轻手轻脚地进入窑洞，见她平坦地仰卧在一张席子上，便纵身跳上床，骑在她身上，随即拔出匕首，呼唤她。

道姑菲图苏一下子被惊醒，眼见一个大汉拿着锋利的匕首骑在她身上，此人一脸凶相，她感到十分恐怖。大魔法师威胁她："听我说吧！你若出声或胆敢反抗的话，我就马上杀死你。现在你起来，按我的吩咐去做。"大魔法师又说，只要她服从命令，就不杀她。大魔法师说毕，从道姑身上站了起来。

"把你的衣服脱给我，你换上我的衣服吧！"

道姑只好把自己的衣服、头巾、面纱和披肩都脱下来，递给大魔法师。

大魔法师也脱下自己的衣服，扔给道姑，然后把道姑的衣裳、披肩、面纱和头巾穿戴起来，并对道姑菲图苏说："你必须用油脂一类的化妆品，把我的面孔粉饰得跟你差不多。"

道姑菲图苏按照吩咐，走到修道室角落，从一个陶罐中拿出油膏，她在大魔法师的脸上连涂带抹，妆化得差不多了后，才拿起一串念珠给他戴在脖子上，又把拐杖递给他拄着，最后拿起一面镜子给他照一照。说道："你自己看看吧，我认为已差不多了。"

大魔法师从镜子中看到自己跟道姑菲图苏果然是一个样子了，非常满意。可是他在获得自己所需要的一切后，立刻就翻脸食言，凶相毕露，一把捉住道姑，用绳子凶残地将她勒死了。他把道姑的尸体拖出洞外，扔到深坑里，然后转回窑洞，在里面睡了一宿。

次日清晨，大魔法师离开道姑菲图苏的居室，来到阿拉丁的宫殿附近，在墙外徘徊。人们以为他是道姑菲图苏，便纷纷向她走来，有的求她祈祷，有的求她治疗。他模仿道姑菲图苏的举止动作，装出有求必应的姿态，一会儿摸着这个病人的头替他医治，一会儿念念有词地替那个遭难者祈祷，一时忙得不可开交。人们越聚越多，嘈杂声越来越大。

此时，白狄奴·卜多鲁公主正在自己的房内休息，听到这突如其来的喧哗声，不明白是怎么回事，便对婢女说："你出去看看，人们为什么在此喧哗？"

婢女领命出去，随即回到公主面前，说道："公主，是道姑菲图苏在那里替人治病、祈祷，由于围住她的人太多，因此，难免人声嘈杂。你是否愿意见她的面？我可去带她进来，你也可以顺便请她祈祷。"

"好吧，你去带她进来。早就听说她的道行，我一直想见她一面，求她替我祈祷。"

婢女按白狄奴·卜多鲁公主的指示，把穿着道姑菲图苏衣服的非洲大魔法师请进宫殿。他一来到公主面前，便滔滔不绝地用祈求、祷告的术语祝福她，再加上他那道貌岸然的庄重形象，竟然使在场的人完全看不出他不是道姑菲图苏本人。

公主亲切地问候他，让他坐在自己身边，说道："尊敬的菲图苏老人家，希望你能长期同我住在一起，这也是我生平的愿望。因为同你在一起，通过你的祈祷，我不仅可以蒙受恩惠，而且也愿意模仿你的方式进行修炼，成为具有像你那种虔诚性格、廉洁行为的人，以期达到济困扶危的最终目的。"

显然，非洲大魔法师的卑劣奸计已经有望得逞，但他要进一步完成其全盘计划，所以不得不继续行骗，说道："高贵的公主啊！奴家本是一个埋头修道的人，只能在荒凉偏僻的地方勤修苦练，哪能在皇家的宫殿中过享福的生活啊。"

"菲图苏老人家，你不必顾虑，我会替你安排一间清静的小屋子，让你可以一个人在里面静静地修炼，谁也不会干扰你。这样，你在我宫中，就没有什么不适合了。"

"恭敬不如从命。公主既然为我安排好了，那我就同意了。因为帝王子女所说的话，就如圣旨，是不能违背的。但我有一个请求，还望公主答应，这就是我吃饭、喝水和休息都在我自己的卧室里，以此保持我爱寂静的老习惯。另外我不要求你为我预备丰富可口的饮食，只是每餐打发使女送我几块面饼和少量凉水，以此充饥便可。"大魔法师强调要一个人躲在卧室里吃喝的目的，显然是怕暴露他的真正面目。因为同别人在一起用餐，就不得不掀开面纱，那么他的真面目，当然也就暴露无遗了，又谈何实现自己的阴谋诡计呢？

"菲图苏老人家，你放心吧！"公主安慰他，"一切都按你的愿望去安排。现在你跟我来，我们一起去看看为你准备的寝室吧。"

白狄奴·卜多鲁公主把假的道姑带到一间小巧别致的厢房，指着说："菲图苏老人家，这便是你居住的小房间。以后你一个人住在这里，你可以清静修道，安心养息，继续行善。以后我还准备用你的名字给这间屋子命名呢。"

公主这种善男信女特有的虔诚言行，尤其她那善良的性格，博得了假道姑的赞赏，他装模作样地替她祈求、祷告。

白狄奴·卜多鲁公主带着假道姑在宫殿内四处游览。她非常得意地对假道姑说："你对宫中的楼台亭阁的结构、装饰有何观感？还不错吧？"

假道姑连连点头，同时对公主说："我的女儿啊！这一切实在惹人羡慕，这幢宫殿，世间恐怕是找不到第二座了。然而美中不足的是这里还缺少一件东西，因此，还不能说是尽善尽美的。"

"哦？不足在哪里？什么地方还有缺陷？告诉我吧，以便让我们想办法来弥补当中的缺陷，使它达到尽善尽美的程度。"

"这里还缺少的是一个稀罕、名贵的神鹰蛋，如果用它来挂在屋顶的正中央，那么屋内锦上添花，整幢宫殿就成为举世无双的人间乐园了。"

"神鹰是什么鸟呀？我们上哪儿去找它的蛋呢？"

"神鹰是一种很大的飞禽，能把骆驼、大象抓在爪中带去吃掉。这种飞禽，主要是栖息在戈府山中。这幢宫殿的建筑师，是能找到神鹰蛋的。"

白狄奴·卜多鲁公主带着冒充的道姑闲谈，不知不觉已是正午吃午饭的时候了，婢仆摆出饭菜，公主请假道姑同席，但他拒绝了。公主不便强求，只得让他回小屋去休息，并打发婢女送饭菜到他屋里，满足他的要求。

阿拉丁黄昏时候打猎归来，一见妻子的面，便把她搂在怀里，亲切地吻她。突然，他发现妻子面带愁容，跟平时眉开眼笑的情形大不相同，因而问道："亲爱的，发生什么事了？你干吗发愁？能告诉我吗？"

"什么事都没发生。"公主回答，"只是在我看来，咱们这幢宫殿还不够尽善尽美。亲爱的，你听我说，假若在我们屋顶的正中央，挂上一个神鹰蛋，那么咱们的宫殿便可以说是完美无缺的了。"

"噢，大可不必为这么一件事而心事重重，其实这件事对我来说只是举手之劳。你放心，不必自寻烦恼。今后无论你要什么，只管告诉我，我能满足所有的愿望。"

阿拉丁宽慰公主一番，才进入自己的房门，取出神灯一擦，灯神便出现在他面前。

"我要你给我找一个神鹰蛋，把它挂在屋顶的正中央，做装饰点缀之用。"

　　灯神听了阿拉丁的要求，顿时大发雷霆，扯开他那洪亮、恐怖的嗓音吼起来："你这个不知感恩的家伙！我和神灯的其他奴仆任劳任怨，忠实地伺候你，可是你还不知足，为了消遣娱乐，却要我去取我们天后的蛋来供你夫妇玩耍取乐。向天发誓！你夫妇是罪大恶极之人，把你俩碎尸万段也不足以解我心头之恨。不过念你夫妇对此事无知，不知不为过，我可以原谅你们。告诉你，此事的幕后策划者，是那个该死的非洲魔法师的同胞哥哥。他勒死了道姑菲图苏，混到你家中，伺机暗杀你，其目的是要替他弟弟报仇。你的妻子受他挑唆，才让你来向我要神鹰蛋的。"灯神讲明原委后，随即悄然隐退。

　　阿拉丁听了灯神的吼叫和由衷之言，感到头晕目眩，浑身发抖。过了一会儿，他才勉强抑制住恐怖的心情，慢慢镇静下来。他知道菲图苏是以善于治病闻名的，所以他装成头痛的模样去见妻子。

　　白狄奴·卜多鲁公主见丈夫两手托着脑袋呻吟，便问他怎么了？阿拉丁说："不知为什么，我的脑袋突然痛得要命。"

　　公主一听丈夫头痛，便打发婢女去请道姑菲图苏来替他治疗。阿拉丁忙问："谁是菲图苏呀？"

　　公主这才把道姑菲图苏如何在宫外替人治病，又如何被她接进宫来的经过，详细告诉了阿拉丁。接着假道姑随婢女来到公主卧室中。阿拉丁佯作毫不知情，他站起来迎接，表示竭诚欢迎，随即向他请求道："菲图苏老人家啊！我头痛极了，求你大发慈悲，快快替我治疗吧。因为我知道你的医术高明，一般的病痛对你来说是手到病除的。"

　　非洲大魔法师几乎不相信事情进展得如此顺利，于是他摆出道姑的举止动作，用左手抚摩阿拉丁的脑袋，假惺惺地替他祈祷治病，同时将右手暗中伸进长袍，拔出藏在腰间的匕首，以便趁机杀掉阿拉丁。

　　阿拉丁早有准备，他沉住气，冷静地注视大魔法师的举止动作，就在他刚抽出匕首时，说时迟，那时快，阿拉丁迅速扭住大魔法师的手臂，夺过匕首，并一刀扎进大魔法师的心窝，当场结果了他的性命。

　　白狄奴·卜多鲁公主看到阿拉丁的动作，吓得大声吼叫起来，说道：

"你干什么呀？难道你疯了吗？她到底犯了什么过失，你竟这样残暴地杀害她？善良虔诚的菲图苏远近闻名，是受到众人拥护爱戴的，你胆敢杀害她，难道不怕受天诛地灭的报应吗？"

"不，"阿拉丁回答，"我可没杀害道姑菲图苏。我所杀的是谋害道姑菲图苏的凶手。此人就是原来那个作恶多端的非洲魔法师的哥哥。他蹿到这里来，残酷地杀害了道姑菲图苏，并伪装成菲图苏本人，模仿她的言行，欺骗别人，并处心积虑找机会谋杀我，以达到替他弟弟报仇的目的。所谓用神鹰蛋来装饰宫殿，其目的也是想要置我于死地啊。如果你还不信我所说的，这样，请过来仔细看一看吧。"阿拉丁说罢，伸手扯下摩尔人的面纱。

白狄奴·卜多鲁公主见躺在地上的是个陌生的男人，腮帮上长满络腮胡，不禁大吃一惊，如梦方醒，终于明白了事情的真相。她怀着内疚的心情对阿拉丁说道："亲爱的！这是我第二次把你推向死亡的边缘了。"

"亲爱的，别为此事难过，为了你我愿赴汤蹈火，当然也乐意承受你所做的任何事情。"

白狄奴·卜多鲁公主听了阿拉丁的话，感激万分，含着热泪扑倒在他怀里，用热吻来表达她此刻的心情。她用颤抖的声音对阿拉丁说："亲爱的，我太爱你了。这种爱慕之心，已无法用语言来表达。我真后悔给你惹出这桩祸事，并从心底感激你对我的谅解。从今以后，我会倍加珍惜我们之间的爱情。"

阿拉丁听了公主的一席肺腑之言，也深为感动，双手紧紧地拥抱她，不停地还以热吻，激动的泪水也夺眶而出。

这时候，皇帝前来看望公主，见阿拉丁夫妇俩紧紧地拥抱在一起，眼里都噙满泪水，他颇感奇怪，忙追问这是怎么了，夫妻俩这才冷静下来，将刚才所发生的事从头到尾说了一遍，并指着摩尔人的尸体给他看。

皇帝知道了事件的经过，心有余悸。最后他命令手下将这个摩尔人的尸体，拿去烧毁，并把他的骨灰撒向空中。

阿拉丁凭着机智与勇敢战胜了两个劲敌，粉碎了魔法师兄弟俩的罪恶阴谋，摆脱了危害，从此同白狄奴·卜多鲁公主开始了他们无忧无虑、快乐幸福的生活。

　　几年之后，皇帝逝世，阿拉丁继承了帝业。白狄奴·卜多鲁公主做了皇后。他们秉公正直地处理国事民讼，受到百姓的拥护和爱戴。这以后，阿拉丁和白狄奴·卜多鲁公主夫妻俩一直相亲相爱，白头偕老。

大拇哥游记

[德] 格林兄弟

从前有个裁缝,他儿子个子矮小得只有大拇指那么大,因此人们叫他"大拇哥"。

尽管大拇哥个头小,可他挺勇敢。有一天,他对父亲说:"父亲,我要去周游世界。"

"好哇,我的儿子,"老裁缝一边说一边拿来一根编织用的长针,在尾端用蜡做了个圆柄,"带上这把剑备用吧。"

小裁缝打算和家人一起再吃顿饭就出发,于是他蹦蹦跳跳地来到厨房,想看看妈妈为这最后一顿饭做了些什么。"妈妈,今天吃什么饭菜?"

"自己看吧。"妈妈说。

饭菜已经做好了,放在灶台上。于是大拇哥跳上灶台朝盘子里看。可是他把脖子伸得太长了,盘子里冒出的热气一下子把他带进了烟囱,又在空中转悠了一阵才落到地面上来。小裁缝一看自己已经在外面了,便开始四处游历。

他来到本行一位大师傅家,但那里的伙食不是很好。

"女主人,假如你不改善伙食,"大拇哥说,"我就不住在这里,而且明早还要在你家门上用粉笔写上:'土豆太多肉太少,土豆先生再见了!'"

"那你想吃点儿啥呢,蚂蚱?"女主人一边生气地说,一边抓起一块擦碗布去打他。

可是小裁缝敏捷地藏到了顶针下面,探出脑袋,朝女主人直吐舌头。女主人一把抓起顶针想抓住大拇哥,可他又跳进了布堆里;等女主人抖开布来找他时,他又钻进了桌上的一道裂缝。"喂,女主人!"他探出头来喊道。等女主人一巴掌打过来，他一下子就缩到抽屉里去了。当然，女主人最后还是抓住了他，把他赶了出去。

小裁缝继续旅行。他来到一片大森林里，碰到一伙强盗正在谋划怎样盗窃国王的财宝。他们一见小裁缝就想："这么小的人可以从锁眼里钻进宝库，我们就用不着撬门了。"

于是，其中一人冲他喊道："喂！勇敢的哥利亚，敢跟我们去宝库吗？你可以溜进去，然后把钱扔出来给我们。"

大拇哥想了想说了声"行"，就跟着他们来到宝库。他把门从上到下地检查了一遍，看有没有裂缝。很快他就找到一条足以让他钻进去的缝。

可就在他打算爬进去时，门口的两个卫兵看到了他，其中一个说："那只蜘蛛趴在那儿多难看呀，我来打死它。"

"让它去吧，"另一个说，"又不碍你的事。"

就这样，大拇哥安全地爬进了宝库，打开了一扇窗子。强盗们正在下面等他，他把一袋又一袋金子扔出窗外。他干得正起劲儿时，听到国王来检查宝库了，便赶紧藏了起来。

国王发现有几袋金子不见了，可不明白是怎样丢的，因为门上的锁和销子似乎都没人动过，戒备也挺森严的。他临走时对卫兵说："小心点儿，有人盯上这里的钱财了。"

所以，当大拇哥又开始干时，卫兵听到了钱被挪动的声音和金子"叮叮当当"的碰撞声，于是立刻跑进来想抓住盗贼。但小裁缝听到了卫兵的跑步声，早在他们到来之前就跳到一个角落里，用一袋金子把自己挡住了。

卫兵没见到一个人影，只听到有人在嘲笑地说："我在这儿呢！"

卫兵跟着声音追过去时，小裁缝早就跑到另一袋金子下面，冲他们喊："哎呀，我在这儿呢！"

就这样，大拇哥把卫兵捉弄得精疲力竭，最后只好离开了。他接着将所有金子都扔到了窗外。他使出全身力气把最后一袋抛起来，然后敏捷地跳上袋子跟着弹了出来。

强盗们对他十分钦佩，"你真是个勇敢的英雄，"他们说，"愿意当我们的队长吗？"

大拇哥谢绝了，说自己想先周游世界。他们分赃时，小裁缝只要了一枚金币，因为他没法拿更多了。

　　他收好那把剑，告别了强盗，继续上路。起先他去给大师傅当学徒，可他不喜欢，最后在一家酒店当起了男侍。那些女佣可受不了啦，因为他把她们偷偷从菜盘里拿了些什么、从地窖里偷走了什么统统告发到她们老板那里，而她们却看不到他。

　　她们说："你等着瞧吧，我们会找你算这笔账的！"然后串通一气捉弄他。

　　不久后的一天，一个女佣正在花园里割草，她看到大拇哥在草地上蹦来跳去，就赶紧割，一把将他卷进了草垛，然后用布捆好，悄悄拿去喂牛了。牛群里有头大黑牛，一口把大拇哥吞了下去，倒也没伤着他什么。

　　牛肚子里黑乎乎的，没有一点儿光亮，大拇哥不习惯，于是在有人挤奶时大叫起来："挤呀使劲挤，奶桶何时溢？"

　　可挤奶的声音太大了，没人听得见他在说什么。这时主人走过来说："明天把那头牛给杀了。"

　　大拇哥急得在牛肚里大喊大叫："先让我出来！我在它肚子里呢！"

　　主人听得真切，可就是不知道声音是从哪里来的。

　　"你在哪儿呢？"主人问。

　　"在黑暗中。"

　　可是主人没明白就走了。

　　第二天，黑牛被杀了。幸运的是大拇哥没挨刀割就被扔到做香肠的那堆肉里去了。

　　当屠夫过来打算处理这些肉时，大拇哥又开始大嚷："别切得太狠！我在肉堆里呢！"

　　可刀切的声音盖过了他的叫嚷，谁都没理睬他。这下他可麻烦了。不过麻烦可以激发人的智慧，他在刀的起落之间上蹿下跳，竟然毫发未损。可他暂时还逃不开，只好和那些咸肉丁一起被塞进黑香肠里去了。他在里面被挤得要死，而且还被挂到烟囱里让烟熏，日子真难过啊！

　　冬天里的某一天，主人想用黑香肠款待客人，于是把它从烟囱里取了出来。女主人在切香肠时，大拇哥小心翼翼，不敢把头伸出去看，唯恐被切掉一块。他终于找到机会，给自己清出一条路逃了出来。

小裁缝在这家受尽了苦，所以不愿意再待下去，便立刻起程上路了。然而他自由了没多久。他来到野外，一只狐狸不假思索地把他抓起来塞进了嘴里。

"嗨，狐狸先生，"小裁缝喊道，"我粘在你喉咙里了，让我出去。"

"可以，你都不够填我的牙齿缝。不过你要是答应把你父亲院子里的家禽给我吃，我就放了你。"

"非常愿意。"大拇哥回答。

于是狐狸放了他，还把他背回了家。父亲和儿子团聚了，心甘情愿地将家里养的鸡鸭全部给了狐狸。

"我给你带回来一块钱作为补偿。"大拇哥说着将他在旅行中挣的金币交给了父亲，"可你为什么要让狐狸把那些可怜的小鸡吃了呢？"

"哦，你这傻孩子！你父亲爱你当然胜过爱院子里的那些鸡鸭了！"

孝心无价

毕淑敏

我不喜欢一个苦孩求学的故事。家庭十分困难，父亲逝去，弟妹嗷嗷待哺，可他大学毕业后，还要坚持读研究生，母亲只有去卖血……我以为那是一个自私的学子。求学的路很漫长，一生一世的事业，何必太在意几年蹉跎？况且这时间的分分秒秒都苦涩无比，需用母亲的鲜血灌溉！一个连母亲都无法挚爱的人，还能指望他会爱谁？把自己的利益放在至高无上位置的人，怎能成为为人类献身的大师？

我也不喜欢父母重病在床，断然离去的游子，无论你有多少理由。地球离了谁都照样转动，不必将个人的力量夸大到不可思议的程度。在一位老人行将就木的时候，将他对人世间最后的期冀斩断，以绝望之心在寂寞中远行，那是对生命的大不敬。

我相信每一个赤诚忠厚的孩子，都曾在心底向父母许下"孝"的宏愿，相信来日方长，相信水到渠成，相信自己必有功成名就衣锦还乡的那一天，可以从容尽孝。

可惜人们忘了，忘了时间的残酷，忘了人生的短暂，忘了世上有永远无法报答的恩情，忘了生命本身有不堪一击的脆弱。

父母走了，带着对我们深深的挂念；父母走了，遗留给我们永无偿还的心情，你就永远无以言孝。

有一些事情，当我们年轻的时候，无法懂得；当我们懂得的时候，已不再年轻。世上有些东西可以弥补，有些东西永无弥补。

"孝"是稍纵即逝的眷恋，"孝"是无法重现的幸福，"孝"是一失足成千古恨的往事，"孝"是生命与生命交接处的链条，一旦断裂，永无连接。

　　赶快为你的父母尽一份孝心。也许是一处豪宅，也许是一片砖瓦；也许是大洋彼岸的一只鸿雁，也许是近在咫尺的一个口信；也许是一顶纯黑的博士帽，也许是作业簿上的一个红五分；也许是一桌山珍海味，也许是一只野果一朵小花；也许是花团锦簇的盛世华衣，也许是一双洁净的旧鞋；也许是数以万计的金钱，也许只是含着体温的一枚硬币……但"孝"的天平上，它们等值。

　　只是，天下的儿女们，一定要抓紧啊！趁你父母健在的光阴。

相 片

冰 心

施女士来到中国，整整的二十八年了。这二十八年的光阴，似乎很飘忽，很模糊，又似乎很沉重，很清晰。她的故乡——新英格兰——在她心里，只是一堆机械的叠影，地道，摩天阁，鸽子笼似的屋子，在电车里对着镜子抹鼻子的女人，使她多接触一回便多一分的厌恶。六年一次休假的回国，在她是个痛苦，是个悲哀。故旧一次一次的凋零，而亲友家里的新的分子，一次一次的加多，新生的孩子，新结婚的侄儿，甥女，带来的他们的伴侣，举止是那样的佻达，谈吐是那样的无忌。而最使施女士难堪的，是这些年轻人，对于他们在海外服务、六载一归来的长辈，竟然没有丝毫的尊敬、体恤。他们只是敷衍，只是忽略，甚至于嘲笑，厌恶。这时施女士心中只温存着一个日出之地的故乡，在那里有一座古城，古城里一条偏僻的胡同，胡同里一所小房子。门外是苍古雄大的城墙，门口几棵很大的柳树，门内是小院子，几株丁香，一架蔷薇，蔷薇架后是廊子，廊子后面是几间小屋子，里面有墙炉，有书架，有古玩，有字画……而使这一切都生动，都温甜，都充满着"家"的气息的，是在这房子有和自己相守十年的，幽娴贞静的淑贞。

初到中国时候的施女士，只有二十五岁，季候是夏末秋初。中国北方的初秋天气，是充满着阳光，充满着电，使人欢悦、飘扬而兴奋。这时施女士常常穿一件玫瑰色的衣裳，淡黄色的头发，微微晕红着的椭圆形的脸上，常常带着天使般的含愁的微笑。她的职务是在一个教会女学校里教授琴歌，住在校园东角的一座小楼上。那座小楼里住的尽是西国女教员，施女士是其中最年轻、最温柔、最美丽的一个，曾引动了全校学生的爱慕。中学生的情感，永远是腼腆，是隐藏，是深挚。尤其是女学生，对于先生们的崇拜敬爱，是永远不敢也不肯形之于言笑笔墨的。施女士住的是楼下，往往在夜里，她在写家书，或改卷子，隐隐会看见窗外有人影躲闪着，偷看她垂头的姿态。有时墙上爬山虎的叶子，会簌簌地响着，是有细白的臂儿在攀动，甚至于她听得有轻微的叹息。施女士只微微地抬头，凄然地一笑，用笔管挑开她额前的散发，忙忙地又低下头去做她的工作。

不但是在校内，校外也有许多爱慕施女士的人。在许多学生的心目里，毕牧师无疑的是施女士将来的丈夫。他是如此的年轻，躯干挺直，唇角永远浮着含情的微笑。每星期日自讲坛上下来，一定是挟着《圣经》，站在琴旁，等着施女士一同出去。在小楼的台阶上，也常常有毕牧师坐立的背影。时间是过了三年，毕牧师例假回国，他从海外重来时，已同着一位年轻活泼的牧师夫人。学生们的幻象，渐渐地消灭了下去，施女士的玫瑰色的衣服，和毕牧师的背影，也不再掩映于校园的红花绿叶之间。

光阴是一串骆驼似的，用着笨重的脚步，慢慢地拖沓了过去，施女士浅黄色的头发，渐渐地转成灰白。小楼中陆续又来了几个年轻活泼的女教员，做了学生们崇拜敬爱的对象。施女士已移居在校外的一条小胡同里，在那里，她养着一只小狗，种着些花，闲时逛隆福寺、厂甸，不时地用很低的价钱，买了一两件古董，回来摆在书桌上、墙炉上，自己看着，赏玩着，向来访的学生们朋友们夸示着。春日坐在花下，冬夜坐守墙炉，自己觉得心情是一池死水般的，又静寂，又狭小，又绝望，似乎这一生便这样的完结了。

淑贞，一朵柳花似的飘坠进她情感的园地里，是在一年的夏天。淑贞的父亲王先生，是前清的一个秀才，曾做过某衙门的笔帖式，三十年来，因着朋友的介绍，王先生便以教外国人官话为业，第二个学生便是施女士。施女士觉得王先生比别个官话先生都文雅，都清高。除了授课之外，王先生很少说些不相干的应酬话，接收束修的信封的时候，神气总是很腼腆，很不自然，似乎是万分无奈。年时节序，王先生也有时送给她王太太自己绣的扇袋之类，上面绣的是王太太自己作的诗句。谈起话来施女士才知道王太太也是一个名门闺秀，而且他们膝下，只有一个女儿。

十五年前的一个冬天，王先生告了十天的假，十天以后回来，王先生的神情极其萧索，脸上似乎也苍老了许多。说起告假的情由来，是在十天之中，王太太由肺病转剧而去世，而且是已经葬了，三岁的女儿淑贞，暂时寄养在姥姥家里。

自那时起，王先生似乎是更沉默更忧闷了，幽灵似的，连说话的声音都轻得像吹过枯叶的秋风。施女士觉得很挂虑，很怜惜他，常常从谈话中想鼓舞起王先生的意兴，而王先生总仍然是很衰颓，只无力地报以客气的惨笑。十年前的一个夏天，王先生也以猝然中暑而逝世。

从王先生的邻里那里得到王先生猝然病故的消息，施女士立刻跟着来人赶到王家去，这是她第一次进王家的门，院子中间一个大金鱼缸，几尾小小的金鱼在水草隙里穿游。鱼缸四围摆着几盆夹竹桃。墙根下几竿竹子，竹下开着几丛野茉莉。进了北屋，揭开竹帘鸦雀无声，这一间似乎是书屋，壁架上堆着满满的书，稀疏地挂几幅字画，西边门上，挂着一幅布帘，施女士又跟着来人轻轻地进去，一眼便看见王先生的遗体，卧在炕上，身上盖着一床单被，脸上也蒙着一张白纸，炕沿上一个白发的老太太，穿着白夏布长衣，双眼红肿，看见施女士，便站了起来。经了来人的介绍，施女士认识了王先生的岳母黄老太太，黄老太太又拉起了炕头上伏着的一个幽咽的小姑娘，说："这是淑贞。"这个瘦小的、苍白的、柳花似的小女儿，在第一次相见里，衬着这清绝惨绝的环境和心境，便引起了施女士的无限的爱怜。

王先生除了书籍字画之外，一无所有，一切后事，都是施女士备办的。葬过了王先生，施女士又交给黄老太太一些钱，作为淑贞的生活费和学费，黄老太太一定不肯接受，只说等到过不去的时候，再来说。过了两三个月，施女士不放心，打听了几个人，都说是黄家孩子很多，淑贞并不曾得到怎样周到的爱护，于是在一个圣诞的前夜，施女士便把淑贞接到自己的家里来。

窗外微明的光，轻轻地盖着积雪。时间已过夜半，那些唱圣诞喜歌的学生们，还未曾来到。窗口立着的几支红烛，已将燃尽，潜潜地落下了等待的热泪。炉火的微光里，淑贞默然地坐在施女士的椅旁，怯生的苍白的脸，没有一点儿倦容，两粒黑珠似的大眼，嵌在瘦小的脸上，更显得大得神秘而凄凉。施女士轻轻地握着淑贞的不退缩也无热力的小手，想引她说话，却不知从哪里说起。从微晕的光中，一切都模糊的时候，她觉得手里握着的不是一个活泼的小女子，却是王先生的一首诗，王太太的一缕绣线，东方的一片贞女石，古中华的一种说不出来的神秘的静默。……

十年以来，在施女士身边的淑贞好像一条平流的小溪，平静得看不到流动的痕迹，听不到流动的声音，闻不到流动的气息。淑贞身材依然很瘦小，面色依然很苍白，不见她痛哭，更没有狂欢。她总是羞愁地微笑着，轻微地问答着，悄蹑地行动着。在学校里她是第一个好学生，是师友们夸爱的对象，而她却没有一个知己的小友，也不喜爱小女孩们所喜爱的东西。

"这是王先生的清高，和王太太的贞静所凝合的一个结晶！"施女士常常地这样想，这样的人格，在跳荡喧哗的西方女儿里是找不到的。她是幽静，不是淡漠，是安详，不是孤冷，每逢施女士有点儿疾病，淑贞的床前的蹀躞，是甜柔的，无声的，无微不至的。无论哪时睁开眼，都看见床侧一个温存的微笑的脸，从书上抬了起来。"这天使的慰安！"施女士总想表示她热烈的爱感，而看着那苍白羞怯的他顾的脸，一种惭愧的心情，把要说的热烈的话，又压了回去。

淑贞来的第二年，黄老太太便死去，施女士带着她去看了一趟，送了葬，从此淑贞除了到学校和礼拜堂以外，足迹不出家门。清明时节，施女士也带她去拜扫王先生和王太太的坟，放上花朵，两个人都落了泪。归途中施女士紧紧地握着淑贞的手，觉得彼此都是世界上最畸零的人，一腔热柔的母爱之情，不知不觉地都倾泻在淑贞身上。从此旅行也不常去，朋友的交往也淡了好些，对于古董的收集也不热心了。只有淑贞一朵柳花、一片云影似的追随着自己，施女士心里便有万分的慰安和满足。有时也想倘若淑贞嫁了呢？……这是一个女孩子的终身大事，幻想着淑贞手里抱着一个玉雪可爱的婴孩，何尝不是一幅最美丽、最清洁、最甜柔的图画；而不知怎样，对于这幻象却有一种莫名的恐怖！……"倘若淑贞嫁了呢？"一种孤寂之感，冷然地四面袭来，施女士抚着额前的白发，起了寒战，连忙用凄然的牵强的微笑，将这不祥的思想挥麾开去。

人人都夸赞施女士对于淑贞的教养，在施女士手里调理了十年，淑贞并不曾沾上半点儿西方的气息。洋服永远没有上过身，是不必说的了，除了在不懂汉语的朋友面前，施女士对淑贞也不曾说过半句英语。偶然也有中学里的男生，到家里来赴茶会，淑贞只依旧腼腆地、静默地坐在施女士身边，不加入他们的游戏和谈笑，偶然起来传递着糖果，也只低眉垂目的，轻声细气的。这青年人的欢乐的集会，对于淑贞却只是拘束，只是不安。这更引起了施女士的怜惜，轻易也便不勉强她去和男子周旋。偶然也有中国的老太太们提到淑贞应该有婆家了，或是有男生们直接地向施女士表示对于淑贞的爱慕，而施女士总是爱傲地微笑着，婉转地辞绝了去。

淑贞十八岁中学毕业了，这年又是施女士回国的例假，从前曾有一次是把淑贞寄在朋友家里，独自回去了的，这次施女士却决定把淑贞带了回去，一来叫淑贞看看世界，二来是减少自己的孤寂；和淑贞一说，出乎意外的，淑贞的苍白脸上，发了光辉，说："妈妈！只要是跟着你，我哪里都愿意去的！"施女士爱怜地抚着淑贞的臂说："谢谢你！我想你一定喜欢看看我生长之地，你若是真喜欢美国呢，也许我就送你入美国的大学。……"

在新英格兰的一个镇上，淑贞和施女士又相依为命地住下了。围绕着这座老屋，是一大片青草地，和许多老橡树。那时也正是夏末秋初，橡叶红得光艳迎人，树下微微地有着潮湿的清味，这屋子是施女士的父亲施老牧师的旧宅，很宽大的木床，高背的椅子，很厚的地毯，高高的书架，垒着满满的书，书屋里似乎还遗留着烟斗的气味。甬道高大得似乎起着回音，两旁壁上都挂着《圣经》故事的金框的图画。窗户上都垂着深色的窗帘，屋里不到黄昏，四面便起了黯然的色影。施女士带着淑贞四围周视，书屋墙炉前的红绒软椅，是每夜施老牧师看书查经的坐处；客厅角落里一张核桃木的小书桌子，是施老太太每日写信记账的地方；楼上东边一个小屋子，是施女士的寝室，墙上还挂着施女士儿时的几张照片；三层楼顶的小屋，是施女士的哥哥雅各儿时的寝室。……这老屋本来是雅各先生夫妇住着的，今年春天，雅各先生也逝世了，雅各夫人和她的儿子搬到邻近的新盖的小屋子去，这老屋本来要出卖，施女士写信回来，请她留着，说是自己预备带着淑贞，再过一年在故国的重温旧梦的最后的光阴。

这老屋里不常有来访的客人，除了和施女士到礼拜堂去做礼拜外，淑贞只在家里念点儿书，弹点儿琴，做点儿活计，也不常出门。有时施女士出去在教堂的集会里，演讲中国的事情，淑贞总是跟了去，讲后也总有人来和施女士和淑贞握手，问着中国的种种问题，淑贞只腼腆含糊地答应两句，她的幽静的态度，引起许多人的爱怜。因此有些老太太有时也来找淑贞谈谈话，送她些日用琐碎的东西。

每星期日的晚餐，雅各太太和她的儿子彼得总是到老屋里来聚会。雅各太太是个瘦小的妇人，身材很高，满脸皱纹，却搽着很厚的粉，说起话来，没有完结，常常使施女士觉得厌倦。彼得是个红发跳荡的孩子，二十二岁的人，在淑贞看来，还很孩子气。进门来就没有一刻安静。头一次见面便叫着淑贞的名字，说："你是我姑姑的中国女儿呀，我们应该做很好的朋友才是！"说着就一阵痴笑，施女士看见淑贞局促的样子，便微微地笑说："彼得你安静些，别吓着我的小女儿！"一面又对淑贞说："这是我们美国人亲密的表示，我们对于亲密的友人，总不称呼'先生''小姐'的，你也只叫他彼得好了。"淑贞脸红一笑。

淑贞的静默，使彼得觉得无趣，每星期日晚餐后，总是借题先走，然后施女士和雅各太太断断续续地、有一搭没一搭地谈着老话。淑贞听得倦了，有时站起倚窗外望，街灯下走着碧眼黄发的行人，晚风送来飘忽的异乡的言语，心中觉得乱乱的，起着说不出的凄感……

有一天夜里，雅各太太临走的时候，忽然笑对淑贞说："下星期晚你可有机会说中国话了。我发现了这里的神学院里有个李牧师，和他的儿子天锡，在那里研究神学。我已约定了他们下星期晚同来吃晚饭。我希望这能使你喜欢。"淑贞抬起头来看着施女士，施女士便说："我在神学院的图书馆里，也看见了他们几次。李牧师真是个慈和的老人，天锡也极其安静稳重，我想我们应当常常招待他们，省得他们在外国怪寂寞的。"淑贞答应着。

这星期晚，施女士和淑贞预备了一桌中国饭，摆好匙箸，点起红烛，施女士便自去换了一身中国的衣服，戴上玉镯子，又叫淑贞听见门铃，便去开门，好叫李牧师父子进门来第一句便听见乡音。淑贞笑着答应了，心里也觉得高兴。

门铃响了，淑贞似乎有点儿心跳，连忙站起出去时，冲进门来的却是彼得，后面是雅各太太，同着一个清癯苍白的黑发的中年人。彼得一把拉住淑贞说："这是李牧师，你们见见！"又从李牧师身后拉过一个青年人说："这是李天锡先生，这是王小姐，我们的淑贞。"李牧师满面笑容地和淑贞握手，连连地说："同乡，同乡，我们真巧，在此地会见！"天锡只默然地鞠了一躬，施女士也出来接着，大家都进入客室。

席上热闹极了，李牧师和施女士极亲热地谈着国内国外布道的状况，雅各太太也热烈地参加讨论。彼得筷上的排骨，总是满桌打滚，夹不到嘴里，不住地笑着嚷着。淑贞微笑地给他指导。天锡却一声不响地吃着饭，人问话时，才回答一两句，声音却极清朗，态度也温蔼，安详。雅各太太笑着对李牧师说："我真佩服你们中国人的教育，你看天锡和淑贞都是这样的安静，大方，不像我们的孩子那样坐不住的神气，你看彼得！"彼得正夹住一个炸肉球，颤巍巍地要往嘴里送，一抬头，筷子一松，肉球又滑走了，彼得哈哈地大笑了起来，大家也随着笑了一阵。

饭后散坐着，喝着咖啡，淑贞和天锡仍是默坐一旁，听着三个中年人的谈话。彼得坐了一会儿，便打起呵欠，站了起来说："妈妈，你要是再谈下去，我可要走了，我明天还上课呢！"雅各太太回头笑了，说："你又急了，听个戏看个电影的你都不困，这会儿回去你也不一定睡觉！"一面说一面却也站了起来。天锡欠着身，两手按着椅旁，看着李牧师，说："爸爸，我们也该走了吧？"施女士赶紧说："不忙，时间还早呢，你父亲还要看看我父亲收藏的关于宗教的书呢！"彼得也笑着，拿起帽子，说："别叫我搅散了你们的畅谈，你们再坐一坐吧。"一面便上前扶着雅各太太，和众人握手道别出去。

施女士送走了他们母子，转身回来，在客室门口便站住，点头笑对李牧师说："您跟我到书房来吧，我父亲的藏书，差不多都在那边。——淑贞，你也招待招待天锡，如今都在国外，别尽着守中国的老规矩，大家不言不语的！"李牧师笑着走了出来，淑贞和天锡欠了欠身。

两个人转身对着坐下。因着天锡的静默和拘谨，淑贞倒不腼腆了，一面问着天锡何时来美，住居何处；一面在微晕的灯光下，注视着这异国的故乡的少年：一头黑发，不加油水的整齐地向后拢着，宽宽的前额，直直的鼻子，有神的秀长的双眼，小小的嘴儿，唇角上翘，带点儿女孩子的妩媚。一身青呢衣服，黑领带，黑鞋子，衬出淡黄色发光的脸，使得这屋子中间，忽然充满了东方的气息。

天锡笑着问："王小姐到此好些日子了吧，常出去玩玩吗？"淑贞微微地吁了一口气，低下头去，说："不，我不常出去，除了到礼拜堂。不知道为什么，这里的人和在中国的那些美国人仿佛不一样，我一见着他们心里就局促得慌……"淑贞说着自己也奇怪，如何对这陌生的少年，说这许多话。

天锡默然一会儿，说："这也许是中外人性格不同的缘故，我也觉得这样，我呢，有时连礼拜堂里都不高兴去！"淑贞抬头问："我想礼拜堂里倒用不着说话，您为什么……"一面心里想，"这个牧师的儿子……"

天锡忽然站了起来，在灯下徘徊着，过了一会儿，便过来站在淑贞椅旁，站得太近了，淑贞忽然觉得有些畏缩。天锡两手插在裤袋里，发光的双眼，注视着淑贞，说："王小姐，不要怪我交浅言深，我进门来不到五分钟，就知道您是和我一样……什么都一样，我在这里总觉得孤寂，可是这话连对我父亲都没说过。"淑贞抬头凝然地看着。

天锡接了下去："我的祖父是个进士，晚年很潦倒，以教读为生，后来教了些外国人，帮忙他们编中文字典。我父亲因和祖父的外国朋友认识，才进教会神学，受洗入教，我自己也是个教会学校的产品，可是我从小跟着祖父还读过许多旧书，很喜爱关于美术的学问。去年教会里送我父亲到这里入神学，也给我相当的津贴，叫我也在神学里听讲。我自己却想学些美术的功课，因着条件的限制，我只能课外自己去求友，去看书。——他们当然想叫我也做牧师，我却不欢喜这穿道袍上讲坛的生活！其实要表现万全的爱，造化的神功，美术的导引，又何尝不是一条光明的大路，然而……人们却不如此想法！

"到礼拜堂去，给些小演讲，事后照例有人们围过来，要从我二十年小小的经历上，追问出四千年古国的种种问题，这总使我气咽，使我恐慌。更使我不自在的，有些人总以为基督教传入以前，中国是没有文化的。在神学里承他们称我为'模范中国青年'，我真是受宠若惊。在有些自华返国的教育家，在各处做兴学募捐的演讲之后，常常叫我到台上去，介绍我给会众，似乎说："'这是我们教育出来的中国青年，你看！'这不是像耍猴的艺人，介绍他们练过的猴子给观众一样吗？我敢说，倘然我有一丝一毫的可取的地方，也绝不是这般人训练出来的！"

淑贞的畏缩全然消失了，只觉着椅前站着一个高大的晕影，这影儿大到笼罩着自己的灵魂，透不出气息。看着双颊烧红、目光如炬的太兴奋了的天锡，自己眼里忽然流转着清泪，这泪，是同情？是怜惜？是乡愁？自己也说不出。为着不愿意使这泪落下，淑贞就仍旧勉强微笑地抬着头看着。

天锡换了一口气，又说："真的，还有时候教会里开会欢送到华布道的人，行者起立致辞，凄恻激昂，送者也表示着万分的钦服与怜悯，似乎这些行者都是谪逐放流，充军到蛮荒瘴疠之地似的！……国外布道是个牺牲，我也承认，不过外国人在中国，比中国人在外国是舒服多了，至少是物质方面，您说是不是？"

淑贞点了点头，微微地笑着，整了整衣服，站了起来，温柔地说："说的也是，不过从我看来，人家的起意总是不坏。有些事情，也是我们觉得自己是异乡的弱国人，自己先气馁，心怯，甚至于对人家的好意，也有时生出不正常的反感，倘或能平心静气呢，静默地接受着这些刺激，带到故国去，也许能鼓励我们做出一点儿事情，使将来的青年人，在国际的接触上，能够因着光荣的祖国，而都做个心理健全的人。……您说呢？"

天锡坐了下去，从胸袋里掏出手绢来，擦着自己额上的汗，脸上的红潮渐退，眼光又恢复了宁静与温和，他把椅子往前拉了一拉，欠身坐着，幽幽地说："对不起您，王小姐，我没想到第一次见您，便说出这些兴奋的孩子气的话！总而言之，我是寂寞，我是怀念着祖父的故乡。今天晚上看见您，我似乎觉得有一尊'中国'，活跃地供养在我的面前，我只对着中国的化身，倾吐出我心中的烦闷，无意中也许搅乱了您心中的安平，我希望您能原谅，饶恕我。"这青年人说到这里脸上又罩上一层红晕，便不再往下说。

淑贞也不由得脸红了，低头摩弄着椅上的花纹，说："就是我今晚也说了太多的话。真的，从我父亲死去以后，我总觉得没有人能在静默中了解我……今晚上……也许是异国听见到乡音……我……"淑贞越说越接不下去了，便轻轻地停住。——屋里是久久的沉默。

淑贞抬起头来时，天锡的脸上更沉静了，刚才的兴奋，已不留下丝毫的痕迹，微笑地说："我想我们应该利用这国外的光阴，来游历，来读书——我总是佩服西方人的活泼与勇敢，他们会享受，会寻乐，他们有团体的种种健全的生活，我很少看见美国青年有像我们这般忧郁多感的。我在艺术学院和神学院里也认识许多各国的青年人，其中也有小姐们，我们都很说得来，每个星期六的下午，他们常聚在一起研究讨论，或是远足旅行，我有时也加入，觉得很有意思。王小姐，您也应当加入他们的团体，来活泼您的天机。我父亲也常同我们一起去，我想施女士一定会赞成的。"

淑贞的眼光中漾出了感谢与欢喜，连忙说："谢谢你的邀请，我想明年进入大学，也想在离家之先，同这里青年人有些接触，免得骤然加入她们的团体时，感觉得不惯。"

天锡问："您想进哪一所大学？"淑贞说："还不定呢，明年施女士也许回到中国去，也许不回去。这些日子没听见她提起，我也没有问。她若回去呢，我想我当然也是跟着去，不过……现在……我还是想在这里入大学……"

门开了，施女士先进来，后面是李牧师，臂间夹着几本很厚的书。施女士笑对天锡说："我们捡着书，说着话，就忘了时候，你们没有等急了罢？"天锡站了起来，笑着说："我们谈着上学的事情，也谈得很起劲儿，简直是忘了时候。"李牧师拿起帽子，说："现在我们真是该走了！施女士，打搅了您这一晚，谢谢您的饭和您的书，希望我们以后仍常有见面的机会。"施女士也笑着和他们父子握手，说："你们以后只管常来，淑贞在这里也闷得慌，有个同乡来谈谈也好！"淑贞站在一旁，红着脸笑着。天锡从父亲手里接过几本书来，跟在父亲后面，一同鞠了躬退走了出来，施女士和淑贞都送到门口。

　　施女士和淑贞在客厅里收拾着茶具，施女士一面微微地打着呵欠，说："你看李牧师和他的儿子不是极可爱的人吗？天锡真是个中国的绅士，一点儿也不轻浮，你和他谈得还好吧？"淑贞正端起茶盘来，抬头看着施女士，略微一迟疑，又红了脸，只轻轻地答应了一声，便低着头托着茶盘走了出去。

　　时间已是春初，施女士和淑贞到美国又整整半年了。这半年中，老屋里的一切，仍是没有改变，除了李牧师父子和雅各太太母子，常常来往，也有一两次他们六个人一齐加入青年团体的野餐会。此外，就是淑贞似乎到了发育时期，施女士心里想，肌肉丰满了许多，双颊也红润了，最看得出的是深而大的双眼里漾着流动的光辉，言笑也自如了，虽是和李牧师父子有时仍守着中国女孩儿的矜持，而对于彼得，就常常有说有笑的了。施女士心里觉着有一种异样的慰安。以前的淑贞是太沉默了，年轻的人是应当活泼的……活泼的灵魂投入了淑贞窈窕的躯体，就使得淑贞异样的动人！……倘若……施女士不再往下想了，手按着前额，忏悔似的站了起来，呆望着窗外的残雪。

　　故乡的天气，似乎不适宜于她近来的身体了，施女士春来常常觉得不舒服。一冬的大雪，在初春阳光之下，与嫩绿一同翻上来的是一种潮湿的气味，厚重的帘幕，也似乎更低垂了。施女士懒懒地倚坐在床上，听着淑贞在楼下甬道里拂拭着家具，轻快地行动着，微讴着；又听着邮差按铃，淑贞开门的声音。过了一会儿淑贞捧着早餐的盘子，轻盈地走了进来，一面端过小矮几来，安放在床上，一面扶起施女士，坐好了，又替她拍松了枕头，笑着拈起盘子里的一个信封，说："妈妈您看，这是上次我们出去野餐的时候照的相片……里头有一张是小李先生在我不留心的时候拍上的，您看我的样子多傻！"说着把餐具移放在矮几上，转身又端着空盘子出去。

　　施女士懒懒地拿起相片来看，一共是八张，有雅各太太母子，有李牧师父子，有淑贞和他们一块儿照的，也有青年团体许多人照的，看到最末一张，施女士忽然呆住了！

背景是一棵大橡树，老干上满缀着繁碎的嫩芽，下面是青草地，淑贞正俯着身子，打开一个野餐的匣子，卷着袖，是个猛抬头的样子，满脸的娇羞，满脸的笑，惊喜的笑，含情的笑，眼波流动，整齐地露着雪白的细牙，这笑的神情是施女士十年来所绝未见过的！

一阵轻微的战栗，施女士心里突然涌起一种无名的强烈的感情，不是惊讶，不是愤急，不是悲哀……她紧紧地捏住这一张相片……

上次的野餐，自己是病着，原想叫淑贞也不去，在家里陪着自己，又怕打断了大家的兴头，猜想淑贞也是不肯去的，在人前虚让了一句，不料她略一沉吟，望了望拿着帽子站在门口的李天锡，便欣然地答应着随着大家走了……

她呆呆地望着这张相片，看不见了相片上的淑贞，相片上却掩映地浮起了毕牧师的含情的唇角，王先生忧郁的脸，一座古城，一片城墙，一个小院，一架蔷薇……手指一松，相片落了下来，施女士眼里忽然含满了清泪。

门轻轻地开了，淑贞又轻盈地托着咖啡盘子进来，放在床旁的小桌上，便笑着在屋里随便地收拾着。施女士一声不响地看着她：身上是白绸的薄衫子，因着上楼的急促，丰满的胸口，微微地起伏着，厚厚的微卷的短发，堆在绯红的颊旁，一转身，又呈现着丰美的背影，衬衣的花边中间，隐约地透露着粉红色的肌肤……一团春意在屋中流转……

猛抬头看见对面梳妆台上镜中的自己，蓬乱的头发，披着一件绒衫，脸色苍白，眼里似乎布着红丝，眼角聚起了皱纹……

淑贞笑着走了过来，站在床前，拈起相片来看，笑着说："妈妈您看这些青年人不都是活泼可爱吗？我们还说呢，将来我们一起入学，一定……"

施女士没有答应。淑贞抬起头来，忽然敛了笑容；施女士轻轻地咬着下唇，双眼含泪的，极其萧索地呆望着窗外。淑贞往前俯着，轻轻地问："妈妈，您想什么？"

施女士没有回头，只轻轻地拉着淑贞的手说："孩子，我想回到中国去。"

一寸光阴不可轻

季羡林

中华乃文章大国，北大为人文渊薮，二者实有密不可分的联系，倘机缘巧遇，则北大必能成为产生文学家的摇篮。"五四"运动时期是一个具体的例证，最近几十年来又是一个鲜明的例证。在这两个时期的中国文坛上，北大人灿若列星。这一个事实我想人们都会承认的。

最近若干年来，我实在忙得厉害，像50年代那样在教书和搞行政工作之余还能有余裕的时间读点儿当时的文学作品的"黄金时代"一去不复返了。不过，幸而我还不能算是一个懒汉，在"内忧""外患"的罅隙里，我总要挤出点儿时间来，读一点儿北大青年学生的作品。《校刊》上发表的文学作品，我几乎都看。前不久我读到《北大往事》，这是北大70、80、90三个年代的青年回忆和写北大的文章。其中有些篇思想新鲜活泼，文笔清新俊逸，真使我耳目为之一新。中国古人说："雏凤清于老凤声。"我——如果大家允许我也在其中滥竽一席的话——和我们这些"老凤"，真不能不向你们这一批"雏凤"投过去羡慕和敬佩的眼光了。

但是，中国古人又说："满招损，谦受益。"我希望你们能够认真体会这两句话的含义。"倚老卖老"固不足取，"倚少卖少"也同样是值得青年人警惕的。

天下万事万物，发展永无穷期。人外有人，天外有天，"老子天下第一"的想法是绝对错误的。你们对我们老祖宗遗留下来的浩如烟海的文学作品必须有深刻的了解。最好能背诵几百首旧诗词和几十篇古文，让它们随时涵蕴于你们心中，低吟于你们口头。这对于你们的文学创作和人文素质的提高，都会有极大的好处。不管你们现在或将来是教书、研究、经商、从政，或者是专业作家，都是如此，概莫能外。对外国的优秀文学作品，也必实下一番功夫，简练揣摩。这对你们的文学修养是绝不可少的。如果能做到这一步，则你们必然能融会中西，贯通古今，创造出更新更美的作品。

宋代大儒朱子有一首诗，我觉得很有针对性，很有意义，我现在抄给大家：

少年易老学难成，
一寸光阴不可轻。
未觉池塘春草梦，
阶前梧叶已秋声。

这一首诗，不但对青年有教育意义，对我们老年人也同样有教育意义。文字明白如画，用不着过多的解释。光阴，对青年和老年，都是转瞬即逝，必须爱惜。"一寸光阴一寸金，寸金难买寸光阴"，这是我们古人留给我们的两句意义深刻的话。

你们现在是处在"燕园幽梦"中，你们面前是一条阳关大道，是一条铺满了鲜花的阳关大道。你们要在这条大道上走上60年、70年、80年，或者更多的年，为人民，为人类做出出类拔萃的贡献。但愿你们永不忘记这一场燕园梦，永远记住自己是一个北大人，一个值得骄傲的北大人，这个名称会带给你们美丽的回忆，带给你们无量的勇气，带给你们奇妙的智慧，带给你们悠远的憧憬。有了这些东西，你们就会自强不息，无往不利，不会虚度此生。这是我的希望，也是我的信念。

1998年5月3日

梦　神

[丹麦] 安徒生

世界上没有谁能像奥列·路却埃那样，会讲那么多的故事——他才会讲呢！

天黑了以后，当孩子们还乖乖地坐在桌子旁边或坐在凳子上的时候，奥列·路却埃就来了。他轻轻地走上楼梯，因为他是穿着袜子走路的；他不声不响地把门推开，于是，"嘘"，他在孩子的眼睛里喷了一点儿甜蜜的奶——只是一点儿，一丁点儿，但已足够使他们睁不开眼睛。这样他们就看不见他了。他在他们背后偷偷地走着，轻柔地吹着他们的脖子，于是他们的脑袋便感到昏沉。啊，是的！但这并不会伤害他们，因为奥列·路却埃是非常心疼小孩子的。他只是要求他们安静些，而这只有等他们被送上床以后才能做到：他必须等他们安静下来以后才能对他们讲故事。

当孩子们睡着了以后，奥列·路却埃就在床边坐上来。他穿的衣服是很漂亮的：他的上衣是绸子做的，不过什么颜色却很难讲，因为它一会儿发红，一会儿发绿，一会儿发蓝——完全看他怎样转动而定。他的每只胳膊下面夹着一把伞。一把伞上绘着图画，他就把这把伞在好孩子上面撑开，使他们一整夜都能梦得见美丽的故事。可是另外一把伞上面什么也没有，他把这把伞在那些顽皮的孩子上面张开，于是这些孩子就睡得非常糊涂，当他们在早晨醒来的时候，觉得什么梦也没有做过。

现在让我们来听听，奥列·路却埃怎样在整个星期中每天晚上来看一个名叫哈尔马的孩子，对他讲了一些什么故事。

那一共有七个故事，因为每个星期有七天。

星期一

"听着吧！"奥列·路却埃在晚上把哈尔马送上床以后说。

"现在我要装饰一番。"于是花盆里的花儿都变成了大树，长树枝在屋子的天花板下沿着墙伸展开来，使得整个屋子看起来像一个美丽的花亭。这些树枝上都开满了花，每朵花比玫瑰还要美丽，而且发出那么甜的香气，叫人简直想尝尝它。——它比果子酱还要甜。水果射出金子般的光；甜面包张开了口，露出里面的葡萄干。这一切是说不出的美。不过与此同时，在哈尔马放课本的桌子抽屉内，有一阵可怕的哭声发出来了。

"这是什么呢？"奥列·路却埃说。他走到桌子那儿去，把抽屉拉开。原来是写字的石板在痛苦地抽筋，因为一个错误的数字跑进总和里去，几乎要把它打散了。写石板用的那支粉笔在系住它的那根线上跳跳蹦蹦，像一只小狗。它很想帮助总和，但是没有办法下手。接着哈尔马的练习簿里面又发出一阵哀叫声，这听起来真叫人难过。每一页上的大楷字母一个接着一个地排成直行，每个字旁边有一个小楷字，也成为整齐的直行。这就是练字的范本。在这些字母旁边还有一些字母，它们以为它们跟前面的字母一样好看。这就是哈尔马所练的字，不过它们东倒西歪，越出了它们应该看齐的线条。

"你们要知道，你们应该这样站着，"练习范本说，"请看——像这样略微斜一点儿，轻松地一转！"

"啊，我们倒愿意这样做呢，"哈尔马写的字母说，"不过我们做不到呀，我们的身体不太好。"

"那么你们得吃点儿药才成。"奥列·路却埃说。

"哦，那可不行。"它们叫起来，马上直直地站起来，叫人看到非常舒服。

"是的，现在我们不能讲什么故事了。"奥列·路却埃说。

"我现在得叫它们操练一下。一，二！一，二！"他这样操练着字母。它们站着，非常整齐，非常健康，跟任何范本一样。

不过当奥列·路却埃走了，早晨哈尔马起来看看它们的时候，它们仍然是像以前那样，显得愁眉苦脸。

星期二

当哈尔马上床以后，奥列·路却埃就在房里所有的家具上把那富有魔力的奶轻轻地喷了一口。于是每一件家具就开始谈论起自己来，只有那只痰盂独自站着一声不响。它有点儿恼，觉得大家都很虚荣，只顾谈论着自己，思想着自己，一点儿也不考虑到谦虚地站在墙角边、让大家在自己身上吐痰的它。

衣柜顶上挂着一张大幅图画，它嵌在镀金的框架里。这是一幅风景画。人们在里面可以看到一株很高的古树、草丛中的花朵、一个大湖和跟它连着的一条河，那条河环绕着火树林，流过许多宫殿，一直流向大洋。

奥列·路却埃在这画上喷了一口富有魔力的奶，于是画里的鸟雀便开始唱起歌来，树枝开始摇动起来，云块也在飞行——人人可以看到云的影子在这片风景上掠过。

现在奥列·路却埃把小小的哈尔马抱到框架上去，而哈尔马则把自己的脚伸进画里去——一直伸到那些长得很高的草里去。于是他就站在那儿。太阳穿过树枝照到他身上。他跑到湖旁边去，坐上一只停在那儿的小船。这条小船涂上了红白两种颜色，它的帆发出银色的光。六只头上戴着金冠、额上戴有一颗光耀的蓝星的天鹅，拖着这条船漂过这青翠的森林——这里的树儿讲出一些关于强盗和巫婆的故事，花儿讲出一些关于美丽的小山精水怪的故事，讲些蝴蝶所告诉过它们的故事。

许多美丽的、鳞片像金银一样的鱼儿，在船后面游着。有时它们跳跃一下，在水里弄出一阵"扑通"的响声。许多蓝色的、红色的、大大小小的鸟儿，排成长长的两行在船后面飞。蚊蚋在跳着舞，小金虫在说："唧！唧！"它们都要跟着哈尔马来，而且每一位都能讲一个故事。

这才算得是一次航行呢！森林有时显得又深又黑，有时又显得像一个充满了太阳光和花朵的、极端美丽的花园，还有雄伟的、用玻璃砖和大理石砌成的宫殿。阳台上立着好几位公主，她们都是哈尔马所熟悉的一些小女孩儿——因为他跟她们在一起玩耍过。她们伸出手来，每只手托着一般卖糕饼的女人所能卖出的最美丽的糖猪。哈尔马在每一只糖猪旁边经过的时候，就顺手去拿，不过公主们握得那么紧，结果每人只得到一半——公主得到一小半，哈尔马得到一大半。每个宫殿旁边都有一些小小的王子在站岗。他们背着金刀，向他撒下许多葡萄干和锡兵。他们真不愧称为王子！

哈尔马张着帆航行，有时通过森林，有时通过大厅，有时直接通过一个城市的中心。他来到了他保姆所住的那个城市。当他还是一个小宝宝的时候，这位保姆常常把他抱在怀里。她一直是非常爱护他的。她对他点头，对他招手，同时念着她自己为哈尔马编的那首诗：

　　亲爱的哈尔马，我对你多么想念，
　　你小的时候，我多么喜欢吻你，
　　吻你的前额、小嘴和那么鲜红的脸，
　　我的宝贝，我是多么想念你！
　　我听着你喃喃地学着最初的话语，
　　可是我不得不对你说一声再见。
　　愿上帝在世界上给你无限的幸福，
　　你——天上降下的一个小神仙。

所有的鸟儿也一同唱起来，花儿在梗子上也跳起舞来，许多老树也点起头来，正好像奥列·路却埃是在对它们讲故事一样。

星期三

嗨！外面的雨下得多么大啊！哈尔马在梦中都可以听到雨声。当奥列·路却埃把窗子推开的时候，水简直就流到窗槛上来了。外面成了一个湖，但是居然还有一条漂亮的船停在屋子旁边哩。

"小小的哈尔马，假如你跟我一块儿航行的话，"奥列·路却埃说，

"你今晚就可以开到外国去，明天早晨再回到这儿来。"

于是哈尔马就穿上他星期日穿的漂亮衣服，踏上这条美丽的船。天气立刻就晴朗起来了。他们驶过好几条街道，绕过教堂。现在在他们面前展开一片汪洋大海。他们航行了很久，最后陆地就完全看不见了。他们看到了一群鹳鸟。这些鸟儿也是从它们的家里飞出来的，飞到温暖的国度里去。它们排成一行，一个接着一个地飞，而且已经飞得很远——很远！它们之中有一只已经飞得很倦了，它的翅膀几乎不能再托住它向前飞。它是这群鸟中最后的一只。不久它就远远地落在后面，最后它张着翅膀慢慢地坠下来了。虽然它仍旧拍了两下翅膀，但是一点儿用也没有。它的脚触到了帆索，于是它就从帆上滑下来。砰！它落到甲板上来了。

船上的侍役把它捉住，放进鸡屋里的鸡、鸭和吐绶鸡群中去。这只可怜的鹳鸟在它们中间真是垂头丧气极了。

"你们看看这个家伙吧！"母鸡婆们齐声说。

于是那只雄吐绶鸡就装模作样地摆出一副架子，问鹳鸟是什么人。鸭子们后退了几步，彼此推着："叫呀！叫呀！"

鹳鸟告诉它们一些关于炎热的非洲、金字塔和在沙漠上像野马一样跑的驼鸟的故事。不过鸭子们完全不懂得它所讲的这些东西，所以它们又彼此推了几下！

"我们有一致的意见，那就是它是一个傻瓜！"

"是的，它的确是很傻。"雄吐绶鸡说，咯咯地叫起来。

于是鹳鸟就一声不响，思念着它的非洲。

"你的那双腿瘦长得可爱，"雄吐绶鸡说，"请问你，它们值多少钱一亚伦①？"

"嘎！嘎！嘎！"所有的鸭子都讥笑起来。不过鹳鸟装作没有听见。

"你也可以一起来笑一阵子呀，"雄吐绶鸡对它说，"因为这话说得很有风趣。难道你觉得这说得太下流了不成？嗨！嗨！它并不是一个什么博学多才的人！我们还是自己来说笑一番吧。"

于是它们都咕咕地叫起来，鸭子也嘎嘎地闹起来，"呱！咕！呱！咕！"它们自己以为幽默得很，简直不成样子。

可是哈尔马走到鸡屋那儿去，把鸡屋的后门打开，向鹳鸟喊了一声。鹳鸟跳出来，朝他跳到甲板上来。现在它算是得着休息了。它似乎在向哈尔马点着头，表示谢意。于是它展开双翼，向温暖的国度飞去。不过母鸡婆都在咕咕地叫着，鸭子在嘎嘎地闹着，同时雄吐绶鸡的脸涨得通红。

"明天我将把你们拿来烧汤吃。"哈尔马说。于是他就醒了，发现仍然躺在自己的小床上。奥列·路却埃这晚为他布置的航行真是奇妙。

星期四

"我告诉你，"奥列·路却埃说，"你决不要害怕。我现在给你一只小耗子看。"于是他向他伸出手来，手掌上托着一个轻巧的、可爱的动物。"它来请你去参加一个婚礼。有两个小耗子今晚要结为夫妇，它们住在你妈妈的食物储藏室的地下：那应该是一个非常可爱的住所啦！"

"不过我怎样能够钻进地下的那个小耗子洞里去呢？"哈尔马问。

"我来想办法，"奥列·路却埃说，"我可以使你变小呀。"

于是他在哈尔马身上喷了一口富有魔力的奶。这孩子马上就一点一点地缩小，最后变得不过只有指头那么大了。

"现在你可以把锡兵的制服借来穿穿，我想它很合你的身材。一个人在社交的场合，穿起一身制服是再漂亮也不过的。"

"是的，一点儿也不错。"哈尔马说。

不一会儿他穿得像一个很潇洒的兵士。

"劳驾你坐在你妈妈的顶针上，"小耗子说，"让我可以荣幸地拉着你走。"

"我的天啦！想不到要这样麻烦小姐！"哈尔马说。这么着，他们就去参加小耗子的婚礼了。

他们先来到地下的一条长长的通道里。这条通道的高度，恰好可以让他们拉着顶针直穿过去。这整条路是用引火柴照着的。

"你闻闻！这儿的味道有多美！"耗子一边拉，一边说。"这整条路全用腊肉皮擦过一次。再也没有什么东西比这更好！"

现在他们来到了举行婚礼的大厅。所有的耗子太太们都站在右手边,她们互相私语和憨笑,好像在逗着玩儿似的。所有的耗子先生们都立在左手边,他们在用前掌摸着自己的胡子。于是,在屋子的中央,新郎和新娘出现了。他们站在一个啃空了的乳饼的圆壳上。他们在所有的客人面前互相吻得不可开交——当然喽,他们是订过婚的,马上就要举行结婚礼了。

客人们川流不息地拥进来。耗子们几乎能把对方踩死。这幸福的一对站在门中央,弄得人们既不能进来,也不能出去。

像那条通道一样,这屋子也是用腊肉皮擦得亮亮的,而这些腊肉皮也就是他们所吃的酒菜了。不过主人还是用盘子托出一粒豌豆作为点心。这家里的一位小耗子在它上面啃出了这对新婚夫妇的名字——也可以说是他们名字的第一个字母吧。这倒是一件很新奇的花样哩。

所有来参加的耗子都认为这婚礼是很漂亮的,而且招待也非常令人满意。

哈尔马又坐着顶针回到家里来。他算是参加了一个高等的社交场合,不过他得把自己缩做一团,变得渺小,同时还要穿上一件锡兵的制服。

星期五

"你决不会相信,有多少成年人希望跟我在一道啊!"奥列·路却埃说,"尤其是那些做过坏事的人。他们常常对我说:'小小的奥列啊,我们合不上眼睛,我们整夜躺在床上,望着自己那些恶劣的行为。这些行为像丑恶的小鬼一样,坐在我们的床沿上,在我们身上浇着沸水。请你走过来把他们赶走,好叫我们好好地睡一觉吧!'于是他们深深地叹了一口气,'我们很愿意给你酬劳。晚安吧,奥列。钱就在窗槛上。'""不过,我并不是为了钱而做事的呀。"奥列·路却埃说。

"我们今晚将做些什么呢?"哈尔马问。

"对,我不知道你今晚有没有兴趣再去参加一场婚礼。这场婚礼跟昨天的不同。你妹妹的那个大玩偶——他的样子像一个大男人,名字叫作赫尔曼——将要和一个叫贝尔达的玩偶结婚。此外,今天还是这玩偶的生日,因此他们收到很多的礼品。"

"是的,我知道这事。"哈尔马说,"无论什么时候,只要这些玩偶想要有新衣服穿,我的妹妹就让他们来一个生日庆祝会,或举行一次婚礼。这类的事儿已经发生过一百次了!"

"是的,不过今夜举行的是一百零一次的婚礼呀。当这一百零一次过去以后,一切就会完了。正因为这样,所以这次婚礼将会是非常华丽。你再去看一次吧!"

哈尔马朝桌子看了一眼。那上面有一座纸做的房子,窗子里有亮光,外面站着的锡兵全在敬礼。新郎和新娘坐在地上,靠着桌子的腿,若有所思的样子,而且并不是没有道理的。奥列·路却埃,穿着祖母的黑裙子,特来主持这场婚礼。

当婚礼终了以后,各种家具合唱起一支美丽的歌——歌是铅笔为他们编的。它是随着兵士击鼓的节奏而唱出的:

我们的歌像一阵风,
来到这对新婚眷属的房中;
他们站得像棍子一样挺直,
他们都是手套皮所制!
万岁,万岁!棍子和手套皮!
我们在风雨中高声地贺喜!

于是他们开始接受礼品——不过他们拒绝收受任何食物,因为他们打算以爱情为食粮而生活下去。

"我们现在到乡下去呢,还是到外国去做一趟旅行?"新郎问。

他们去请教那位经常旅行的燕子和那位生了五窠孩子的老母鸡。燕子讲了许多关于那些美丽的温带国度的事情:那儿熟了的葡萄沉甸甸地、一串一串地挂着,那儿的空气是温和的,那儿的山岳发出这里从来见不到的光彩。

"可是那儿没有像我们这儿的油菜呀!"老母鸡说,"有一年夏天我跟孩子们住在乡下。那儿有一个沙坑，我们可以随便到那儿去，在那儿抓土，我们还得到许可钻进一个长满了油菜的菜园里去。啊，那里面是多么青翠啊！我想象不出还有什么东西比那更美！"

"不过这根油菜梗跟那根油菜梗不是一个样儿。"燕子说，"而且这儿的天气老是那样坏！"

"人们可以习惯于这种天气的。"老母鸡说。

"可是这儿很冷，老是结冰。"

"那对于油菜是非常好的！"老母鸡说，"此外，这儿的天气也会暖和起来的呀。四年以前，我们不是有过一连持续了五星期的夏天吗？那时天气是那么热，你连呼吸都感到困难。而且，我们还不像他们那样有有毒的动物。此外，我们也没有强盗。"

"谁不承认我们的国家最美丽，谁就是一个恶棍——那么他就不配住在此地了。"于是老母鸡哭起来，"我也旅行过啦！我坐在一个鸡圈里走过一百五十里路；我觉得旅行没有一点儿乐趣！"

"是的，老母鸡是一个有理智的女人！"玩偶贝尔达说。

"我对于上山去旅行也不感兴趣，因为你无非是爬上去，随后又爬下来罢了。不，我们还是走到门外的沙坑那儿去，在油菜中间散散步吧。"

问题就这么解决了。

星期六

"现在讲几个故事给我听吧！"小小的哈尔马说，这时奥列·路却埃已经把他送上了床。

"今晚我们没有时间讲故事了，"奥列回答说，同时把他那把非常美丽的雨伞在这孩子的头上撑开，"现在请你看看这几个中国人吧！"

整个雨伞看起来好像一个中国的大碗：里面有些蓝色的树、拱起的桥，上面还有小巧的中国人在站着点头。

"明天我们得把整个世界洗刷得焕然一新，"奥列说，"因为明天是一个神圣的日子——礼拜日。我将到教堂的尖塔顶上去，告诉那些教堂的小精灵把钟擦得干干净净，好叫它们能发出美丽的声音来。我将走到田野里去，看风儿有没有把草和叶上的灰尘扫掉。此外，最巨大的一项工作是：我将要把天上的星星摘下来，把它们好好地擦一下。我要把它们兜在我的围裙里。可是我得先记下它们的号数，同时也得记下嵌住它们的那些洞口的号数，好使它们将来能回到原来的地方去；否则它们就嵌不稳，结果流星就会太多了，因为它们会一个接着一个地落下来。"

"请听着！您知道，路却埃先生，"一幅老画像说，它挂在哈尔马挨着睡的那堵墙上，"我是哈尔马的曾祖父。您对这孩子讲了许多故事，我很感谢您，不过请您不要把他的头脑弄得糊里糊涂。星星是不可以摘下来的，而且也不能擦亮！星星都是一些球体，像我们的地球一样。它们之所以美妙，就正是因为这个缘故。"

"我感谢您，老曾祖父，"奥列·路却埃说，"我感谢您！您是这一家之长，您是这一家的始祖，但是我比您还要老！我是一个年老的异教徒，罗马人和希腊人把我叫作梦神。我到过最华贵的家庭，我现在仍然常常去！我知道怎样对待伟大的人和渺小的人。现在请您讲您的事情吧！"于是奥列·路却埃拿了他的伞走出去了。

"嗯，嗯！这种年头，一个人连发表意见都不成！"这幅老画像发起牢骚来。

于是哈尔马就醒来了。

星期日

"晚安！"奥列·路却埃说，哈尔马点点头，于是他便跑过去，把曾祖父的画像翻过来面对着墙，好叫他不再像昨天那样，又来插嘴。

"现在你得讲几个故事给我听：关于生活在一个豆荚里的五颗青豌豆的故事，关于一只公鸡的脚向母鸡的脚求爱的故事，关于一根装模作样的缝补针自以为是缝衣针的故事。"

"好东西享受太过也会生厌的呀！"奥列·路却埃说，"您知道，我倒很想给你一样东西看看。我把我的弟弟介绍给你吧。他也叫作奥列·路却埃,不过他拜访任何人,从来不超过一次以上。当他到来的时候,总是把他所遇见的人抱在马上,讲故事给他听。他只知道两个故事:一个是极端的美丽,世上任何人都想象不到;另一个则是非常丑恶和可怕——我没有办法形容出来。"

于是奥列·路却埃把小小的哈尔马抱到窗前,说:"你现在可以看到我的弟弟——另一位叫作奥列·路却埃的人了,也有人把他叫作'死神'!你要知道,他并不像人们在画册中把他画成一架骷髅那样可怕。不,那骷髅不过是他上衣上用银丝绣的一个图案而已。这上衣是一件很美丽的骑兵制服。在他后面,在马背上,飘着一件黑天鹅绒做的斗篷。请看他奔驰的样子吧!"

哈尔马看到这位奥列·路却埃怎样骑着马飞驰过去,怎样把年轻人和年老的人抱到自己的马上。有些他放在自己的前面坐着,有些放在自己的后面坐着。不过他老是先问:"你们的通知簿上是怎样写的?"他们齐声回答说:"很好。"他说:"好吧,让我亲自来看看吧。"于是每人不得不把自己的通知簿交出来看。那些簿子上写着"很好"和"非常好"等字样的人坐在他的前面,听一个美丽的故事;那些簿子上写着"勉强""尚可"等字样的人只得坐在他的后面,听一个非常可怕的故事。后者发着抖,大声哭泣。他们想要跳下马来,可是这点他们做不到,因为他们立刻就紧紧地生在马背上了。

"不过'死神'是一位最可爱的奥列·路却埃啦,"哈尔马说,"我并不怕他!"

"你也不需要怕他呀,"奥列·路却埃说,"你只要时时注意,使你的通知簿上写上好的评语就得了!"

"是的,这倒颇有教育意义!"曾祖父的画像叽咕地说,"提提意见究竟还是有用的啦。"现在他算是很满意了。

你看,这就是奥列·路却埃的故事。今晚他自己还能对你多讲一点儿!

[注释]
①亚伦(Alen)是丹麦量长度的单位,等于0.627米。

上　学

老　舍

　　在我小的时候，我因家贫而身体很弱。我九岁才入学。因家贫体弱，母亲有时候想叫我去上学，又怕我受人家的欺侮，更怕交不上学费，所以一直到九岁我还不识一个字。说不定，我会一辈子也得不到读书的机会，因为母亲虽然知道读书的重要，可是每月间三四吊钱的学费，实在让她为难。母亲是最喜脸面的人。她迟疑不决，光阴又不等待着任何人，荒来荒去，我也许就长到十多岁了。一个十多岁的贫而不识字的孩子，很自然的是去做个小买卖——弄个小筐，卖些花生、煮豌豆或樱桃什么的。要不然就是去学徒。母亲很爱我，但是假若我能去做学徒，或提篮沿街卖樱桃而每天赚几百钱，她或者就不会坚决地反对。穷困比爱心更有力量。

　　有一天，刘大叔偶然地来了。我说"偶然地"，因为他不常来看我们。他是个极富的人，尽管他心中并无贫富之别，可是他的财富使他终日不得闲，几乎没有工夫来看穷朋友。一进门，他看见了我。"孩子几岁了？上学没有？"他问我的母亲。他的声音是那么洪亮（在酒后，他常以学喊俞振庭的《金钱豹》自傲），他的衣服是那么华丽，他的眼是那么亮，他的脸和手是那么白嫩肥胖，使我感到我大概是犯了什么罪。我们的小屋、破桌凳、土炕，几乎受不住他的声音的震动。等我母亲回答完，刘大叔马上决定："明天早上我来，带他上学！学钱和书籍，大姐你都不必管！"我的心跳起多高，谁知道上学是怎么一回事呢！

　　第二天，我像一条不体面的小狗似的，随着这位阔人去入学。学校是一家改良私塾，在离我的家有半里多地的一座道士观里。观不甚大，而充满了各种气味：一进山门先有一股大烟味，紧跟着便是糖精味（有一家熬制糖球糖块的作坊），再往里，是厕所味，与别的臭味。学校是在大殿里。大殿两旁的小屋住着道士和道士的家眷。大殿里很黑、很冷。神像都用黄布挡着，供桌上摆着孔圣人的牌位。学生都面朝西坐着，一共有三十来人。西墙上有一块黑板——这是"改良"私塾。老师姓李，一位极死板而极有爱心的中年人。刘大叔和李老师"嚷"了一顿，而后叫我拜圣人及老师。老师给了我一本《地球韵言》和一本《三字经》。我于是就变成了学生。

自从做了学生以后，我时常到刘大叔的家中去。他的宅子有两个大院子，院中几十间房屋都是出廊的。院后，还有一座相当大的花园。宅子的左右前后全是他的房产，若是把那些房子齐齐地排起来，可以占半条大街。此外，他还有几处铺店。每逢我去，他必招呼我吃饭，或给我一些我没有看见过的点心。他绝不以我为一个苦孩子而冷淡我，他是阔大爷，但是他不以富傲人。

在我由私塾转入公立学校去的时候，刘大叔又来帮忙。

我记得很清楚：我从私塾转入学堂，即编入初小三年级，与莘田同班。我们的学校是西直门大街路南的两等小学堂。下午放学后，我们每每一同到小茶馆去听评讲《小五义》或《施公案》。出钱总是他替我付。不久，这个小学堂改办女学。我就转入南草厂的第十四小学。

这时候，刘大叔的财产已大半出了手。他是阔大爷，他只懂得花钱，而不知道计算。人们吃他，他甘心叫他们吃；人们骗他，他付之一笑。他的财产有一部分是卖掉的，也有一部分是被人骗了去的，他不管；他的笑声照旧是洪亮的。

到我在中学毕业的时候，他已一贫如洗，什么财产也没有了，只剩了那个后花园。不过，在这时候，假若他肯用心思，去调整他的产业，他还能有办法叫自己丰衣足食，因为他的好多财产是被人家骗了去的。可是，他不肯去请律师。贫与富在他心中是完全一样的。假若在这时候，他要是不再随便花钱，他至少可以保住那座花园和城外的地产。可是，他好善。尽管他自己的儿女受着饥寒，尽管他自己受尽折磨，他还是去办贫儿学校、粥厂等慈善事业。他忘了自己。就是在这个时候，我和他过往最密。

他办贫儿学校，我去做义务教师。他施舍粮米，我去帮忙调查及散放。在我的心里，我很明白：放粮放钱不过只是延长贫民的受苦难的日期，而不足以阻拦住死亡。但是，看刘大叔那么热心，那么真诚，我就不顾得和他辩论，而只好也出点儿力了。即使我和他辩论，我也不会得胜，人情是往往能战败理智的。

1924年，刘大叔的儿子死了。而后，他的花园也出了手。他入庙为僧，夫人与小姐入庵为尼。由他的性格来说，他似乎势必走入避世学禅的一途。但是由他的生活习惯上来说，大家总以为他不过能念念经，布施布施僧道而已，而绝对不会受戒出家。他居然出了家。在以前，他吃的是山珍海味，穿的是绫罗绸缎，他也嫖也赌。现在，他每日一餐，入秋还穿着件夏布道袍。这样苦修，他的脸上还是红红的，笑声还是洪亮的。对佛学，他有多么深的认识，我不敢说。我却真知道他是个好和尚，他知道一点儿便去做一点儿，能做一点儿便做一点儿。他的学问也许不高，但是他所知道的都能见诸实行。

出家以后，他不久就做了一座大寺的方丈。可是没有好久就被驱逐出来。他是要做真和尚，所以他不惜变卖庙产去救济苦人。庙里不要这种方丈。一般来说，方丈的责任是要扩充庙产，而不是救苦救难的。离开大寺，他到一座没有任何产业的庙里做方丈。他自己既没有钱，还须天天为僧众们找到斋吃。同时，他还举办粥厂等慈善事业。他穷，他忙，他每日只进一顿简单的素餐，可是他的笑声还是那么洪亮。他的庙里不应佛事，赶到有人来请，他便领着僧众给人家去念真经，不要报酬。他整天不在庙里，但是他并没忘了修持；他持戒越来越严，对经义也深有所获。他白天在各处筹钱办事，晚间在小室里做功夫。谁见到这位破和尚也不会想到他曾是个在金子里长起来的阔大爷。

1939年，有一天他正给一位圆寂了的和尚念经，他忽然闭上了眼，就坐化了。火葬后，人们在他的身上发现许多舍利。

没有他，我也许一辈子也不会入学读书。没有他，我也许永远想不起帮助别人有什么乐趣与意义。他是不是真的成了佛？我不知道。但是，我的确相信他的居心与苦行是与佛极相近似的。我在精神上物质上都受过他的好处，现在我的确愿意他真的成了佛，并且盼望他以佛心引领我向善，正像在三十五年前，他拉着我去入私塾那样！

他是宗月大师。

当我在小学毕了业的时候，亲友一致同意我去学手艺，好帮助母亲。我晓得我应当去找饭吃，以减轻母亲的勤劳困苦。可是，我也愿意升学，考入了祖家街的第三中学，在"三中"没有好久，我偷偷地考入了师范学校——制服、饮食、书籍、宿处，都由学校供给。只有这样，我才敢对母亲说升学的话。入学，要交十元的保证金。这是一笔巨款！母亲作了半个月的难，把这巨款筹到，而后含泪把我送出门去。她不辞劳苦，只要儿子有出息。当我由师范毕业，而被派为小学校校长，母亲与我都一夜不曾合眼。我只说了句："以后，您可以歇一歇了！"她的回答只有一串串的眼泪。我入学之后，三姐结了婚。母亲对儿女是都一样疼爱的。但是假若她也有点儿偏爱的话，她应当偏爱三姐，因为自父亲死后，家中一切的事情都是母亲和三姐共同撑持的。三姐是母亲的右手。但是母亲知道这右手必须割去，她不能为了自己的便利而耽误了女儿的青春。当花轿来到我们的破门外的时候，母亲的手就和冰一样的凉，脸上没有血色——那是阴历四月，天气很暖。大家都怕她晕过去。可是，她挣扎着，咬着嘴唇，手扶着门框，看花轿徐徐地走去。不久，姑母死了。三姐已出嫁，哥哥不在家，我又住学校，家中只剩母亲自己。她还须自早至晚地操作，可是终日没人和她说一句话。

中学的时期[①]是最忧郁的，四五个新年中只记得一个，最凄凉的一个。那是头一次改用阳历，旧历的除夕必须回学校去，不准请假。姑母刚死两个多月，她和我们同住了三十年的样子。她有时候很厉害，但大体上说，她很爱我。哥哥当差，不能回来。家中只剩母亲一人。

新年最热闹，也最没劲，我对它老是冷淡的。自从一记事儿起，家中就似乎很穷。爆竹总是听别人放，我们自己是静寂无哗。记得最真的是家中一张"王羲之换鹅"图。每逢除夕，母亲必把它从某个神秘的地方找出来，挂在堂屋里。我在四点多钟回到家中，母亲并没有把"王羲之"找出来。吃过晚饭，我不能不告诉母亲了——我还得回校。她愣了半天，没说什么。我慢慢地走出去，她跟着我到街门。摸着袋中的几个铜子，我不知道走了多少时候，才走到了学校。路上必是很热闹，可是我并没看见，我似乎失了感觉。到了学校，学监先生正在学监室门口站着。他先问我："回来了？"我行了个礼。他点了点头，笑着叫了我一声："你还是回去吧。"这一笑，永远印在我心中。假如我将来死后能入天堂，我必把这一笑带给上帝去看。

我好像没走就又到了家，母亲正对着一支红烛坐着呢。她的泪不轻易落，她又慈善又刚强。见我回来了，她脸上有了笑容，拿出一个细草纸包儿来："给你买的杂拌儿，刚才一忙，也忘了给你。"母子好像有千言万语，只是没精神说，早早地就睡了。母亲也没精神。

使我念念不忘的是方唯一先生。方先生的字与文造诣都极深，我十六七岁练习古文旧诗受益于他老先生者最大。在五四运动以前，我虽然很年轻，可是我的散文是学桐城派，我的诗是学陆放翁与吴梅村。他给我一副对子。这一副对子是他临死以前给我写的，用笔运墨之妙，可以算他老人家的杰作。在抗战前，无论我在哪里住家，我总把它悬在最显眼的地方。我还记得它的文字："四世传经是谓通德，一门训善唯以永年。"

[注释]

①老舍小学毕业后先考入祖家街市立第三中学。半年后因经济困难退学。后来才考入花费少的北京师范学校。

我的儿子是一个艺术家

孙淑芸

爸爸从来也不明白我对职业的选择，现在我知道为什么了。

每个家庭都有它自己不为外人所知的可笑之处。我们家逗乐的事是：爸爸不知道为了生活，我究竟做什么工作才合适。

爸爸是一个卖肉的。他的父亲、叔叔和哥哥也都是卖肉的。他自己娶了一个从前在那儿工作过的肉店的出纳员，她的哥哥也全都卖肉。我出生时，妈妈发誓说我可以做任何我想做的工作，但就是不能去卖肉。

我还是个孩子时，整天画画。像所有别的男孩子一样，我画的大多是飞机，就因为我喜欢瞎画，妈妈决定让我上艺术学校。连我自己还未弄清是怎么回事，就被送进了曼哈顿艺术学校。从此每天早晨，我都要乘一个半小时的火车去上学。

"我的儿子是个艺术家！"我爸爸每每自豪地向他的顾客们介绍我。上高中时，我每个星期天都在他的肉店里帮忙。因此，我爸爸理所当然地想：等我将来毕了业，他就把这个肉店让给我。当我宣布我获得库珀联合艺术学校的奖学金，并且要继续我的艺术训练时，爸爸大吃了一惊，他突然意识到我把艺术这个东西看得很重。他告诉我说："卖肉、卖杂货、补鞋，这些都是谋生的好办法。尤其是卖肉，因为人人都要吃才能活下去。艺术家会——会挨饿的！"

我给他解释说，我不准备做一个画家，而是要做一个商业艺术家，但这无济于事。"艺术家就是艺术家，他总要挨饿。"他嘟嘟囔囔地说。

十年之后，爸爸把肉店卖了，退休了。我那时是《生活》杂志的艺术指导。我结了婚，而且有了两个孩子，于是就搬到郊区我新购置的房子里去住。爸爸来看房子时，我注意到他脸上有一种困惑不解的感情。他不懂，一个艺术家怎么能让他的两个孙孙吃饱穿暖。

我知道他为我感到自豪。每个星期，爸爸总要买一份《生活》杂志。每个星期，他都要打电话问我："这个星期你在杂志里画了些什么？"我告诉他我什么都不画，我只设计版面，摆照片，挑出铅字样。听了我的回答，爸爸总是自言自语，我不知说了些什么。

1972年，《生活》杂志停刊了，当我正在家里看关于这家杂志倒闭的新闻报道时，电话铃响了。我知道是爸爸打来的。费了好大的劲儿，他终于说出来了："如果你是个卖肉的，你现在就不会没有工作做。"他设法说得很轻，但我知道他的意思；而且，实际上我很高兴听到这样的话。我从来也没有像此时这样爱我爸爸，不知为何，它意味着我的世界仍完好无损。

"你记得怎么割肉吗？"他问我。

"记得，爸爸。"

"你知道，人人都要吃肉。"

以后十二年，我一直担任一家出版公司的艺术指导。每个月我爸爸都接到我寄去的我们公司出版的二十几本书。他打电话告诉我，他多么喜欢封面上我画的画。我没有再向他解释我只设计封面，然后把它交给别人去画。我接受他对我的赞扬，感谢他对我的关心。他有可以向邻居们展示和炫耀的图书就行了。

以前，是爸爸不知道为了生活要我做什么工作才好。几个月前，我们家这个逗乐的事又尖锐地摆在我的面前，我二十八岁的儿子从洛杉矶给我打电话。在那儿，他是一家大新闻社的代理人。他刚刚从和他们新闻社竞争的一家公司得到一份俸禄优厚的聘请。他想听一下我的意见。但我认识到我对他所做的工作并没有足够的了解，不能给他提什么建议。

我记起八年前他从学校给我打电话，说他想干服装表演这一行。我像通常一样咕哝地说："这是你的生活，由你决定。"但等我挂了电话，我转过身对我妻子说："服装表演？难道那是谋生的方法吗？为什么他没有选择医学、法律或机械呢？""或者去卖肉。"我妻子说，"人人都要吃呀！"

我儿子的选择一定很正确。我第一次参观他的办公室时，我所看到的给我留下了极深的印象。他的秘书打扰他，问他是否能回这个人或那个人的电话，她说的名字都是任何人听到之后马上能想起来的。当时，我曾想这个小家伙只不过是给我装装样子。这时我发现我儿子盯着我，而且我肯定他也看到了我曾在我爸爸脸上看到过的同样的困惑不解的表情。

那种强烈的、处于痛苦之中的爱，使一个人对他的孩子多少有些害怕。这个孩子连自己的袜子都捡不起来，怎么能把那么重要的事情委托给他呢？

将来有一天，我的儿子的儿子会告诉他爸爸，他一生中要选择一职业。我知道我儿子会这么想："那难道是谋生的办法吗？"他会给我打电话，那我就对他说："告诉他当一个卖肉的，人人都要吃。"

动物纪念碑

周鼎明

母狼纪念碑

在意大利罗马的卡皮托利丘上有一座母狼塑像，相传，古希腊人攻破特洛伊城后，特洛伊人准备到别处重建一座特洛伊城。他们的后裔经过长期漂泊，在意大利定居下来，建立了古代的阿尔巴-龙格城。该城统治者努米托尔的外孙罗慕洛和勒莫这对孪生兄弟从一出生就受到篡位的叔祖父的迫害，被抛入台伯河。但他俩大难不死，被水流冲到岸边。一只母狼听到孩子的哭声，就来到河边，用狼奶喂活了他们。后来，一位牧人发现了他们，把他们带回家养育成人。当兄弟俩得知自己出生的秘密后，便杀死了叔祖父，为外祖父夺回了王位。同时，他俩决定在母狼给他们喂奶的地方建立一座新城。由于在用谁的名字给城市命名这个问题上两人发生争执，罗慕洛杀死了勒莫，以自己名字的头几个字母（拉丁字母，Roma）做城市的名字并当了该城的第一个统治者。这样，约在公元前754年建成了罗马城。为了感谢和纪念拯救罗马城奠基人性命的母狼，人们在卡皮托利丘上的神庙里立了一座母狼纪念碑，母狼也就成了罗马的城徽。公元15世纪，又在母狼身下添了两个正在吃奶的孩子的青铜像。

救援狗巴利纪念碑

在阿尔卑斯山脉海拔两千米以上的许多地区，冬季长达八九个月，暴虐的风雪常常封闭道路，使旅途中的人遇难。为此，人们就训练狗来协助救援迷路的人。在瑞士，有一种名叫森贝拿尔的长毛大狗，嗅觉灵敏，高大强壮，几个世纪以来，这种狗共救了数千人，许多狗都救过30~35人，其中救人纪录最高的是19世纪初一条名叫巴利的公狗。巴利共救过40个人，因此，在意大利、瑞士和法国有许多人知道它的名字。但是在救助第41个人时，它却险些丧了命。那是1812年，拿破仑军队在俄国大败后的溃逃途中，一名士兵在森贝拿尔山隘跌入雪坑，被积雪埋住。这时，恰巧巴利来此寻找遇难者，它把这名士兵从雪坑里拖了出来，用体温温暖他那冻僵的身体。那人苏醒过来，睁眼一看，身旁是一条蓬毛大狗，惊骇之中便拔刀向狗刺去……身负重伤的巴利艰难地回到驯养它的修道院。一位过路的商人要求把巴利带到伯尔尼治疗，全修道院的人都依依不舍地出来送行。后来，巴利的伤虽治好了，但它身体虚弱，再也不能去雪地救人了。1814年，巴利死了，它的遗体被制成标本，至今仍存放在伯尔尼的瑞士自然博物馆里。1899年，人们又在巴黎立了一尊巴利纪念像：底座上是一条森贝拿尔大狗，背上驮着一个紧紧抱着狗脖子的小姑娘。碑座上的题词是："它救了40个人，被第41个人杀死了……"

鹿纪念碑

在希腊罗得岛的一个港口，远远就能望见岛上有两根高大的石柱，柱顶立着一雌一雄两只鹿，好像在迎送过往的船只和来客。罗得岛是爱琴海上的一个小岛，那里气候温和，物产丰富，整个小岛淹没在柑橘园和葡萄园的浓荫里，景色非常优美。可是，这得天独厚的自然条件也使蛇在岛上大量繁殖起来，给居民造成很大威胁。人们再也不敢像古希腊人那样，赤脚或穿凉鞋在岛上行走，农民为了安全，只好穿长筒胶靴下地干活。尽管采取了不少灭蛇措施，但收效甚微。有人建议把鹿引到岛上来，让鹿的尖蹄把蛇踩死或赶走。于是，人们便从邻岛运来了良种鹿，使其在岛上安家落户，大量繁殖。过了一段时间，鹿果然不负众望，成了灭蛇能手。它们自由出入于灌木丛林，踩死赶走了不少蛇，使蛇的数量骤减，让人们得到了安宁。为此，岛上的居民建立了这两座鹿纪念碑。

天鹅纪念碑

在日本本州岛的新潟，有一座小学生及其家长集资修建的天鹅纪念碑。原来，每年天鹅都从苏联的西伯利亚和北部地区飞到日本过冬，开春以后再飞回去。日本人很喜欢天鹅，总是设法帮助它们。1961年春天，一只患病的天鹅无法飞回去了，就独自留了下来，它得到小学生们的精心照料。他们在学校旁边挖了一个池塘供它戏水，还给它取了一个美丽的名字——奥杰塔。奥杰塔很快和孩子们混熟了，只要有人唤它，它就游过去，大胆地从孩子手中叼食吃，愉快地和孩子们一起玩耍。这样过了三年，奥杰塔不幸病死了。可是孩子们忘不了它，集资为它造了一座塑像。前来参加剪彩仪式的有苏联驻日本大使和孩子们的家长。他们在讲话中热烈地赞扬天鹅，说天鹅不仅美化了日本的湖泊，培养了孩子们对大自然的热爱，而且增进了两国人民之间的友谊。

骆驼纪念碑

骆驼素有"沙漠之舟"的美称，它不仅是人们在浩瀚沙海里必不可少的交通工具，而且还能向人们提供驼肉、驼奶、驼皮和驼毛。在苏联列宁格勒（今圣彼得堡）的高尔基园里，有一座俄国伟大旅行家普尔热瓦利斯基的半身像，像下卧着一头青铜制作的双峰骆驼，它是旅行家多年考察中亚细亚时的可靠旅伴和忠实助手。

奶牛纪念碑

近年来，荷兰每头奶牛的年均产奶量已达四千公斤，全国人均拥有的奶牛头数和奶制品的数量也居世界领先地位。他们培育出的荷兰奶牛产奶量高，是荷兰人的骄傲。因此，人们在荷兰北部弗利斯兰省的列兹瓦尔登市为奶牛立了一座纪念碑，底座上的简短题词是："我们的妈妈。"

刽子手与断头台

王家宝

近些年来，不少西方国家相继取消了断头台，废除了死刑。法国亦于1981年废弃了这种古老的酷刑，断头台成了历史的遗迹，刽子手也从此销声匿迹。

刽子手世家

1688年9月24日，一个名叫夏尔·桑松的青年继承岳父的衣钵，干起了刽子手的行当。刽子手是被人瞧不起的职业，他为什么要接泰山的班呢？原来这里面有段姻缘。桑松原是路易十四时代的一名军官，一次骑马不慎摔伤，被人救起送到附近一所房子里，由主人的女儿玛格丽特悉心照料。两人在接触中产生了爱情。伤愈后，桑松继续与姑娘热恋，至于恋人的父亲叫什么名字，做何事，他并不关心。可巧有一天，桑松途经"咸井广场"，发现玛格丽特的父亲正在绑一个受刑正法的强盗。原来他是刽子手，名叫皮埃尔·儒埃纳。心上人竟是刽子手的女儿！想到这里，年轻军官浑身直起鸡皮疙瘩。他思索良久，狠心与姑娘断绝了关系。然而……桑松终于又找上门去。为了这"不洁的爱情"，他丢官弃职，被上司狠狠地臭骂了一顿。一天夜晚，他试图携情人出走，但被儒埃纳抓住，后者直截了当地说：

"你要挽回名誉？谁能娶刽子手的女儿为妻呢？除非他本身也是刽子手，你玷污了玛格丽特的贞洁。你必须娶她，并且做我的助手，接我的班。否则，我就杀死她！"

"为什么要杀死她？"

"因为刽子手的女儿最宝贵的财富莫过于贞洁。"

爱情战胜了一切，桑松成了刽子手。

后来，桑松的子孙也都相继做了刽子手。曾孙夏尔·亨利更是著名的"巴黎先生"（各地刽子手都有一个以城市命名的雅号）。在雅各宾专政末期，他曾把两千七百人送上断头台，从而名声大噪。亨利的儿子杀人不多，只有三百六十人。孙子不争气，竟把断头台送进了当铺，急得内政部长明令当铺老板火速"完璧归赵"，因为等着要处决犯人哩！

桑松家族末代刽子手、1849年的"巴黎先生"去世后，由他的第一助手尼古拉·罗克坐上了这把交椅。桑松刽子手世家就此寿终正寝。

约吉坦与斩首机

法国大革命以前，当局对死囚处以车裂刑。这种刑罚极其残酷，令人目不忍睹。有一次，夏尔·亨利奉命处决一年轻囚犯。临刑时，犯人向恋人诀别，悲泣泣，声泪俱下。旁观者为之感动，一拥而上放了犯人，烧了刑具。其中一人对刽子手大声嚷道："今后处决犯人要干脆利落，不要让人受罪！"

有感于此，1789年12月1日，制宪议会议员、医生约瑟夫·伊尼亚斯·约吉坦（1738—1814），走上讲坛大声疾呼："采用新法，让犯人在瞬间无痛苦地死去。"约吉坦左一个"人道主义"，右一个"恻隐之心"，慷慨激昂，陈词良久，总算博得了诸位议员先生的同情，议会通过决议：今后处决犯人不见血，改用绞刑。夏尔·亨利是第一个用绞刑送犯人归天的刽子手。这一天，他脱去传统的红衣，改穿一身有一排褐扣、卡腰的大褂，头戴高帽，把德法弗拉侯爵送上了绞刑架。

一根绳索不能让犯人立即一命归天，约吉坦继续苦苦思索……

1790年4月的一天，他偕同夫人去巴黎木偶剧院观看哑剧《埃蒙的四个儿子》，剧中有一机器飞快地砍下了一个布袋木偶的脑袋。

几天之后，他又在制宪议会上侃侃陈词了。1791年5月3日，议会通过决议：今后处决犯人改用斩刑。为此成立了一个专门委员会，找来头号刽子手夏尔·亨利，问他是否用斧、剑斩首。回答是否定的，因为斧与剑力量不大，而且砍多了要卷刃。约吉坦听后更坚定了决心，一定要造出一台快速斩首机。

约吉坦请来专做绞架的木匠吉东。后者提出的造价太昂贵，每台大约要五千六百里弗尔（法国古货币）。于是，约吉坦又另请德国能工巧匠多皮亚斯·施密特制作。第一台斩首机问世后，先拿几只活羊开刀，获得了成功。为求万无一失，约吉坦等人又亲自监斩死人。刽子手动作麻利，斩首机刀起头落，但斩到第三个死人时，刀口卷刃了。已处于君主立宪制约束之下的国王路易十六听说后，召见了有关人员，建议把铡刀改成三角形，并亲自在图纸上修改起来。

1792年4月25日，经改进的断头台第一次正式启用。头一个受刑者是个名叫尼古拉-让·佩尔蒂埃的强盗。行刑当日清晨，罪犯"享受"完一支烟、一杯酒后，被五花大绑，蒙上眼睛，头朝下按倒在断头台上。刽子手扯下他的衣领，露出脖颈，然后揿动机关，沉重、锋利的三角形铡刀顿时落下，一眨眼强盗的脑袋就落地了。以后又有三个谋杀冷饮店老板娘的士兵和三个伪币制造者相继被送上断头台。这些都是刑事犯，而作为政治犯被处决的则首推王党分子科莱诺·当格勒诺。他是1792年8月21日成为刀下鬼的。

约吉坦发明的斩首机闻名于世了，他的名字成了斩首机的代名词——Guillotine。尽管他多次抗议，不愿把自己的名字同斩首机联系起来，但无济于事，这个名称还是流传了下来。

路易十六"作法自毙"

路易十六是第一个上断头台的法国国王。1793年1月21日，路易十六因"叛国罪"，以一票之差被押上了断头台。这天，断头台周围戒备森严。刑场四周设有坚固的栅栏，数千名士兵团团围住刑台，十余门大炮严阵以待，防止王党分子劫法场。上午10时左右，囚车来到刑场，国王下车后，行刑官催促他上断头台。刽子手过来替他解衣，但遭拒绝；试图绑住他的双手，又遭呵斥。神甫于是劝说："你应知道，主耶稣受难时，也被绑起了双手。"路易十六终于让人捆了双手，然后摇摇晃晃地走上刑台。行刑队猛然奏起乐来。紧接着，刽子手让他头朝下平卧于台上。神甫口中念念有词："圣路易之子升天矣！"铡刀落下，国王身首异处。刽子手没有按惯例把他的头放回脖子上，而是夹在两腿之间，殓入棺内。

断头台自诞生至"退役"的二百年间，总共砍下了约三千颗脑袋（另说有五千颗）。法国大革命中的罗兰夫人、丹东、罗伯斯庇尔等人亦因派系、观点之不同而先后被昔日的同志推上断头台，这实在是历史的悲剧。罗兰夫人临刑前，囚车经过革命广场自由纪念碑时，说出了一句流传百世的名言：

"自由啊！多少罪恶借汝之名以行！"

1981年，密特朗上台后取消了死刑，断头台从此进入博物馆，刽子手也都"解甲归田"。如今到巴黎博物馆欣赏达·芬奇名画《蒙娜丽莎》的游客，可不要忘了顺便瞻仰一下这具血迹斑斑的断头台！

真有狼孩吗

[德] 赫尔施梅克

20年代伊始,印度狼孩卡玛拉、阿玛拉曾一度轰动全球。时至今日,该国发现狼孩的消息仍时有所闻。世人信以为真,然而,德国一位著名的动物学家却提出疑问——

一

1920年10月初,一位名叫辛格的印度传教士来到霍达木里村。村里的人们正为"妖怪"大伤脑筋,据称,那些"妖怪"在这个位于加尔各答以南一百三十公里左右的小地方一带,已经横行无忌两三年了。辛格此行的任务就是灭除或者驱走它们。这位传教士弄到了一架军用望远镜和几支枪,与住在附近的两个欧洲人一起,于"妖怪"的巢穴——一个巨大的废旧白蚁冢附近,设立了简易瞭望所。辛格并未潜伏多时便发现,从洞口走出了两只狼崽和三只大狼,其后紧随着一个"妖怪"。那怪物的模样十分可怕:身子是人,头却像巴斗。差不多与此同时,还爬出了另一个"妖怪",不过要小得多。辛格的同伴已经准备朝它们开枪射击,但辛格认出那两个所谓的妖怪都是人,没有让同伴开枪。

辛格熟谙乡民的习俗,便从远离此地、对"妖怪"的故事毫无所闻的一个村子里找来几名帮手,协助他发掘狼穴。他们击毙了一只不肯就范的母狼,另外数只四散而逃。在一个没有粪便和食物残渣、四壁溜光的圆形暗室中,他们发现了两只狼崽和缩成一团的"妖怪"们。民工们抓了狼崽各自回家,辛格则将两个野孩子带到村里,交村民暂时照管,准备过些时候由他本人领走。但当他五天之后再来时，却发现他们已肮脏透顶，饥渴待毙。原来，村民们由于迷信，已吓得弃家出走。传教士对那两个捡到的孩子细加观察，判明她们均系女孩，小的仅约一岁半，大的则已八岁左右。他给她们取名叫阿玛拉、卡玛拉，把她们送进了他和夫人担任监护人的米德纳普尔市孤儿院。这件事辛格处理得很明智，向谁都不曾讲过他的这两个被监护人的往事。还有那两位目击女孩们的发现过程的英国人，也表现了令人惊叹的克制态度，一直对此事只字不提。

那两个女孩不会和人一样走路，而是四肢着地，像松鼠般机灵地四处跑动，据辛格讲，她们那目光锐利的蓝眼睛，黑暗中能像狼眼似的闪闪发光。辛格后来还说，这两个孩子刚被找到的时候，一直是"像狼一样舔食东西"；再热也不淌汗，而是像狗一般地张大嘴巴喘气，借以散热降温。她们老是撕掉身上的衣服，害怕光亮；白天萎靡不振，午夜之后却变得十分活跃。她们不肯吃人类的饭食，而动物尸体和肉类哪怕藏而不露，她们也能凭气味寻获，贪婪地大口吞食。她们不会人言，仅仅在夜阑人静后，不时发出阵阵长嗥。

年末，小女孩阿玛拉病重，养父母十分焦急，便请了医生诊治。这个医生却十分好奇，声言只有在向他讲明小病人往昔的生活情形之后，才肯为她治疗。辛格夫妇迫不得已，只好满足他的要求，同时也取得了他秘而不宣的保证。然而次日一早，整个故事已经弄得满城风雨。这一来可就热闹了。辛格夫妇被记者和好奇的人群成天包围，各报连篇累牍地发表文章，还拍摄了新闻影片。几乎所有的德国报纸也都刊登了那两个女孩的照片。各地的人们对整个故事深信不疑，这倒丝毫不应归咎于报界人士，因为连美国的一位人类学家不久后也公布了辛格的日记，作为证明这两个被人寻获的女孩是狼哺育大的一篇学术评论的补充材料。

那位印度传教士鉴于阿玛拉和卡玛拉已轰动全球，便倒填日记写起了"日记"。在刊出的一百二十六页日记中，他追述了发现两个女孩的过程以及其后数周、数月内的事态发展。遗憾的是，日记中各种事件的时间混乱，许多东西显得自相矛盾。尽管如此，这一番叙述还是造成了一个结果：对于传教士夫妇，尤其是那位妻子，一往情深、无限耐心地关怀无依无靠、近乎痴呆的苦命孩子，世人都赞叹不已。

小阿玛拉不久即死于肾炎，姐姐卡玛拉则活到1929年才死去，其时她很可能已经十七岁，却始终没有学会正确地说话。不过她未死之前，却逐步掌握了部分单词和句子，并能以一些特别的语音表达自己的愿望。渐渐地，卡玛拉不再怕见其他孩子，并且爱上了自己的养母，对她不胜眷恋，还学会了玩洋娃娃，也习惯了一般人的饮食。不知何故，她对一切红色的东西都怀有特殊的爱好。她始终未能学会用双脚走路，但是辛格夫人借助于浴疗和按摩，使卡玛拉业已痉挛的双膝得以伸展开来，这样，女孩至少可以站立了。若干时间之后，她已习惯于穿着衣服。最有意思的是，她转而害怕起黑暗来了。

无独有偶。另一起同样登遍西德各报的报道是，1954年在印度新德里的一家医院里，人们只需缴纳数额不大的门票费，就可以去观看一个名叫拉穆的"狼养大的"男孩。这个周身四肢伤痕累累的九岁男孩，是从热带丛林中弄来的，同样亦已罹病……

二

这些号称由狼抚育的孩子，与精神病院中那些不幸的小病号并无多大区别。仅仅由于那套有关他们是狼养大的未必可靠的故事，才使得酷好耸人听闻消息的民众对他们发生了兴趣。然而正像精神病学家奥托·凯勒教授曾经细加阐述的那样，在动物行家看来，恰恰是这类似是而非、如出一辙的故事本身，说明狼哺育人孩的种种报道根本不足置信。

许多动物，例如马、有角的大牲畜、夜间出没的猴子，尤其是生性惯于在黄昏或黑夜间活动的那些动物，它们的眼睛在黑暗中是能够闪光的（如果光线，譬如汽车灯光，照到它们眼睛上的话）。这是因为它们的眼底生有一个特别的反映层，可以反射投到其上的光线，结果似乎光量倍增。其他动物的眼睛，譬如惯于白昼活动的猴子以及人的眼睛（极个别的例外），却不具备这种生理解剖上的部件，自然不可能闪光。一只母鸡，绝不会仅仅由于它是在鸭群中长大的，便趾间生蹼或嘴壳变宽，因为体形特征是从父母以至更远的祖先继承而来的。同理，一个人仅仅由于是狼抚育大的，他的眼底便生出了反映层，这是不可思议的。

　　下意识反应与我们的外观一样，其遗传性也十分稳定而持久。狗感到害怕时总是夹着尾巴，但猫（哪怕是跟十只小狗一起长大的猫）任何时候也不会因为高兴而摇尾巴。母鸡咽水的时候仰首向天，可无论家鸽或野鸽，喝水时都是把嘴伸到水中吮吸。即便驯训动物的圣手，也无法让母鸡像鸽子、鸽子像母鸡般地喝水……

　　狗、狼、狐狸以及其他许多与它们同类的动物，饮水时总是伸出长长的舌头，宛如用小勺舀水。人、马、有角的大牲畜、绵羊、猴子等却相反，均以双唇触及水面，将水吸入。可是卡玛拉、阿玛拉和其他被狼抚育的人呢，据报纸上喋喋不休的宣传所说，他们仿佛是狗一般地舔着喝水，即用舌头舀水。然而我们每个人根据亲身的体验都会确信，事实上这是办不到的。我们的嘴伸不了狼嘴那般远，要想舀起水送入口中，我们的舌头也太短。

　　马和人长时间地奔跑，就会浑身淌汗，原因是他们周身遍体的皮肤上到处布满了汗腺。狗之所以不流汗，是因为它没有汗腺，要散热只得尽力张大嘴巴，伸出舌头，频频喘息。因此，如若仅仅由于狼没有汗腺，结果随狼群长大的人的汗腺就会萎缩，那么，以此类推，设想牧羊的希腊青年应该逐渐长出羝角，也会完全合乎逻辑了。

　　在印度居民极端落后和贫困的一些阶层之中，走投无路的人们有时会遗弃多余的孩子，特别是女孩子和孱弱的病孩。这些孩子就会饿死，或成为野兽的牺牲品。自然，也不应完全排除母狼可能对爬入狼穴而混迹狼崽中的孩子手下留情。确有那么一些凶残成性的动物，在自己的巢穴中及其附近并不伤生。但是若说母狼能学会喂养人类哺乳期中的婴儿，那纯属一派胡言。母狼产奶期最长也不过四个月。在此种情况下，婴孩要得以存活，就必须一举改食肉类或死尸，这可能吗？而数月之后母狼的家族解体，众狼四出成群游荡，他该怎么办？狼的交配期到来或者新的一窝狼崽出世之时，他又如何度日？婴儿若被类人猿哺育，存活的可能性倒会大得多。尽管如此，也无人能举出哪怕一起诸如此类的例证。人猿泰山永远也只能是虚构的电影人物……

关于狼孩的种种故事,在印度西北部已经流传了数百年,而盛行迷信的也正是同一地区。我们还能记得,我国在并非很久以前,人们也曾相信真有可以变形的人。印度人自己早已不认真看待这类无稽之谈,仅仅将其视为神话和传说,因此我们欧美人也不应当轻信这种既无可靠证据又未对事实进行过严肃的科学考察的事情。

相信自己

[美] 爱默生

  相信你自己的思想，相信你内心深处所确认的东西众人也会承认——这就是天才。尽管摩西、柏拉图、弥尔顿的语言平易无奇，但他们之成为伟人，其最杰出的贡献乃在于蔑视书本教条，摆脱传统习俗，说出他们自己的，而不是别人的思想。一个人应学会更多地发现和观察自己心灵深处那一闪即过的火花，而不只限于仰观诗人、圣者领空里的光芒。可惜的是，人总不留意自己的思想，不知不觉就把它抛弃了，仅仅因为那是属于他自己的。

  在天才的著作里，我们认出了那些自己业已放弃的思想，它们显得殊异而庄严。于是，它们为我们拱手接纳——即便伟大的文学作品也没有比这更深刻的教训了。这些失而复得的思想警谕我们：在大众之声与我们相悖时，我们也应遵从自己确认的真理，乐于不做妥协。

  随着学识渐增，人们必会悟出：嫉妒乃无知，模仿即自杀；无论身居祸福，均应自我主宰；蕴藏于人身上的潜力是无尽的，他能胜任什么事情，别人无法知晓，若不动手尝试，他对自己的这种能力就一直蒙昧不察。

  相信自己吧！这呼唤震颤着每一颗心灵。

  伟人们向来如此，他们孩童般地向同时代的精英倾吐心声，把自己的心智公之于众，自本自为，从而出类拔萃。

  但人们却常被自己的意识关进了囚牢。一旦他的言行给自己带来声誉，他便受制于众人的好恶，从此难免要取悦于人。他再也不能把别人的感情置之度外了。

  对外界的妥协态度，威胁了人们的自信力。往往，你对自己往昔的言行且敬且畏，只图与之相协调，因为除了自己往昔的行为以外，再无其他数据可供别人来计算你的轨迹了，而让人失望又非你所愿。

但为什么要回顾过去，为什么为了不与你在大庭广众下陈述过的观点相抵触，就拖着记忆的僵尸不放呢？假如那是你无须反驳的谬论，那又怎样呢？看来即使在纯记忆的行为里，你也不能只单单依赖记忆力，而应该把往事摆在千目共睹的现在来判断，从此以后不断自赎自新——这才是智慧之道。

愚蠢的妥协调和是小人的伎俩，它为渺小的政治家、哲学家和神学家所崇拜。我们今天应该确凿地说出今天的想法，明天则应确凿地说出明天的意见，即使它与今日之见截然相悖。"哎呀，这么一来你肯定会被误解的！"——难道被误解是如此不足取吗？毕达哥拉斯就曾被误解，还有苏格拉底、路德、哥白尼、伽利略、牛顿，还有古今每一个有血有肉的智慧精灵，他们唯谁未遭误解？欲成为伟人，就不可避免地要遭误解。

人往往懦弱而爱抱歉。他不敢直说"我想""我是"，而是援引一些圣人智者的话语；面对一片草叶或一朵玫瑰，他也会抱愧负疚。他或为向往所耽，或为追忆所累。其实，美德与生命力之由来，了无规矩，殊不可知。你何必窥人轨辙，看人模样，听人命令——你的行为，你的思想、品格，应全然新异。

妹妹的咏叹调

唐凤楼

父亲是个有个性、有见识的人，在我们姐妹四个还是孩提时就经常说："只要勤奋努力，理想一定能够实现！"

纳尔从小喜爱音乐，13岁的时候，听说红过一时的欧洲歌剧明星琴·劳莱恩住在伯明翰，她就把教别人游泳得来的报酬积蓄起来，待积够了付学费的钱后，便去伯明翰上劳莱恩的家里学习。劳莱恩是个天才的音乐教师，纳尔在她的悉心指导下，取得了很大的进步，在声乐方面打下了良好的基础。

纳尔17岁的时候，著名的声乐辅导教师兼大都会歌剧院女主角的伴奏科恩纳达·波斯，碰巧住在蒙哥马利。

"唱得不错，"波斯对纳尔说，"但离完美还有很大差距。到纽约来吧，我辅导你。"

纳尔高兴得几乎昏了过去。可是，要到纽约去，哪来的钱呢？父亲当时手头拮据，两个姐姐又在上大学。但是，纳尔在向父亲谈了自己的打算后，父亲还是决定支持她去纽约学习。虽然父亲已经上了年纪了，但为了挣钱支持子女的学习，他除了经营五金行业外，又搞了个制造鼓风机的公司。

一个歌手走上社会要过的第一关，便是有评论界人士参加的首场演出。对纳尔来说，这个关键时刻是在1947年的春天。我们家用350美元租下了纽约市政厅为她举行的首场演出。

父亲对纳尔的首场演出，里里外外地操着心。他渴望着纳尔的演出能获得成功，并能在社会上引起良好的反响。但是，他也清楚地知道，在纽约，人们是极少去参加一个不知名的歌手的演唱会的。于是，父亲便写信求助于全国各地同他在五金生意上有交道的人。他的信是这样写的："3月27日，我的女儿要在市政大厅举行首场演出，假如你在纽约或在纽约附近的朋友要参加这场音乐会的话，请告诉他们的住址和姓名，我给他们寄票去。"

纳尔演出时，大厅里座无虚席！每唱完一首歌曲，听众都报以热烈的掌声。我们全家出席了这次音乐会。父亲穿着平常很少穿的晚礼服，胡子也刮得干干净净，显得容光焕发。母亲也高兴异常，眼睛里流露出自豪的神色。这天晚上的音乐会虽然只取得了一般的成功，但对我们家庭来说，却是非同小可的了。因为母亲看到了纳尔的演出的几个月后，她便突然患病去世。

第二天，情况却使人大失所望。早晨，我们拿到报纸时，心都凉了。没有黑字标题报道纳尔的演出。我们费了很大的劲儿才找到了无关痛痒的几行小字。

纳尔一声不吭，悄悄地抽泣起来。她花了很大代价，辛辛苦苦地学了8年，可是仍然没有能跨进歌剧院的大门。父亲则已尽了全部努力，此时已经年迈，健康状况也每况愈下，不久便关闭了制造鼓风机的公司——这个为支持纳尔而办起来的工厂，最终还是没能"造"出一个歌剧明星来。

为了付每周的房租，纳尔经常在教堂里参加唱诗班；为了寻找职业，她不停地在街头徘徊，排在千百个处境同她相似的"歌星"的行列里，以谋求一个试听的机会。但是，她每次得的答复几乎都是同样的一个声音："对不起，这里没有名额了。"

到处碰壁，生活没有着落，纳尔最后几乎要放弃她的事业了。她在一次给家里的信中写道："我正准备做最后一次尝试，如果不成功的话，就不想再干了。"当时，纳尔听说苏黎世的国家歌剧院需要年轻歌手，于是便借了钱坐船去瑞士，径直走进了国家歌剧院。但是，剧院经理却冷冷地说："对不起，今年我们所需要的演员已招聘满了。"

"我从3000里之外赶到这里，就是为了让您试听一下的。"她并不因碰壁而离去，"您就让我试唱一下吧。"于是，她也不管剧院经理同意与否，拉开嗓门便唱了起来。不一会儿，剧场经理便被她那圆润甜美、感情深沉的歌声震住了。

"等等，"剧场经理说，"要唱的话也得给你找个伴奏呀！"经理当场聘用了她。不久，纳尔便成了苏黎世国家歌剧院的主要演员。她在瑞士渐渐地赢得了声誉。

纳尔23岁的时候，从欧洲回到美国度假。一天，父亲犹豫了好一阵，终于问道："纳尔，你什么时候才能体面地回来？我的意思是说，你什么时候才能到纽约的大都会去演唱？"

"我很快会到那里去演出的！"

"他们邀请你了？"

"他们还没有邀请我，但是他们会这样做的，假使……假使明年冬天我在日内瓦声乐比赛中获胜的话。"

"你说在日内瓦的什么比赛中获胜？"

纳尔笑了笑，随后说："那是国际性的音乐比赛，全世界优秀的年轻音乐家都会参加的。在这项比赛里，还没有哪个美国人获胜过。"

5个月后的一天，城市版的一位编辑打电话给我，说是联合新闻电讯中有一条我会非常感兴趣的消息。我于是立即赶到报馆，刚拿起从瑞士拍来的电讯新闻，头几行字便立即映入了我的眼帘："来自世界各地的400多位年轻歌手经过激烈的竞争，美国亚拉巴马州蒙哥马利的纳尔·兰金小姐赢得了大奖……"

我激动得好半天说不出话来，心里只默默地念着一句话："爸爸一定更想看这条消息！"

我急忙跑回家中。父亲戴着眼镜，穿着一件旧汗衫，正在聚精会神地干活。我把从报馆带回的电讯放到他的面前。他看了一遍又一遍，最后拿下眼镜，用手帕擦揉着湿润的眼睛，声音有点儿颤抖："哦，她的理想实现了！"

纳尔在日内瓦取得了戏剧性的成功。她在比赛中唱了歌剧《预言家》中的一段难度极高而又很富激情的咏叹调。当她一曲终了，欧洲的歌剧巨星伊丽莎白·舒曼竟忘了自己的高龄，站起来久久地鼓掌，足足鼓了15分钟！观众也跟着她长时间地热烈鼓掌，于是整个乐队也都站了起来，一个劲地敲打镲钹和鼓。当纳尔走下舞台时，她已成了——正如舒曼说的——"和她同时代的歌唱家中的佼佼者"。

最令人兴奋的是，一度冷淡她的纽约大都会歌剧院，此时把她尊为最优秀的女主角，请回"家中"演出。

于是，父亲又领着我们全家，赶了1500公里的路程来到曼哈顿看纳尔演出。那是1951年感恩节的夜晚，纳尔25岁。对我们来说，观看她的演出比什么都重要。我们拼命地为纳尔鼓掌，一直鼓到双手麻木，两只胳膊隐隐地作痛。我是多么希望观众为我们的明星鼓掌、欢呼啊！然而，遗憾的是，从观众席里发出的掌声断断续续，并不像我想象的那么热烈。一切都很清楚，对他们来说，只是又看了一场歌剧。而对纳尔来说，在艺术上还得不断地刻苦奋进！

那天晚上，我离开剧院时，心里燃烧着一个希望：总有一天，观众也会像我们这样，对纳尔的演出欢呼得发狂，而且父亲能活着看到这一天！

光阴流逝，我们一家热切地关注着纳尔在事业上的进展。我们高兴地得知，她演唱的《卡门》，为她赢得了国际声誉。我们也从报上获悉，她在伦敦、米兰、旧金山、维也纳等世界各地的大歌剧院里的演出，获得了一次又一次的成功……我们默默地期望她能再到纽约的大都会演出。

1955年的某个夜晚，这个时机终于来到了。我们又一次坐在大都会歌剧院里。这天晚上纳尔演的歌剧是《唐·卡洛》。当第三幕接近尾声时，舞台上就剩下纳尔一人。灯光打在她那蓝色的长袍上，她的头向后仰着，眼睛里闪动着迷人的光彩。

咏叹调唱完，大幕落了下来。一阵沉默——紧张的、令人难以忍受的沉默。我的心对着黑压压一片的观众，简直要吼叫起来："难道你们连鼓掌也不会吗？赶快尽情地鼓掌吧！"沉默像是没完没了似的。突然，整个歌剧院不约而同地沸腾了起来，震耳欲聋的喝彩声响彻了大厅的每个角落。我们一直想做的事情，现在能够尽情地做了，我们站起来向着纳尔欢呼——全场的观众都在向纳尔欢呼！我们尽情地鼓掌，要鼓多长时间就鼓多长时间，因为直到我们疲乏得手都抬不起来时，观众还在不停地鼓掌！

我看着父亲，他此时却显得很冷静，只是眼睛里流露出自豪的神色。我真不知道他是如何克制住自己的感情的。我望着他那满头的银发、衰老的面容，耳边似乎又响起了他以前常对我们说的那句话："只要勤奋努力，理想一定能够实现！"

世界上最富的人

[哥伦比亚] 马克·贝那尔德斯

靠火药发家的杜邦

杜邦，这个沿用法国姓氏的美国家族是当今最强大而又最古老的家族之一。他们投资生产的产品有1000多项（其中有化工产品、合成纤维、炸药、凝固汽油、武器、汽车），估计资金有30亿美元之多。

这个家族的发家史，要追溯到1792年法国大革命的时代。创业人皮埃尔·萨姆埃尔是位众所周知的经济学家，由于托马斯·杰弗逊的推荐，加上正值美国独立战争时期，美国政府就委托他给美国军队供应火药。到1820年，杜邦一家已经是美国最大的火药制造商了。

从皮埃尔·萨姆埃尔的儿子埃莱乌德雷·伊尔内起，这个家族的势力和钱财开始膨胀。埃莱乌德雷·伊尔内在威尔明顿开设了第一家黑色火药工厂。世上很多地方战争连绵不断（1854—1856年的克里米亚战争、1861—1865年的美国南北战争、两次世界大战、印支战争……），又没有竞争对手可以与他家相匹敌，杜邦一家大发了战争横财。

但是，他们仍不知足。他们以硝酸钠为基础，混合上瑞典人诺贝尔从硝化甘油研制成的甘油炸药，改进了原先的黑色火药，又赚了许许多多的钱。

根据统计，第一次世界大战期间，协约国所使用的炸药的一半，都是杜邦家族所属工厂里生产的。1918年战争结束后，杜邦家族谋得的利润已经超过了1.2亿美元。

杜邦家族看到世界上的战争要平息下来——尽管他们也可以挑起战

争——于是就把手伸到工业生产的其他领域里去。他们生产钚、合成纤维、著名的杀虫剂DDT……由于他家还有"积蓄"，就把通用汽车公司的大部分股票都买了过来。

埃莱乌德雷的儿子亨利·弗朗西斯继承了他的事业。亨利·弗朗西斯又把家产传给了女婿——化学家拉蒙特。拉蒙特的堂兄弟皮埃尔和阿尔弗雷德又做了杜邦王朝的继承人，把这一家族的财产经营成世界上最大的托拉斯之一。

第二次世界大战前不久，这个家族的另一位化学家——不会做生意的人是进不了这个家族的——发明了一种新产品，远远超过了所有火药的威力，这就是全世界迅速而又广泛使用的尼龙。杜邦一家一直站在科技发明的前列，几年以后他们又发明了另外几种合成纤维，如今天早已人人皆知的奥纶和涤纶。这些产品像火药一样，使杜邦家族赢得了大量的财富。

洛克菲勒和"黑金"的历史

约翰·戴维·洛克菲勒是洛克菲勒王朝的开山鼻祖。戴维小的时候，和其他一些同龄的孩子一样，做过教堂里的侍童。他是否使用助人为乐的施舍箱干过什么事，人们并不知道，但在1846年，他才7岁的时候，就把自己的薪俸以7厘的利率借给了朋友们。为他作传的人说："从小他就知道钱可以生钱。"

洛克菲勒18岁的时候，和一个叫M·克拉克的爱尔兰人合伙开了一家运输行。不过，洛克菲勒的野心比这要大得多。离他开的运输行所在地克利夫兰不远的地方，偶然发现了油田。就像几十年前的淘金热一样，美国又出现了开采石油热。在泰特斯维尔和石油城之间25公里的地区，钻机竟有15万台之多，这其中也有不安分的洛克菲勒的钻机。他认识一位英国技师，这个人有一座炼油厂，但因钱财拮据，无力经营。于是洛克菲勒就以无息的方式把钱借给他，但是工厂要算两人共有。这样，洛克菲勒又开辟了一个新的生财之道：狡黠加技术。

脑子里总是盘算着如何赚钱的洛克菲勒，见到此地有这样多的钻机，就又从钻机上打主意。他想：有钻机就需要有运输，开采出石油来还要提炼，剩下的油渣能否利用？销售问题怎样解决？……

于是他建立了美孚石油公司。当别人的炼油厂纷纷倒闭的时候，他的生意却越来越大，成了市场的主宰。到1872年他已拥有20多家企业，并完全控制了整个大西洋沿岸原油及其产品的价格。

1890年，洛克菲勒一家的财产达到3亿多美元；而到1911年，当约翰告老退休的时候（退休以后他又活了26年），他家的财产已超过10亿美元。这时他又想搞些慈善事业，于是就以他的名义成立了基金会和学院，还建立了芝加哥大学。

随着世界上汽车工业的开创，洛克菲勒第二，仍继续经营石油生意。他的儿子，洛克菲勒王朝的第三代，加强了基金会的力量，又修建了一系列的旅馆，还独揽了新生的电子工业的市场。

纳尔逊·奥尔德里奇可能是这个家族中最有名的人，他对美孚石油公司不感兴趣，转而插手大通曼哈顿银行，并控制了它的理事会。他无疑还是洛克菲勒家族中最热心于政治的一个人。他支持、资助了许多政界人士，其中有罗斯福、杜鲁门、尼克松和基辛格。据说，他坐在曼哈顿银行高大的靠背椅上，还对里根总统给予了无法估算的援助。

海上之王包玉刚

包玉刚今天成了海上之王。他拥有的船只比传奇式的人物尼阿丘斯和欧纳西斯的还要多。而且在短期内，其吨位即可赶上苏联全部海运商船的总和。

他是一位朴实谦虚的人，和一般人没有什么不同。他住在香港深水坡，是香港环球航运集团的创始人。

包玉刚面对竞争善于冷静行事，以免陷入经济危机。他的公司设有20多个附属企业，拥有各种船舶——从普通的货船到载重40万吨的油轮——140艘。目前他还在建造25艘新船，载重大约为1800万吨。

包玉刚是一个富商的儿子，最初他在上海银行界里做事。中日战争的爆发以及后来的国内战争，使他的事业中断了。40年代末，包玉刚到香港重新开业。1955年，他用77万美元买了一艘载重8700吨的老式烧煤货轮，开始经营海上运输业。

包玉刚的运输业和他的主要财源支柱——香港银行——的业务齐头并进。他不管是什么国家，也不管是什么政治制度，都与之做生意。

"船就是他的儿女"，这是他企业里的一句名言。也许正因如此吧，他给四个女儿起名时也是像给他的船舶命名一样，按照字母的顺序排列下来。当然，他的船早已超过了字母表的数量。

包玉刚的一个女婿，奥地利人赫尔穆特·索默说："他有一种非凡的集中精力的本领，只需5分钟，他就可以决定一项人员任免事项，再用5分钟又可以处理一件复杂的工程问题，再过5分钟又可以签订一项巨额的保险合同。"

富中之富

世界上100个最富有的人当中，有90个是中东的达官贵人。但是，哈舍格基却是富中之富。

他的父亲是一位著名的医生，也是沙特阿拉伯的开国君主阿卜杜勒·阿齐兹·沙特的御医，并领导麦加医院。年轻的哈舍格基对医学不感兴趣，在芝加哥州立大学攻读的是企业管理。

他一定是学了不少，而且学得也很不错，不然他怎能一开始就在企业界里取得了令人瞩目的成就呢？他让沙特阿拉伯购买了美国一家卡车工厂的大量股票，而他自己却成了那家工厂的最大股东。

这已是30年以前的事了，而今哈舍格基已成了中东和工业国之间最大的经纪人。很难估计他有多少财产，但是人们认为他大约有150亿美元，相当于好几个欧洲国家的国民生产总值。

哈舍格基控制着TRIAD，这是第一家完全以阿拉伯人的资金来经营的跨国公司，它的分公司遍及世界各地。哈舍格基还操纵着几家美国银行，掌管着分布在欧洲的20多家保险公司。他的炼油厂遍及全世界，原油销售网布满三大洲。

他的企业是很赚钱的，每做一笔交易就可有几亿美元的经纪费。AMX—30型战车、飞机和其他先进武器，对他们这些人来说，就是豪华的凯迪拉克轿车。不管是《纽约时报》，还是赫斯特的各个报刊，几年前都曾披露过哈舍格基先生在贩卖军火方面所处的重要的世界地位，他在利雅德和华盛顿之间的作用，他如何拿出100万美元来支持尼克松竞选总统以及他与中央情报局的瓜葛等。

福特和汽车的普及

亨利·福特是一个技术治国论者。他在世的时候，曾被美国佬推崇为中产阶级的偶像，是一个几乎可以和拿破仑或耶稣相比拟的传奇式人物。在一次招待会上，他曾自诩是"20世纪的利奥纳多·达·芬奇"。

他出生于1863年，父亲是农场主。他在自传里写道："在农场里，唯一使我感兴趣的就是农业机器。"他离开农场到爱迪生照明公司当了一名职员。他利用业余时间，自己制造汽油发动机汽车，那时汽车在美国首次出现刚刚4年。

他逐步成了美国汽车业的先驱。他组织汽车式样比赛。他以托马斯·爱迪生来激励自己，并于1903年创建了福特通用汽车公司。

1908年生产出了最有名的"T"型汽车，出售了1500万部。这是一种非常简陋的汽车，"甚至连一个小农场主都可以买得起。"他说，"薄利多销才是赢利之本。"

他亲自严格地管理他的各个工厂。他的亲信哈里·贝内特建立了"福特侍队"，这是一支粗暴的、专门强制成千上万个工人遵守纪律的警察。1932年，他的这支"侍队"，在压力下，武装镇压了一次示威游行，打死了好几个人。

福特是一个想方设法要改进机器的人，却又一贯反对相应地也应改善工人的待遇。

工会进行了5年斗争，福特老板才勉强同意工会提出的工资要求。据后来统计，由于物价上涨，在此期间他实际上省下了4500万美元。

　　1943年，他的儿子埃德赛尔过早地去世了，他指令他的长孙亨利·福特第二为他的继承人。4年以后，神奇的"T"型福特汽车的发明者也死了。亲信贝内特的接班人改善了和工会的关系，引进了新的管理方式，巩固了汽车帝国。人们很难知道，亨利·福特第二在与全世界各地经常不断地签署的生产新型汽车的合同当中，又牟取了多少暴利。

爷爷的毡靴

[苏联] 普里什文

我记得很清楚，爷爷那双毡靴已经穿了十来个年头。而在有我之前他还穿了多少年，可就说不上了。有好多次，他忽然间看看自己的脚说：

"毡靴又穿破啦，得打个掌啦。"

于是他从集上买来一小片毛毡，剪成靴掌，上上——结果毡靴又能穿了，跟崭新的一般。

好几个年头就这么过去了，我不禁思忖着：世间万物都有尽时，一切都会消亡，唯独爷爷的毡靴永世长存。

不料，爷爷的一双腿得了严重的酸痛病。爷爷从没闹过病，如今却呻吟不舒服起来，甚至还请了医生。

"你这是冷水引起的，"医生说，"你应该停止打鱼。"

"我全靠打鱼过日子呀，"爷爷回答道，"脚不沾水我可办不到。"

"不沾水办不到吗，"医士给他出了个主意，"那就在下水的时候把毡靴穿上吧。"

这个主意可帮了爷爷的大忙：腿痛病好啦。只是打这以后爷爷娇气起来了，定要穿上毡靴才下河，靴子当然就一个劲儿地尽在水底的石头子儿上打磨。这一来毡靴可损坏得厉害啦，不光是底子，就连底子往上拐弯儿的地方，全都出现了裂纹。

我心想：世上万物总归有个尽头，毡靴也不可能给爷爷用个没完没了——这不，它快完啦。

人们纷纷指着毡靴，对爷爷说：

"老爷子，也该叫你的这毡靴退休啦，该送给乌鸦造窝儿去啦。"

才不是那么回事儿呢！爷爷为了不让雪钻进裂缝，把毡靴往水里浸了浸，再往冰天雪地里一放。大冷的天，不消说毡靴缝里的水一下子就上了冻，冰把缝子封得牢牢的。接着爷爷又把毡靴往水里浸了一遍，结果整个毡靴面子上全蒙了一层冰。瞧吧，这下子毡靴变得可暖和结实了：我亲自穿过爷爷的那毡靴，在一片冬天不封冻的水草滩里来回淌，啥事儿也没有……

于是我重又产生了那种想法：说不定，爷爷的毡靴就是永远不会完结。

但是有一次，我爷爷不巧生了病。他非得出去上厕所不可，就在门道里穿上毡靴；可他回来的时候，忘了原样脱在门道里让它晾着，而是穿着冰冻的毡靴爬到了烫烫的炉台上。

当然，糟糕的并不是毡靴化出的水从炉台上流下来淌进了牛奶桶——这算啥！倒霉的是，那双长生不老的毡靴这回可就寿终正寝啦。要知道，如果把瓶子装上水放到冰天雪地里，水就会变成冰，冰一胀，瓶子就得炸。毡靴缝子里的冰当然也一样，这时已经把毡毛胀得松散开来，冰一消融，毛也全成了渣儿……

我那爷爷可倔啦，病刚好，又试着把毡靴冻了一次，甚至还穿了一阵子。可是不久春天就到了，放在门道里的毡靴消了开来，一下子散成了一摊儿。

爷爷愤愤地说："嘿，是它该待在乌鸦窝里歇着的时候啦！"

他一气之下，提起一只毡靴，从高高的河岸上扔到了一堆牛蒡草里，当时我正在那儿逮金翅雀之类的鸟儿。

"干吗光把毡靴给乌鸦呢？"我说，"不管什么鸟儿，春天都喜欢往窝里叼些毛毛草草的。"

我问爷爷这话的时候，他正挥动另一只毡靴准备扔。

"真的，"爷爷表示同意，"不只是鸟儿造窝需要毛，就是野兽啦，耗子啦，松鼠啦，也都需要，这对它们全是好东西。"

这当儿，爷爷想起了我们认识的一位猎手，记得那人曾经向他提过毡靴的事儿，说早该拿给他当填药塞儿。结果第二只毡靴就没扔，他叫我送给那位猎手了。

　　转眼间，鸟儿活动的时节到了。各种各样的春禽纷纷落到河边的牛蒡草上，它们啄食牛蒡尖儿的时候，发现了爷爷的毡靴，一到造窝那会儿，它们从早到晚全来剥啄这只毡靴，把它啄成了碎片儿。一星期左右，整只毡靴竟给鸟儿们一片片全叼去筑了窝儿，然后各就各位，产卵、孵化，接着是雏鸟啁啾。在毡靴的温馨之中，鸟儿们出生、成长；冷天即将来临时，便成群结队飞往暖和的地方。春日它们又都重新归来，在各自的树穴中的旧巢里，还会再次觅得爷爷那只毡靴的残余。那些筑在地上和树枝上的巢窠同样不会消逝：枝头的散落到地面，小耗子又会在地上发现它们，将毡靴的残毛搬进自己地下的窝中。

　　我一生中经常在莽林间漫游，每当有缘觅得一处以毡毛铺衬的小小鸟巢时，总要像儿时那般思忖着：

　　"世间万物终有尽时，一切都会消亡，唯独爷爷的毡靴却永世长存。"

过夜的小客人

[美] 麦根·扎拉森

清晨来临,我躺在暖烘烘的被窝里。突然,传来一声呼唤,打断了我残留的睡意。我是该醒了,我该马上就起床。循声望去,我发现一个小姑娘正站到浴室内的体秤上。

"喂,"她光溜溜的,一丝不挂,弯腰站到体秤上,"来看看我有多重。"

有多重?你说得出一道彩虹的重量吗?

当世界笼罩在一片灰暗的阴霾之中,当生活的道路上荆棘遍地,你多么渴望出现彩虹。它的拱形身影架在你头顶上方,永远是那样可望而不可即,却又总是向着你射出闪烁的光芒,只要你昂起头,彩虹时刻都会映入你的眼中。

那个低向浴室体秤的、美丽稚嫩的脖颈,你用什么来估价她呢?

姑娘小脑瓜上的头发,从中间分作两股,扎成两个小抓揪,抓揪上系着蝴蝶结,一摇一摆,像是在兴冲冲地嬉戏。

你又用什么来估价我和她相聚的喜悦和欢愉呢?

切盼着有一声尖细的嗓音把我唤醒,梦想着有一双有力的小手臂绕在脖子上,渴望着来一阵执拗任性的纠缠,不把面包切成薄片不作休。

我感受到了这种喜悦带来的振奋的价值,它使你感到你的心比你想象的要年轻得多。

恬静、安谧的时分,小姑娘不知道还有人在听着,这声音是多么难以估价,姑娘和洋娃娃交谈的声音。

她在凝聚的幻想中,她周身以外的尘世悄然遁去。她忙碌着排练一出古老悠远的故事，扮演一个小小的母亲："不对，不对，小宝贝，说话不要张大嘴。"

在她自己国度的乐土上，轻快地欢唱，这又是什么样的价值呢？

你听，你听！不用说，你肯定从未听到过比这更迷人的歌声了。

这种奉献的喜悦价值千金呢！

我们从来未拥有过，我们根本不具有。我们只有在责任的驱使下，短暂的奉献，极短，极短的。

这一颗幼小心灵是怎样的价值啊！在这片心灵的处女地上，你怎么能不播下至善至美的种子。你的善与美？恐怕我们之中的任何一个人也不会拥有这么多。进取奋争，自我为中心，利己主义，玩弄言辞，沾沾自喜——这就是我们。

事实上，对于"至善至美"很难下定义。也许是在你做了件事，而没有记起提醒自己"我在做贡献——多么高尚的行为"时，你就是"至善至美"了。那谁又能产生如此巨大的激发力量呢？是一个可爱的人儿，是一个小小的孩童。"我有多重？"她询问我，她查看我是不是瞧了体秤。

我低下头，看了看，告诉她我看到的数字："三十磅多一点点儿。"

然而，我知道真正的答案是什么。一个孩童的价值就是你生命的价值，你是你可能做到的一切，一切的一切。

为我唱支歌

[英] 阿瑟·米尔沃德文

在伦敦儿童医院的一个病房里，除了我儿子艾德里安，另外还有七个孩子：卡罗尔、伊丽莎白、约瑟夫、赫米亚、米里亚姆、萨利和弗雷迪亚。他们中最小的是我儿子，只有四岁，最大的是十二岁的弗雷迪亚。除了伊丽莎白，他们都患有白血病，他们活在世上的日子已是屈指可数了。

十岁的伊丽莎白，长得非常漂亮，蓝蓝的眼睛，金色的头发，十分惹人喜爱。当我去看望我儿子时，孩子们说起伊丽莎白做完这个疗程，就要离开这里，回家去休养一个时期。他们都对她恋恋不舍。不幸的命运，使这些孩子相依为命。他们彼此分享一切，甚至分享他们的父母之爱。

伊丽莎白的耳后做过一次手术，就此她的耳朵渐渐地聋了，病情发展得很快，再有几个月她就会失去全部的听力。她十分爱好音乐，天生的一副好嗓子，并且很有希望成为一位出色的钢琴家。但是，命运对她的安排使这一切都成了泡影。可她从未因此而抱怨过，只是在没人时，才偷偷地伤心落泪。

伊丽莎白热爱音乐胜过了热爱世界上的一切。她爱听音乐也就像爱参加演出一样。每次，我给我儿子铺完床，她总是向我点点头，招呼我到娱乐室去。晚上的娱乐室是安静的。她坐在一张大皮椅上，让我紧挨在她的身旁，拉着我的手对我说："给我唱支歌吧。"

虽然，我没有美妙的歌喉，但只要我能哼出调来，我就不忍心拒绝她的请求。我把脸对着她，使她能看到我的嘴。我尽可能地唱得清晰些，每次总是唱两支歌来做这次"特邀演出"。她总是那么认真地听着，享受着这并不完美的歌声。完了，她就在我的前额上飞快地落下一个吻，以示她诚挚的感谢。

其他孩子们都为她的不幸而担忧,他们很想为她做点儿什么而使她快乐起来。在弗雷迪亚的提议下,他们经过讨论,决定去找照管他们的护士希尔达·柯尔比。柯尔比是个高而清瘦的年轻妇女。她长得不漂亮,甚至可以说有些难看。可是孩子们以及这些孩子们的家长们都十分喜欢她,孩子们都知道柯尔比是他们的好朋友。柯尔比听了孩子们的想法感到很惊讶,她大声说:"你们要在三个星期后开一个音乐会来庆祝伊丽莎白十一岁生日?你们一定是疯了吧!"可当她看到孩子们一个个低着头的那副丧气的样子,她又说:"你们都疯了。不过,我还是愿意帮助你们。"

柯尔比说完就来到护士值班室,给离医院不远的一所音乐学校打电话。"请转告玛丽·约瑟夫姐姐,"她对那儿的值班员说,"告诉她晚上在家等着,希尔达·柯尔比有要紧事找她。"

一下班她就开车去了音乐学校,她的朋友玛丽·约瑟夫姐姐是那儿的音乐教师。

见到玛丽,柯尔比开口就问:"有没有可能在三星期内,使一些从未受过音乐训练的孩子单独地开个音乐会?"

"完全可能,"玛丽说,"这不仅只是可能,而且完全可以。"

"太谢谢你了,玛丽姐姐,"柯尔比高声叫道,"我准知道你一定能帮我的忙。"

"等等,柯尔比,你先别谢我,我总得知道是怎么回事吧?"

二十分钟后,在音乐学校的岔路口,柯尔比向玛丽道别:"不管怎么说,真是太谢谢你了!"她反复谢着玛丽。

柯尔比回到医院。当伊丽莎白像往常一样去接受治疗时,柯尔比把事情经过告诉了孩子们。"她叫什么?"弗雷迪亚不相信地问,"他到底是个男的还是女的?他怎么叫玛丽·约瑟夫?"

"她是个修女,弗雷迪亚。她在伦敦的一所最好的音乐学校里当老师。听她的一堂课得付两个畿尼呢,不过她可是免费为你们训练的。"

事情就这样定了。在玛丽姐姐的指导下,每天,当伊丽莎白去接受治疗时,孩子们就开始练习。但怎样使九岁的约瑟夫也能参加这次音乐会成了大问题,因为他的声带刚动过手术,发不出声来,又不能把他落下。

当玛丽注意到约瑟夫看见别人都分到了一部分唱段而露出的那渴望的

眼神时，就对他说："约瑟夫，我相信主一定要让你在这次音乐会中用一种特殊的方式帮助我。你和我的名字一样，都叫约瑟夫。你就坐在我身旁帮我翻乐谱吧。"

约瑟夫的眼睛亮了一下，但立刻又含满了眼泪。他在一张纸条上歪歪扭扭地写下一行字："玛丽姐姐，我不识谱。"

玛丽微笑着坐到这位焦急的孩子的身旁。"别难过，约瑟夫，"她安慰着他，"你会看懂的，主和我都会帮助你的。"

简直难以相信，不出三个星期，玛丽姐姐和柯尔比把这些没有一点儿音乐天才的濒临死亡的孩子们，训练得能开一个像样的音乐会，并使一个既不能说又不能唱的孩子，成了一个熟练的翻谱手。

同样使人惊奇的是，这个秘密居然保守得很好。当伊丽莎白在她生日的那天下午，坐着轮椅来到医院的小教堂时，她感到非常惊讶。她那可爱的脸庞因兴奋而涨得通红。她向前倾着身子，忘情地听着。

听众们——十位家长，三个护士，坐在离舞台几英尺远的地方，他们难以看清孩子们的脸，可他们却能清楚地听到孩子们唱的那些深受伊丽莎白喜爱的、有些走了调的歌曲。

音乐会开得非常成功。伊丽莎白说这是她所过的生日中最愉快的一个。孩子们也因此感到骄傲与幸福，约瑟夫激动得流出了眼泪。我敢说，我们中也一定有许多人流了泪。

人们对这些孩子们所受的精神折磨、肉体痛苦、死亡的威胁，寄予了深切的同情；但是，更使人们为之感动的是：这些孩子们对生活充满了信心和希望，以及他们所表现出来的那种不屈不挠的精神——毅力和勇气！

我没有这次音乐会的节目单，也写不出激动人心的好文章。然而，我却要说，我从来未曾听到过，也不可能再次听到比这更美的音乐了。只要一闭上眼睛，我就能清楚地听到那次音乐会上的每一个音符。

许多年过去了，这六个孩子清脆的童音早已平静了。音乐会上的七个孩子——六位歌手和那个翻乐谱的约瑟夫——都已长眠了。但是，我敢肯定，已经结婚并正在哺育着她金发碧眼的小女儿的伊丽莎白，一定还会记得那七个孩子的歌声，因为这是她失去听力前，所听到的这个世界最后的声音。

爱因斯坦教我欣赏音乐

[美] 杰罗姆·威德曼

我刚跨上人生的道路时，还很年轻，有一次被邀请出席纽约一位知名慈善家的晚宴。饭后，女主人领我们来到一个宽敞的客厅，其余的宾客也陆续走了进来，这时我忽然看见一种令人烦恼的景象：仆人们把一张张镀金的椅子排列成行，前边靠墙处放着各种乐器。显然，我"不巧碰上"了一场室内音乐会。

之所以说"不巧碰上"，是因为我对音乐几乎一无所知，也毫无兴趣。我连高低音都分不清，费了很大的劲儿，才能勉强唱一支最简单的歌曲，而古典音乐对我来说只不过是噪声的组合而已。所以每当我不巧碰上这种尴尬场面时，就只能我行我素了：坐下来，当音乐响起时，脸上竭力装出一副行家的神气，实际上压根儿不去听，而一味想一些毫不相干的事情。

过了一会儿，周围响起了喝彩声，我觉得该留意一下左右的动静了。马上我听到右边座椅上传来柔和而异常清晰的询问。

"你喜欢巴赫的作品吗？"他说道。

我的老天，我对巴赫作品的了解程度如同我对核分裂的了解一样，然而我却熟悉世界上最著名的一张面孔——那满头蓬乱的头发，嘴上衔着大烟斗……

我正坐在爱因斯坦的旁边。

"哦。"我犹豫了一下，很不自在地答道。如果这个问题仅仅是出于礼节而随意问问，我满可以随口敷衍过去。但我从爱因斯坦异乎寻常的眼神里看出，他是相当认真的。这是一个不能对他撒谎的人，无论是大事还是小事。

"说实在的，我对巴赫一无所知。"我尴尬地说，"我从来没有欣赏过他的作品。"

爱因斯坦那张表情多变的脸上，立刻浮现出一种困惑惊讶的神色。

"你从来没有听过巴赫？"他的语气就像听说我从来没有洗过澡一样。

"我不是说我不喜欢巴赫。"我急忙解释道，"我完全是一个外行，我从来没认真听过任何一位音乐大师的作品。"

老人的脸上显出一种关切的神情。

"请，"他突然说道，"你跟我来，好吗？"

他把我领上楼，让进了一个房间，然后关上门。"好。"他说着，然后不安地笑笑，"你可以告诉我你对音乐的这种感受有多久了吗？"

"从来如此。"我说道，心里有点儿惶惑，"我想您还是下楼去听音乐吧，爱因斯坦博士，我不去没关系……"

他摇了摇头，皱了皱眉，仿佛我说了一句毫不相干的话。

"请回答我，"他说，"有没有你喜欢的乐曲？"

"嗯，"我答道，"我喜欢有词儿的歌，还有那种我能哼哼的曲调。"

他笑了，点点头，显然很高兴。"也许你能举个例子？"

"哦，"我鼓足勇气地说道，"可以，宾·克罗斯巴的作品。"

他微微地点点头："好极了！"

他走到房间的角落，打开一台留声机，开始找起唱片来。我不安地注视着他。最后他笑道："好！"

他放上了唱片，霎时书房里响起了轻快活泼的乐曲，这是宾·克罗斯巴的《黎明时分》。爱因斯坦叼着烟斗，朝我微笑着。放了三四节后，他关上了留声机。

"现在，"他说，"你能告诉我你刚刚听了些什么吗？"

最简单的回答莫过于复唱一遍。我正是这样做了，拼命地唱准调子，尽可能克服粗声大气的毛病。这时，爱因斯坦脸部的表情就如同旭日初升的早晨。

"你看！"我一唱完，他高兴地嚷道，"你能欣赏音乐！"

我喃喃地辩解道，这是我平时最爱哼的歌曲，唱过几百遍了，并不能说明会嘛。

"瞎扯！"爱因斯坦嚷道，"这能说明一切！你还记得学校里第一堂算术课吗？假定，在你刚刚接触到数字时，你的老师就让你演算一道有关竖式除法或分数的题目，你能够做到吗？"

"不能，当然不能！"

"很清楚！"爱因斯坦高兴而又得意地挥动了一下手中的烟斗，"那是无法办到的，你会感到困惑不解，因为你对竖式除法和分数一窍不通。结果，很可能由于你老师的这个小小的错误而使你一生都无法领略竖式除法和分数的妙处。"

那举得高高的烟斗又挥动了一下。

"听音乐也是同样的道理，这令人陶醉的简单的歌曲正如最基本的加减法，现在你已掌握了，我们可以进行一些比较复杂的东西。"

他又拿起一张唱片，放上留声机。金嗓子约翰唱的《小号吹奏者》在房间里回荡。听了几句，爱因斯坦关上了留声机。

"好！"他说道，"你能再复唱一遍给我听听吗？"

我遵嘱照办了，唱得很流畅，准确的程度甚至连我自己也大吃一惊。爱因斯坦注视着我，那种眼神在我过去的岁月中只遇到过一次——那就是高中毕业典礼上，我上台致毕业告别词时，我父亲在来宾席上所注视我的眼神。

"不错，"我一唱完，爱因斯坦便赞赏道，"好极了，好，听这张！"

这是卡鲁索《乡村骑士》中的一个片断，我完全不熟悉，但不管怎样，我还是竭力模仿那男高音的声音。

卡鲁索之后，至少还听了十几位其他音乐家的作品，但我自始至终保持着对这位不期而遇的伟大人物的敬畏之情。他全神贯注地教着我，似乎我是他唯一关心的人。

最后我们开始欣赏起无标题音乐，爱因斯坦指导我重新哼了一遍曲子，当我唱到高音时，他也张大嘴，头尽量向后仰，似乎要帮助我达到几乎达不到的高度。很显然，我已经接近这个高度了，于是他突然关上了留声机。

"好，小伙子，"他伸出手臂挽住我说，"我们去听巴赫的！"

当我们回到客厅时，乐队开始演奏另一组乐曲，爱因斯坦笑笑，在我膝上鼓励地拍了一下，"你自己听吧！"他低声说，"就这样！"

音乐会结束时，我和大家一起由衷地喝起彩来。

女主人来到我们身旁。"非常抱歉，爱因斯坦博士，"她说着，看了我一眼，"你们没能欣赏到大部分音乐节目！"

我和爱因斯坦急忙站了起来，"我也很抱歉，"他说，"可是我和这位年轻的朋友刚刚进行了人类所能够做的最伟大的事业！"

"真的吗？"她完全困惑了，"那是什么呢？"

爱因斯坦笑着搂住了我的肩膀，一字一顿地说了一句话——这句话至少对一个人来说是感恩不尽的：

"开拓了美的新领域！"

大桥天使

[美] 约翰·济佛

我母亲今年七十八岁了，却仍然健朗，身着红色的天鹅绒短裙衫，在纽约的中心冰场上跳华尔兹。她痛痛快快玩她自己的，这也好，乐得我少些负担。但我从内心来说，还是希望她少参加些太惹人显眼的活动。每当看到有慈祥和蔼的老太太在晒菊花、倒茶水的时候，我就会想起自己的母亲。

母亲是个能吃苦耐劳的人，但她并不喜欢环境的经常变动，有个夏天，我安排她坐飞机到托雷多去拜访朋友。在机场候机室里，令人眼花缭乱的广告、穹窿形状的天花板、不停地刺激人的探戈音乐，好像使她在活受罪。起飞时间推迟了一小时，我们只好坐着等候。半小时后，我见到母亲呼吸急促，手按着胸脯，喘不过气来，我装着没注意到这些。当通知要上飞机时，她猛地站起身，大叫道："我要回家，我不想死在飞机里。"

以前，我从未看到过她如此癫狂发作。但这种害怕始于坠机的反常心理，是我有生以来第一次看得如此之深。

我毫无母亲的焦虑。倒是我的哥哥——母亲的宠儿，继承了她的反常心理。有一年左右我没见到哥哥了。一天傍晚，他打来电话，问我是否能让他来我家吃顿晚饭。我当然很高兴，答应了他。我家住在一幢公寓的十一层楼上。七点半，他在楼下客厅打电话叫我下去。我还以为他定有什么事要与我单独谈。可等我俩在客厅一见面，他就进了电梯，要马上与我一起上楼。电梯门刚一关上，我就发现他有跟母亲一样的恐惧症状：汗水从他前额上渗出，像长跑运动员似的上气不接下气。

"你到底怎么啦？"我问道。

"我害怕电梯。"他痛苦地说道。

"你害怕它什么?"

"我担心整幢楼会倒塌。"

一出电梯,他就完全正常了。告别的时候,他说:"我想我还是改走楼梯吧。"我把他带到楼梯上,又陪他慢慢下到一楼。在客厅里,互道了再见,我就走进电梯,告诉我妻子我哥哥害怕楼塌下来,她听后感到有些奇怪,又有一丝悲哀。我也有同感,不过,我还觉得可笑。

在楼下,我哥哥一切正常。一个周末,我和妻子带着孩子们,到新泽西州他的家去度假。他看上去很健康,一切无恙,我没再打听他的恐惧症。星期天下午我们全家人就驱车回纽约。车快到乔治·华盛顿大桥时,我发现要下雷阵雨了。刚上大桥,大风就一个劲儿地朝着我们刮,我的手差一点儿控制不住方向盘,我感到这座巨大的钢筋混凝结构在随风摇动。车到桥中央时,我感到桥面在开始沉降。其实,看不到半点儿要垮的迹象,然而,我却相信这座大桥马上就会断裂,把这长长的车龙统统抛入下面污黑的水中。这种幻觉中的灾难非常可怕,我的双腿瘫软无力,能否踩住刹车我都没底。继而,呼吸又困难起来,我觉得眼前一片昏暗。

一过了桥,我的痛苦和恐惧开始减缓。妻子和孩子们正在观赏着暴风雨,好像根本就没注意到我刚才痛苦的痉挛。

一个周末,我又不得不去跑一趟亚尔巴尼。尽管晴空万里,但上次的遭遇仍然记忆犹新。我顺着河往北,一直到特罗依才碰上一座古老的小桥,我轻轻地开了过去。我已经走了二十英里的路程,一路上被一些本来不存在的障碍所吓倒,真羞煞人了。我从亚尔巴尼回程时,取道原路。

我决定探根求源。有一天,我又必须到机场去一趟。我不乘公共汽车,也不坐出租车,自己驾车前去。过特利波罗大桥时,我几乎失去了知觉。到达机场后,我要了杯咖啡,可是手摇个不停,溅了一柜台的咖啡。

当天下午,我乘机前往洛杉矶。疲倦中的我叫了辆出租车,送我住进了我一直爱住的那家旅馆。然而,我睡不着,站在窗前望着大街,思绪翻卷。我镇静自若地思索着,想找个星期天下午悠然自得地闲步于好莱坞大街,尽情赞美那夜空下杂乱丛生的棕榈树林。善男信女们不畏旧金山到帕洛·沃托那段可怕的路程，只是为了寻求一处像样的栖身之地。但高高的桥梁成了我无法逾越的障碍，我那一系列承诺都化成虚假的泡影。事实上，我讨厌高速公路和热闹的市场，杂乱的棕榈树、单调的建筑发展令我沮丧；我憎恶是谁取缔了过去熟悉的路标；我对朋友们的痛苦不幸和烂醉如泥感到深深的厌烦。突然，我感到自己对大桥的那种害怕，实际上是大千世界在我内心深处埋下的恐惧的外在表现，并意识到自己对现代生活的辛酸做了一番深沉的思考，因而深切渴望出现一个更加纯洁、更富有活力、更有和平保障的新世界。

　　星期天早晨，我开车送女儿去新泽西州的学校。一路上，我和她有说有笑，不知不觉车已开上乔治·华盛顿大桥，那种恐惧感又袭来了。我双腿无力，喘着粗气，眼睛也看不见了，非常可怕。车终于过了桥，但我全身还在剧烈地颤抖。我女儿好像完全没注意到。到了学校，我吻别了她，就开始起程回家。

　　用不着再去过乔治·华盛顿大桥了。我决定走北边的尼亚克，过塔盆子大桥。在我的记忆中，这座桥要平缓而坚固些。

　　快到这座桥时，我所有的症状又复发了，呼一口气就像被人打了一捶。我摇晃不定，车滑到另一条道上去了。我把车开到路边停下。孤身一人处于这种困境，真够惨的，也真够丢脸了。我的眼前浮现出母亲和哥哥，我们仨好像都是悲剧中凄惨而粗鄙的下等角色，忍受着无法忍受的担子，由于我们的不幸而与世人隔绝。我的生命完了，再也不会回来了。我所热爱的一切——耽于幻想的英勇冒险、蓬勃旺盛的生命活力、大自然怀抱中的万事万物，这一切都不会回来了，我将在精神病院里了却余生……

　　这时，一个姑娘打开车门，坐了进来。"我还想没人愿意让我搭车呢。"她说道。她手上提着个纸箱子，在一张破防水布里好像包着小竖琴。她的皮肤白皙，面颊丰腴，淡褐色的秀发披散在肩上，一双明眸所流露出的愉悦神情妩媚动人。

　　"你是要搭便车吗？"我问道。

　　"嗯。"

　　"你不觉得像你这样的妙龄姑娘搭车会遇到危险吗？"

"一点儿也不。"

"你经常外出?"

"一直是这样。我会唱点儿歌,常在咖啡馆里表演。"

"会唱些什么?"

"哦,主要是民歌,还有些老歌。"

"我给我爱人无核的樱桃",她用美妙的歌喉唱道,"我给我爱人无骨的鸡肉／我给我爱人讲个没有结尾的故事／我给我爱人一个不哭闹的孩子。"

她的歌声一直伴随我驶过大桥,这桥也好像令人惊奇地听懂了,从而变得牢固甚至美丽而可爱了。聪慧的人们建起了这座桥,也好像是为了减轻我旅途中的疲劳。迷人的哈得逊河水温柔而恬静。一切又回来了——耽于幻想的勇敢冒险、清澈的河水、碧净的天空,勾魂销魄,令人心醉。车到了东岸的桥税站,她的歌声也到此中断。她谢了我,说声再会,就出了车门。我说愿意把她带到任何她想去的地方,但她摇摇头,走开了。

我向着城里的方向开去。这个世界又归属于我,显得多么奇妙,多么合理公道。一到家,我想起该给哥哥打个电话,告诉他所发生的一切,以期望在电梯边上也有一位天使。

但愿我相信今后将一直有人可怜我,减去我的焦虑,但我不相信能再碰上这运气。所以,尽管我能轻松地开车过特利波罗和塔盆子大桥,我还是得避开华盛顿大桥。我哥哥仍然害怕电梯,我母亲尽管身子骨已不太灵活,但仍在滑冰场上不停地旋转。

一位母亲给女儿的信

[美] 帕特里夏·歇洛克

亲爱的玛嘉:

　　昨天我们把你童年用过的东西都搬走了。你已经快十三岁了,而且你也说是应该这样做的时候了。因此,你的娃娃屋、摇篮、游戏器具和所有能让人知道"这是个小女孩儿的房间"的玩具,全都放进储藏室了。你要在房间内贴上海报、堆放一些录音带,使它看起来像大人的房间。

　　你是我们的第三个女儿,因此你爹和我对你的宣布一点儿也不觉得惊愕。唯一令我们再一次感到诧异的是,这来得太快了。你不是才出生不久的吗?你什么时候开始不怕黑的?我们最后一次玩捉迷藏是在多久以前?我还记得当时你曾大声喊道:"准备好了没有?我来啦。"

　　而现在,你不管我们准备好了没有,一说来就来了——你这个说小不小、说大不大的女孩儿,内心充满着矛盾,渴望踏出那一向安全而熟悉的环境,进入一个完全新鲜而刺激的世界。

　　我的玛嘉啊,我的意思是:在未来几年你会觉得奇怪,怎么你爹和我对潮流竟然知道得那么少。我们所喜欢的,很可能你会觉得讨厌;当我们跟你的朋友闲谈时,很可能你会感到尴尬;当我们说"不许"做某件事时,很可能你会立刻告诉我们说,所有其他的青少年都获准做这件事。

　　结果,有时你会认为我们是全世界最愚蠢、最小气、最不公平的父母。我猜想这并不要紧,因为我们那么爱你,即使你有时不喜欢我们,我们也不介意。有时,当你爹和我感到特别厌烦时,我们可能很想说:"那你就去做吧,你喜欢怎样就怎样吧。"不过,一想到那些得不到父母关心的孩子会变成怎样,我们就会不寒而栗,把到了嘴边的话硬吞回去。我们都是思想守旧的人，相信生命是上天赏赐而需加以培育的礼物，而培育子女正是父母的天职。

　　有时，父母职责之所以觉得那么重，是因为我们知道成长之路是无人可以陪伴的，我们无法牵着你的手把你从这里安全地带到那里，这条路必须你自己只身去走。我们能够真正向你许诺的，只是对你提供坚定不移的支持——即使在你希望我们走开的时候。我们会给你指引，把我们的经验告诉你，向你提供意见，但你听取和接受与否，就要由你自己决定了。做出选择是你自己的责任。有时候，人是很难不想快一点儿成长的。玛嘉，不管你相信不相信，你这个年老的妈妈还记得她当年的心情。踏入十三岁，就是得到了一个即将实现的承诺。前面尽是等待实现的梦想和将要认识的新朋友，而独立的生活就在咫尺之外向你招手。你要记着，虽然你很希望这一切都在一夜之间发生，但这是不可能的。

　　就在不久前，在你希望我全神贯注地听你说话而又感觉到我心不在焉的时候，你会用手捧着我的脸提醒我说："妈妈，用你的眼睛听我说话，用你的心来看我呀。"

　　你教会我们的东西实在太多了。你一向都是梦想家、诗人和寻找雨后彩虹的人。

　　玛嘉，谢谢你给我们的生命带来了快乐和美好。愿你永远用心而不单是用眼去看人生。

爱你的妈妈

埃歇尔的世界

[荷兰] 布律诺·埃斯特

莫里斯·高乃利·埃歇尔（Maurits Cornelis Escher），1898年出生在荷兰洛瓦当的一个水利工程师的家庭里，后在阿纳姆度过了童年。

在中学里，埃歇尔并不是一个好学生，两次留级，只有绘画课的成绩还好一点儿。1919年，他进入哈勒姆的建筑与美术学校学习建筑，后又改学绘画。他受到严格训练，很快掌握了木刻技术。但是尽管他很努力，学校和他的老师德·迈斯基塔给他的评价却是："他非常保守、理智，缺少青年人的心境和朝气，他不是一个完整的艺术家。"

两年以后，他离开了学校。但一直到1944年，他与自己的老师德·迈斯基塔始终保持着联系，经常寄自己的作品给他。终于有一次，当他老师把他的一件版画新作挂在家中，老师的家人误以为是老师的新作，以至于喊叫起来："这是一幅你从来没有创作过的最了不起的版画！"

从1922年起，埃歇尔多次旅行，到过意大利、西班牙、法国、马耳他等许多地方。他对意大利的风景和建筑怀有很浓厚的兴趣，创作了不少木刻作品。甚至有一次，还用旅途中创作的版画作品支付他去地中海旅行的来回船费。旅行常常是和朋友们结伴进行的。他们乘船乘火车，但更多的是背着背包步行。旅行生活不仅给埃歇尔积累了丰富多彩的绘画素材，也使他认识了一位住在意大利的瑞士姑娘玉弥克，并在1924年同她结为终身伴侣。

1937年以前，他描绘意大利南方和地中海沿岸的城市和乡村风光，也有少量肖像画和动植物画。如果他在这方面继续努力下去，很可能在同时代的版画家中寻得一席体面的地位。但是他没有这样做。人们发现他的作品开始心理化，不再在外部视觉中吸取美感，而热衷于对规律性、数学结构、连续性、无限性、画面潜在冲突的追求，他在一条前人没有走过的路上辛勤地探索着。于是评论界对他失去热情，他的画也卖不出去，知音者寥寥无几。然而他非常沉着，无视周围的压力而继续他的追求。到了50年代，许多数学家、结晶学家、物理学家对埃歇尔的作品发生了浓厚兴趣，他们在埃歇尔的作品中看到了某些定律的再现。于是，他的作品被高价抢购，被刊登在各种科技书籍杂志上，受到十分热烈的赞扬。美术评论界也前倨后恭起来。

在埃歇尔成名之前，他的父亲在经济上给了他很大的帮助。埃歇尔婚后一直与夫人和夫人的双亲住在罗马市郊。1935年，埃歇尔不满意大利的黑暗统治，带领全家移居瑞士。1937年又迁到比利时的于克勒。1941年他们回到荷兰的巴恩，艺术家的作品日趋成熟。到了50年代他开始声名卓著。他像钟表一样在规律地做出一件件版画新作，只有在1962年病重的时候才停止过一段时间。三个孩子成长了，慢慢地去开创自己的道路。

1970年，他住在勒盎的一个艺术家协会里。在那里，年老的艺术家都有自己的画室，免费享受一切。1971年3月20日，埃歇尔在那里与世长辞，终年七十三岁。

谁把艺术看成只是纯感情的表现，那么他应该全部否定埃歇尔1937年以后的作品。在他的构思和创作中，他是一个思维的人。他所描绘的鱼、鸟、蜥蜴，需要有一种很少人才具备的思维方式来进行。但是这并不妨碍他的探索热情在画面上的流露与发挥。所有的艺术评论家都避免用"思维"这个词，在音乐和造型艺术的领域中，就好像"思维"是反艺术的同义词。事实上，称一幅艺术作品为思维性的或不是思维性的并不重要，重要的是给予那些艺术家所感兴趣的、所经常思考的东西，以一种表现的形式。埃歇尔就使得一些语言所无法表达的思想成为现实，得到介绍和体现。他的作品使观众产生发现新世界和新事物的热情。

埃歇尔的作品富于独特、神奇的色彩，但他说："我并不想使作品神秘化。人们称之为神秘的东西，通常是一种有意识或是无意识的欺骗方式！我不是这样，我怎样想就怎样表达，只是为了研究绘画所提供的可能性这个目的。我的版画就是这个研究的结果。"

埃歇尔看不起缺乏启示的作品,他称某些抽象派画家是一些专画乱七八糟东西的蹩脚画家。但是他赞赏那些在抽象领域里自由驰骋的人。他认为,如果抽象事物有个具体的出发点,就会感到踏实。他对于个别功力较深、技艺精湛的现代派画家抱有敬意。他没有现代派艺术家所赞赏的所谓自发性,他的每一件作品都经过艰难的过程,有成堆的草图,有几个星期甚至几个月的构思。

西风不相识

三 毛

我年幼的时候,以为这世界上只住着一种人,那就是我天天看见的家人、同学、老师和我上学路上看到的行人。

后来我长大了,念了地理书,才知道除了我看过的一种中国人之外,还有其他不同的人住在不同的地方。

我们称自己叫黄帝的子孙,称外国人以前都叫洋鬼子,现在叫国际友人。以前出国去如果不是去打仗,叫和番。现在出国去,无论去做什么都叫镀金或者留洋。

我们家里见过洋鬼子的人,要先数祖父和外祖父这两个好汉。他们不但去那群人里住过好久,还跟那些人打了很多交道,做了几笔生意,以后才都平安地回国来,生儿育女。

我的外祖父,直到现在还念念不忘他在英国时那个漂亮的女朋友。他八十多岁了,高兴起来,还会吱吱地说着洋话,来吓唬家里的小朋友。

我长大以后,因为常常听外祖父讲话,所以也学了几句洋鬼子说的话。学不对时,倒也没发生什么特别的现象;不巧学对了时,我的眼睛就会一闪一闪冒出鬼花,头顶上轰一下爆出一道青光,可有鬼样的。

我因为自以为会说了几句外国话,所以一心要离开温暖的家,去看看外面那批黄毛碧眼、青牙血嘴的鬼子们是怎么个德行。

我吵着要出去,父母力劝无用,终日忧伤得很。

"你是要镀金?要留洋?还是老实说,要出去玩?"

我答:"要去游学四海,半玩半读,如何?"

父母听我说出如此不负责任的话来,更是伤心,知道此儿一旦飞出国门，一定丢人现眼，叫外国人笑话。

"这样没有用的草包，去了岂不是给人吃掉了。"他们整日就反反复复地在讲这句话，机票钱总也不爽快地发下来。

外祖父看见我去意坚定，行李也打好了，就对父母说："你们也不要那么担心，她那种硬骨头，谁也不会爱去啃她，放她去走一趟啦！"

总司令下了命令，我就被父母不情不愿地放行了。

在闷热的机场，父亲母亲抹着眼泪，拉住我一再地叮咛："从此是在外的人啦，不再是孩子啰！在外待人处世，要有中国人的教养，凡事忍让，吃亏就是便宜。万一跟人有了争执，一定要这么想——退一步，海阔天空。绝对不要跟人怄气，要有宽大的心胸……"

我静静地听完了父母的吩咐，用力地点点头，以示决心，然后我提起手提袋就迈步往飞机走去。

上了扶梯，这才想起来，父母的账算得不对，吃亏怎么会是便宜？退一步如果落下深渊，难道也得去海阔天空？

我急着往回跑，想去看台下问明白父母才好上路，不想后面闪出一个空中少爷，双手捉住我往机舱里拖，同时喊着："天下哪有不散的筵席，快快上机去也，不可再回头了。"

我挣扎着说："不是不是，是弄明白一句话就走，放我下机啊！"

这人不由分说，将我牢牢绑在安全带上。机门徐徐关上，飞机慢慢地滑过跑道。

我对着窗户，向看台大叫："爸爸，妈妈，再说得真切一点儿，才好出去做人啊！怎么是好……"

飞机慢慢升空，父母的身影越来越小，我叹一口气，靠在椅子上，大势已去，而道理未明，今后只有看自己的了。

我被父亲的朋友接下飞机之后，就送入一所在西班牙叫"书院"的女生宿舍。

这个书院向来没有中国学生，所以我看她们是洋鬼子；她们看我，也是一种鬼子，群鬼对阵，倒也十分新鲜。

我分配到的房间是四个人一间的大卧室，我有生以来没有跟那么多人同住的经验。

在家时，因为我是危险疯狂的人物，所以父亲总是将我放在传染病隔离病房，免得带坏了姐姐和弟弟们。

这一次，看见我的铺位上还有人睡，实在不情愿。但是我记着父母临别的吩咐，又为着快快学会语文的缘故，就很高兴地开始交朋友。第一次跟鬼子打交道，我显得谦卑、有礼、温和而甜蜜。

第一两个月的家信，我细细地报告给父母异国的情形。

我写着："我慢慢地会说话了，也上学去了。这里的洋鬼子都是和气的，没有住着厉鬼。我没有忘记大人的吩咐，处处退让，她们也没有欺负我，我人胖了……"

起初的两个月，整个宿舍的同学都对我好极了。她们又爱讲话，下了课回来，总有人教我说话，上课去了，当然跟不上，也有男同学自动来借笔记给我抄。

这样半年下来，我的原形没有毕露，我的坏脾气一次也没有发过。我总不忘记，我是中国人，我要跟每一个人相处得好，才不辜负做黄帝子孙的美名啊！

四个人住的房间，每天清晨起床了就要马上铺好床，打开窗户，扫地，换花瓶里的水，擦桌子，整理乱丢着的衣服。等九点钟院长上楼来看时，这个房间一定得明窗净几才能通过检查，这内务的整理，是四个人一起做的。

最初的一个月，我的同房们对我太好，除了铺床之外，什么都不许我做，我们总是抢着做事情。

三个月以后，不知什么时候开始的，我开始不定期地铺自己的床，又铺别人床，起初我默默地铺两个床，以后是三个，接着是四个。

最初同住时，大家抢着扫地，不许我动扫把。三个月以后，我静静地擦着桌子，挂着别人丢下来的衣服，洗脏了的地，清理隔日掉在地上的废纸。而我的同房们，跑出跑进，丢给我灿烂的一笑，我在做什么，她们再也看不到，也再也不知道铺她们自己的床了。

我有一天在早饭桌上对这几个同房说："你们自己的床我不再铺了，

打扫每人轮流一天。"

她们笑眯眯地满口答应了。但是第二天，床是铺了，内务仍然不弄。

我内心十分气不过，但是看见一个房间那么乱，我有空了总不声不响地收拾了。我总不忘记父母叮嘱的话，凡事要忍让。

半年下来，我已经成为宿舍最受欢迎的人物。我以为自己正在大做国民外交，内心沾沾自喜，越发要自己人缘好，谁托的事也答应。

我有许多美丽的衣服，搬进宿舍时的确轰动过一大阵子，我的院长还特别分配了我一个大衣柜挂衣服。

起初，我的衣服只有我一个人穿，我的鞋子也是自己踏在步子下面走。等到跟这三十六个女孩子混熟了之后，我的衣柜就成了时装店，每天有不同的女同学来借衣服，我沉住气给她们乱挑，一句抗议的话也不说。

开始，这个时装店是每日交易，有借有还，还算守规矩。渐渐地，她们看我这鬼子那么好说话，就自己动手拿了。每天吃饭时，可以有五六个女孩子同时穿着我的衣服谈笑自若，大家都亲热地叫着我宝贝、太阳、美人等奇怪的称呼。说起三毛来，总是赞不绝口，没有一个人说我的坏话。但是我的心情，却越来越沉落下来。

我因为当时没有固定的男朋友，平日下课了总在宿舍里念书，看上去不像其他女同学那么忙碌。

如果我在宿舍，找我的电话就会由不同的人打回来。

——三毛，天下雨了，快去收我的衣服。

——三毛，我在外面吃晚饭，你醒着别睡，替我开门。

——三毛，我的宝贝，快下楼替我去烫一下那条红裤子，我回来换了马上又要出去，拜托你！

——替我留份菜，美人，我马上赶回来。

放下这种支使人的电话，洗头的同学又在大叫："亲爱的，快来替我卷头发，你的指甲油随手带过来。"

刚上楼，同住的宝贝又在埋怨："三毛，今天院长骂人了，你怎么没扫地。"

这样的日子，我忍着过下来。每一个女同学，都当我是她最好的朋友。宿舍里选学生代表，大家都选上我，所谓宿舍代表，就是事务股长，什么杂事都是我做。

我一再地思想，为什么我要凡事退让？因为我们是中国人。为什么我要助人？因为那是美德。为什么我不抗议？因为我有修养。为什么我偏偏要做那么多事？因为我能干。为什么我不生气？因为我不是在家里。

我的父母用中国的礼教来教育我，我完全遵从了，实现了；而且他们说，吃亏就是便宜。如今我真是货真价实成了一个便宜的人了。

对待一个完全不同于中国的社会，我父母所教导的那一套果然大得人心，的确是人人的宝贝，也是人人眼里的傻瓜。

我，自认并没有做错什么，可是我完全丧失了自信。一个完美的中国人，在一群欺善怕恶的洋鬼子里，是行不太通的啊！我那时年纪小，不知如何改变，只一味退让着。

有那么一个晚上，宿舍的女孩子偷了望弥撒的甜酒，统统挤到我的床上来横七竖八地坐着、躺着、吊着，每个人传递着酒喝。这种违规的事情，做来自是有趣极了。开始闹得还不大声，后来借酒装疯，一个个都笑成了疯子一般。我那夜在想，就算我是个真英雄林冲，也要被她们逼上梁山了。

我，虽然也喝了传过来的酒，但我不喜欢这群人在我床上躺，我说了四次——好啦！走啦！不然去别人房里闹！——但是没有一个人理会我，我忍无可忍，站起来把窗子哗地一下拉开来，而那时候她们正笑得天翻地覆，吵闹的声音在深夜里好似雷鸣一样。

"三毛，关窗，你要冻死我们吗？"不知哪一个又在大吼。

我正待发作，楼梯上一阵响声，再一回头，院长铁青着脸站在门边，她本来不是一个十分可亲的妇人，这时候，中年的脸，冷得好似冰一样。

"疯了，你们疯了，说，是谁起的头？"她大吼一声，吵闹的声音一下子完全静了下来，每一个女孩子都低下了头。

我站着靠着窗，坦然地看着这场好戏，却忘了这些人正在我的床上闹。

"三毛，是你。我早就想警告你要安分，看在你是外国学生的分上，从来不说你，你给我滚出去，我早听说是你在卖避孕药——你这个败类！"

我听见她居然对着我破口大骂，惊气得要昏了过去，我马上叫起来："我？是我？卖药的是贝蒂，你弄弄清楚！"

"你还耍赖，给我闭嘴！"院长又大吼起来。

我在这个宿舍里，一向做着最合作的一分子，也是最受气的一分子，今天被院长这么一冤枉，多少委屈和愤怒一下子像火山似的爆发出来。我尖叫着沙哑地哭了出来，那时我没有处世的经验，完全不知如何下台。我冲出房间去，跑到走廊上看到扫把，拉住了扫把又冲回房间，对着那一群同学，举起扫把来开始如雨点儿似的打下去。我又叫又打，拼了必死的决心在发泄我平日忍在心里的怒火。

同学们没料到我会突然打她们，吓得也尖叫起来。我不停地乱打，背后给人抱住，我转身给那个人一个大耳光，又用力踢一个向我正面冲过来的女孩子的胸部。一时里我们这间神哭鬼号，别间的女孩子们都跳起床来看，有人叫着："打电话喊警察，快，打电话……"

我的扫把给人硬抢下来了，我看见桌上的宽口大花瓶，我举起它来，对着院长连花带水泼过去，她没料到我那么敏捷，退都来不及退就给泼了一身。

我终于被一群人牢牢地捉住了，我开始吐捉我的人的口水，一面破口大骂："婊子！婊子！"

院长的脸气得扭曲了，她镇静地大吼："统统回去睡觉，不许再打！三毛，你明天当众道歉，再去向神甫忏悔……"

"我？"我又尖叫起来，冲过人群，拿起架子上的厚书又要丢出去，院长上半身全是水和花瓣，她狠狠地瞪了我一眼，走掉了。

女孩子们平日只知道我是小傻瓜、亲爱的，那个晚上，她们每一个都吓得不敢作声，静静地溜掉了。

留下三个同房，收拾着战场。我去浴室洗了洗脸，气还是没有发完，一个人在顶楼的小书房里痛哭到天亮。

那次打架之后，我不肯道歉，也不肯忏悔，我不是天主教徒，更何况我无悔可忏。

宿舍的空气僵了好久，大家客气地礼待我，我冷冰冰地对待这群贱人。

借去的衣服，都还来了。

"三毛，还你衣服，谢谢你！"

"洗了再还，现在不收。"

每天早晨，我就是不铺床，我把什么脏东西都丢在地上，门一摔就去上课，回来我的床被铺得四平八稳。

以前听唱片，我总是顺着别人的意思，从来不抢唱机。那次之后，我就故意去借了中国京戏唱片来，给它放个锣鼓喧天。

以前电话铃响了，我总是放下书本跑去接，现在我就坐在电话旁边，它响一千两百下，我眉毛都不动一下。

这个宿舍，我尽的义务太多，现在豁出去，给它来个孙悟空大闹天宫，大不了，我滚，也不是死罪。

奇怪的是，我没有滚，我没有道歉，我不理人，我任着性子做事，把父母那一套丢掉，这些鬼子倒反过来拍我马屁了。

早饭我下楼晚了，会有女同学把先留好的那份端给我。

洗头还没擦干，就会有人问："我来替你卷头发好不好？"

天下雨了，我冲出去淋雨，会有人叫："三毛，亲爱的，快到我伞下来，不要受凉了。"

我跟院长僵持了快一个月。有一天深夜，我还在图书室看书，她悄悄地上来了，对我说："三毛，等你书看好了，可以来我房间里一下吗？"

我合起书下楼了。

院长的美丽小客厅，一向是禁地，但是那个晚上，她不但为我开放，桌上还放了点心和一瓶酒、两个杯子。

我坐下来，她替我倒了酒。

"三毛，你的行为，本来是应该开除的，但是我不想弄得那么严重，今天跟你细谈，也是想就此和平了。"

"卖避孕药的不是我。"

"打人的总是你吧！"

"是你先冤枉我的。"

"我知道冤枉了你，你可以解释，犯不着那么大发脾气。"

我注视着她,拿起酒来喝了一口,不回答她。

"和平了?"

"和平了。"我点点头。

她上来很和蔼地亲吻我的面颊,又塞给我很多块糖,才叫我去睡。

这个世界上,有教养的人,在没有相同教养的社会里,反而得不着尊重,一个横蛮的人,反而可以建立威信,这真是黑白颠倒的怪现象。

以后我在这个宿舍里,度过了十分愉快的时光。

国民外交固然重要,但是在建交之前,绝不可国民跌跤。那样除了受人欺负之外,建立的邦交也是没有尊严的。

这是"黄帝大战蚩尤"第一回合,胜败分明。

我初去德国的时候,听说我申请的宿舍是男女混住的,一人一间,好似旅馆一样,我非常高兴。这一来,没有舍监,也没有同房,精神上自由了很多,意识上也更觉得独立,能对自己负全责,这是非常好的制度。

我分到的房间,恰好在长走廊的最后第二间。起初我搬进去住时,那最后一间是空的,没几日,隔壁搬来了一个金发的冰岛女孩子。

冰岛来的人,果然是冰冷的。这个女人,进厨房来做饭时,她只对男同学讲话,对我,从第一天就讨厌了,把我上上下下地打量。那时候流行穿迷你裙,我深色丝袜上,就穿短短一条小裙子。我对她笑笑,她瞪了我一眼就走出去了。看看我自己那副德行,我知道要建交又很困难了,我仍然春风满面地煮我的白水蛋。

那时候,我在"歌德书院"啃德文,课业非常重,逼得我非用功不可。

起初我的紧邻也还安分,总是不在家,夜间很晚才回来,她没有妨碍我的夜读。

过了两三个月,她交了大批男朋友,这是很值得替她庆幸的事,可是我的日子也开始不得安宁了。

我这个冰山似的芳邻,对男朋友们可是一见即化。她每隔三五天就抱了一大堆啤酒、食物,在房间里开狂欢会。

一个快乐的邻居,应该可以感染我的情绪。她可以说经常在房内喝酒，放着高声的吵闹嘶叫的音乐，再夹着男男女女兴奋的尖叫、追逐。那高涨的节日气氛的确是重重地感染了隔着一道薄薄墙壁的我，我被她烦得神经衰弱，念书一个字也念不进去。

我忍耐了她快两三星期，本以为发高烧的人总也有退烧的一天。但是这个人的烧，不但不退，反而变本加厉，来往的男朋友也很杂，都不像是宿舍里的男同学。

她要怎么度过她的青春，原本跟我是毫无关系的，但是，我要如何度过我的考试，却跟她有密切的关联。

第四个星期，安静了两天的芳邻，又热闹起来了。第一个步骤一定是震耳欲聋的音乐开始放起来，然后大声谈笑，然后男女在我们共通的阳台上裸奔追戏，然后尖叫丢空瓶子，拍掌跳舞……

我那夜正打开笔记，她一分不差地配合着她的节目，给我加起油来。

我看看表，是夜间十点半，还不能抗议，静坐着等脱衣舞上场。到了十二点半，我站起来去敲她的房门。

我用力敲了三下，她不开；我再敲再敲，她高兴地在里面叫："是谁？进来。"

开了门，我看见这个小小的房间里，居然挤了三男两女，都是裸体的。我找出芳邻来，对她说："请你小声一点儿，已经十二点半了。"

她气得冲了过来，把我用力向外一推，就把门嘭地一下关上，里面咔嗒上了锁。

我不动声色，也不去再打她的门。我很明白，对付这种家伙，打架是没有用的，因为她不是西班牙人，西班牙人心地到底老实忠厚。

她那天吵到天亮才放我合了两三小时的眼睛。

第二天早晨，我旷了两堂课，去学生宿舍的管理处找学生顾问。他是一个中年的律师，只有早晨两小时在办公室受理学生的问题。

"你说这个邻居骚扰了你，可是我们没有接到其他人对她抗议。"

"这很简单，我们的房间在最后两间，中间隔着六个浴室和厨房，再过去才是其他学生的房间，我们楼下是空着的大交谊室，她这样吵，可能只会有我一个人真正听得清楚。"

"她做的事都是不合规定的，但是我们不能因为你一个人的抗议就请她搬走，并且我也不能轻信你的话。"

"这是你的答复吗？"我狠狠地盯着这个没正义感的人。

"到目前为止是如此！再见，日安！"

过了一个星期，我又去闯学生顾问的门。

"请你听一盘录音带。"我坐下来就放录音。

他听了，马上就叫秘书小姐进来，口授了一份文件。

"你肯签字吗？"

我看了一下文件，有许多看不懂的字，又一个一个问明白了，才签下了我的名字。

"我们开会提出来讨论，结果会公告。"

"您想，她会搬出去？"

"我想这个学生是要走了。"他叹了口气说，"贵国的学生，很少有像你这样的。他们一般都很温和，总是成绩好，安静，小心翼翼。以前我们也有一次这样的事情——两个人共用一个房间的宿舍，一个是台湾来的学生。他的同房，在同一个房间里，带了女朋友同居了三个月，他都不来抗议。我们知道了，叫他来问，他还笑着说，没有关系，没有关系。"

我听了心都抽痛起来，恨那个不要脸的外国人，也恨自己太善良的同胞。

"我的事什么时候可以解决？"

"很快的，我们开会，再请这位冰岛小姐来谈话，再将录音带存档，就解决了。"

"好，谢谢您，不再烦您了，日安！"我重地与他握了握手。

一个星期之后，这个芳邻静悄悄地搬走了，事情解决得意外顺利。

这事过了不久，我在宿舍附近的学生食堂排队吃饭，站了一会儿，觉得听见有人在说中文，我很自然地转过身去，就看见两个女同胞排在间隔着三五个人的队里。我对她们笑笑，算打招呼。

"哪里来的？"一个马上紧张地问。

"西班牙来的。"另外一个神秘兮兮地在回答。

"你看她那条裙子，啧，啧……"

"人家可风头健得很啊！来了没几天，话还不太会说，就跟隔房的同学去吵架。奇怪，也不想想自己是中国人——"

"你怎么知道她的事情？"

"学生会讲的啊！大家商量了好久，是不是要劝劝她不要那么没有教养。我们中国人美好的传统，给她去学生顾问那么一告，真丢脸透了！你想想，小事情，去告什么劲儿嘛……她还跟德国同学出去，第一次就被人看见了……"

我听见背后自己同胞对我的中伤，气得把书都快扭烂了，但是我不回身去骂她们，我忍着胃痛端了一盘菜，坐得老远的，一个人去吃。

我那时候才又明白了一个道理，对洋鬼子可以不忍，对自己同胞，可要百忍，吃下一百个忍字，不去回嘴。

我的同胞们所谓没有原则地跟人和平相处，在我看来，就是懦弱。不平等条约订得不够，现在还要继续自我陶醉。

我到美国去的第一个住处，是托一个好朋友事先替我租下的房子，我只知道我是跟两个美国大一的女生同分一幢木造的平房。

我到的第一天，已是深夜了，我的朋友和她的先生将我送到住处，交给我钥匙就走了。

我用钥匙开门，里面是反锁着的，进不去。

我用力打门，门开了，房内漆黑一片，只见一片鬼影幢幢，或坐或卧；开门的女孩全裸着，身体重要的部分涂着荧光粉，在黑暗中一闪一闪地，倒也好新鲜。

"嗨！"她叫了一声。

"你来了，欢迎，欢迎！"另外一个女孩子也说。

我穿过客厅里躺着的人，小心地不踏到他们，就搬了箱子去自己房间里。

这群男男女女，吸着大麻烟，点着印度的香，不时敲着一面小铜锣。可是沉醉在那个气氛里，他们倒也不很闹，就是每隔几分钟的锣声也不太烦人。

那天清晨我起来，开门望去，夜间的聚会完毕了，一大群如尸体似的裸身男女交抱着沉沉睡去，余香还燃着一小段。烟雾里，那个客厅像极了一个被丢弃了的战场，惨不忍睹。

这些人是十分友爱和平的，他们的世界加入了我这个分租者，显得格格不入。比较之下，我太实际，他们太空虚，这是我这方面的看法。在他们那方面的看法，可能跟我刚刚完全相反。

虽然他们完全没有侵犯我、妨碍我，但是我还是学了孟母，一个月满就迁居了。

我自来有夜间阅读的习惯，搬去了一个小型的学生宿舍之后，我遇到了很多用功的外国女孩子。

住在我对间的女孩，是一个正在念教育硕士的勤劳学生，她每天夜间跟我一样，要做她的功课。我是静的，她是动的，因为她打字。

她几乎每夜打字要打到两点，我觉得这人非常认真，是少见的女孩子，心里很赞赏她，打字也是必须做的事情，我根本没有放在心上。

这样的生活，我总是等她夜时收班了，才能静下来再看一会儿书，然后睡觉。

过了很久，我维持着这个夜程表，绝对没有要去计较这个同学。

有一夜，她打完了字，我还在看书，我听见她开门了，走过来敲我的门，我一开门，她就说："你不睡，我可要睡，你们上面那块毛玻璃透出来的光，叫我整夜失眠，你不知耻，是要人告诉你才明白？嗯？"

我回头看看那盏书桌上亮着的小台灯，实在不可能强到妨碍另一房间人的睡眠。我叹了口气，无言地看着她美而僵硬的脸，我经过几年的离家生活，已经不会再生气了。

"你不是也打字吵我？"

"可是，我现在打好了，你的灯却不熄掉。"

"那么正好，我不熄灯，你可以继续打字。"

说完我把门轻轻地在她面前关上，以后我们彼此就不再建交了。

绝交我不在乎，恶狗咬了我，我绝不会反咬狗，但是我可以用棍子打它。

在我到图书馆去做事时,开始有男同学约我出去。

有一个法学院的学生,约我下班了去喝咖啡,吃"唐纳子"甜饼,我们聊了一会儿,就出来了。

上了他的车,他没有征求我的同意,就把车一开开到校园美丽的湖边去。

停了车,他放上音响,手很自然地往我圈上来。

我把车窗打开,再替他把音乐关上,很坦然地注视着他,对他开门见山地说:"对不起,我想你找错人了。"

他非常下不了台,问我:"你不来?"

"我不来。"我对他意味深长地笑笑。

"好吧!算我弄错了,我送你回去。"他耸耸肩,倒很干脆。

到了宿舍门口,我下了车,他问我:"下次还出来吗?"

我打量着他,这人实在不吸引我,所以我笑笑,摇摇头。

"三毛,你介不介意刚刚喝咖啡的钱我们各自分摊。"

语气那么有礼,我自然不会生气,马上打开皮包找钱付给他。

这样美丽的夜色里,两个年轻人在月光下分账,实在是遗憾而不罗曼蒂克。

美国,美国,它真是不同凡响。

又有一天,我跟女友卡洛一同在吃午饭,我们各自买了夹肉三明治,她又叫了一盘"炸洋葱圈",等到我吃完了,预备付账,她说:"我吃不完洋葱圈,分你吃。"我这傻瓜就去吃掉她剩下的。

算账时,卡洛把半盘洋葱圈的账摊给我出,合情合理,我自然照付了。

这叫姜太公钓鱼,愿者上钩,鱼饵是洋葱做的。

也许看官们会想,三毛怎么老说人不好,其他留洋的人都说洋鬼子不错,她尽说反话。

有一对美国中年夫妇,他们非常爱护我,本身没有儿女,对待我视如己出,周末假日再三地开车来宿舍接我去各处兜风。

他们夫妇在山坡上有一幢美丽惊人的大洋房,同时在镇上开着一家成衣批发店。

感恩节到了，我自然被请到这个家去吃大菜。

吃饭时，这对夫妇一再望着我笑，红光满面。

"三毛，吃过了饭，我们有一个很大的惊喜给你。"

"很大的？"我一面吃菜一面问。

"是，天大的惊喜，你会快乐得跳起来。"

我听他们那么说，很快地吃完了饭，将盘子、杯子帮忙送到厨房洗碗机里面去，再煮了咖啡出来一同喝。

等我们坐定了，这位太太感情激动地注视着我，眼眶里满是喜悦的泪水。

她说："孩子，亲爱的，我们商量了好多天，现在决心收养你做我们的女儿。"

"你是说领养我？"我简直不相信自己的耳朵。

我气极了，他们决心领养我，给我一个天大的惊喜。但是，他们没有"问我"，他们只对我"宣布"他们的决定。

"亲爱的，你难道不喜欢美国？不喜欢做这个家里的独生女儿？将来——将来我们——我们过世了，遗产都是你的。"

我气得胃马上痛起来，但面上仍笑眯眯。

"做女儿总是有条件的啊！"我要套套我卖身的条件。

"怎么谈条件呢？孩子，我们爱你，我们领养了你，你跟我们永远永远幸福地住在一起，甜蜜地过一生。"

"你是说过一辈子？"我定定地望着她。

"孩子，这世界上坏人很多，你不要结婚，你跟着爹妈一辈子住下去，我们保护你。做了我们的女儿，你什么都不缺，可不能丢下了父母去结婚哦！如果你将来走了，我们的财产就不知要捐给哪一个基金会了。"

这样残酷地领儿防老，一个女孩子的青春，他们想用遗产来交换，还觉得对我是一个天大的恩赐。

"再说吧！我想走了。"我站起来理理裙子，脸色就不自然了。

我这时候看着这两个中年人，觉得他们长得那么的丑恶，优雅的外表之下,居然包着一颗如此自私的心。我很可怜他们,这样的富人,在人格上可是穷得没有立锥之地啊!

那一个黄昏,下起薄薄的雪雨来,我穿了大衣,在校园里无目的地走着。我看着肃杀的夜色,想到初出国时的我,再看看现在几年后的我;想到温暖的家,再联想到我看过的人、经过的事,我的心,冻得冰冷。

我一再地反省自己,为什么我在任何一国都遭受与人相处的问题,是这些外国人有意要欺辱我,还是我自己太柔顺的性格、太放不开的民族谦让的观念,无意间纵容了他们;是我先做了不抵抗的城市,外人才能长驱而入啊!

我多么愿意外国人能欣赏我的礼教,可惜的是,事实证明,他们享受了我的礼教,而没有回报我应该受到的尊重。

我不再去想父母叮咛我的话,但愿在不是自己的国度里,化作一只弄风白额大虎,变成跳涧金睛猛兽,在洋鬼子的不识相的西风里,做一个真正的黄帝子孙。

美丽人生

余志刚

我姐姐长得漂亮,这是许多人所熟知的。小时候与姐姐出去逛街或者串门,常会遇上一些惊羡和游离的目光,多半是男性的,女人的目光则附加了许多愤愤与妒意。

姐姐也分明感觉到这一点了,就显出几分矜持,随着身体的适度摆动,脖子也跟着不胜负荷似的微微颤动。我上了大学以后才慢慢悟出藏在这种做派后面的美气和傲气,以后又读鲁迅的《藤野先生》,便举重若轻地解悟了"大清国留学生把脖子扭几扭"的意蕴。不过在当时,我只以为跟着姐姐会有糖葫芦吃,所有的聪明都用在姐姐左边裤袋里的皮夹子上,自然不会有太多的想象了。

姐姐二十三岁,我去读大学了。出门时,姐姐正在梳妆。透过鹅卵形的梳妆镜,我发现姐姐的秀发像瀑布一般抖动,无瑕的面孔像满月一样姣好,眼睛大而明亮,用它无声的语言鸣奏出一支淙淙流淌的春天赞歌。我从来没有那样郑重地审视过姐姐,所以当时留下的印象是难以磨灭的。那时候我已经十八岁,嘴边已有了一圈淡青色的茸毛,我以一个准男人的眼睛发现姐姐已进入了生命的春天,当时除了暗暗祝福,还能说些什么?大学一年级时,与姐姐通过几封信,也曾给她寄去几本欧洲文艺复兴时期的名著。我知道姐姐只有初中的学历,便一并把手头仅有的《汉语大字典》也寄了去,信里说:"把这本'不说话的老师'也奉上,为你助读。"不久就收到姐姐的回信,大意是"家里闹出你这个秀才就够了,姐姐这年纪还瞎掺和啥",所寄的东西都原封退回。

一年以后,姐姐结了婚。因恰逢期考,我没赶上喝喜酒。倒是心里有一种失落，似乎姐姐的爱心被人分享了，莫名地多出一份凄楚与孤独。同时又勾起一番对自己的"终身大计"的思索，暗暗思量非姐姐这样的女子是决计不娶的，纵然不是为了郎才女貌，也愿意为那份天生丽质而苦觅终生的。

毕业前夕，回了一次家。我与姐姐见面，竟然相对无言。这情形多少有点儿尴尬的，至今想起来也不过平添了几分落寞。事后我听姐姐在隔壁跟妈说差不多认不出弟弟，读了几年书想不到就恁地俊起来了。我说不清有一种怎样的感觉，虽然在学校里也偶尔照照镜子的，却不知道自己是怎么个"俊"法。只有一点却明白不过，我这双熏染了墨馨书香的眼睛已变得过于苛刻了，几年少聚，总觉得姐姐身上少了些什么，是这明澈的眼睛太过坦白？还是那璀璨的笑容缺少温婉？我一下子理屈词穷起来，那感觉欲辩忘言，如鲠在喉，后来带着隐隐的负罪感，我还私下参阅了姐姐姑娘时的玉照，所有的心得也大抵如此。于是，一尊偶像的毁灭使我陷入了深深的迷惘——姐姐，你就一点儿也不了解索黑尔·于连，还有渥伦斯基？这样要求一个做工的姐姐似乎不太公平的。但和姐姐的这一次晤面，使我发现自己真正地长大了，有了一种文化人的自信和自得，便习惯用一种君临的眼光去睥睨交臂而过的美男美女；有时从故纸堆里参了禅出来，也少不了为忙忙碌碌、蜗居市井的饮食男女们徒作惋叹。

而且，这在我的生命史上无疑是值得大写特写一笔的，因为回校不久，我突然发现自己原来早已深爱着班里的一位长相平平、气质淡淡的女孩子，一下子觉得她"平"到好处、"淡"得有味，就一头扎进去，少不了琴瑟唱和，信誓旦旦，似乎几经曲折，幽径度尽，眼前豁现心仪已久的桃源净土，疯狂和执着就自不待说了。

她比我大六岁，便是我以后的妻子。

我妻子的脾气特好，性格像春日流水一样温和宜人。说起这一点，许多过从密切的文朋诗友无不掺和着一丝酸溜溜的妒意，极言鼓吹她的"贤德"。我颇得意，吃喝拉撒全不用操心，心血来潮就涂鸦几篇自鸣得意的"传世大作"，骗取几元烟钱，云海雾沼里便极少记起我的姐姐了。

、那次家里捎来信，说姐姐病得不轻，就偕了妻急急赶去探视。姐姐因在厂子里挺着"赶三班"，患了贫血，似乎很碍事，已是弱不胜衣了。我无论如何也不忍把姐姐病中的面貌加以描述，这于我是一种心灵上的刑罚；于读者，也无疑会因为一个不相识女子的美丽的殒丧，而有些颓丧的。美丽就像是露珠，它被人们用太阳一样毒辣的目光烤蒸了，被生命代谢中秋风一样肃杀的病魔无情摇落了，再度拾起，能有什么？对别人，包括对妻子，我从此不再提起姐姐姑娘时的美丽印象。面对幸与不幸像风雨一样飘摇的人生，我只愿把更多的悟性贴近对生活况味的心灵体验上：妻子贤良，日月宁静，自己不是时刻生活在美的福祉里吗？"家有美妻，焉复何求"，我只祈求万能的上帝对姐姐能有对我一样的公平赐予……所幸经年之后，姐姐的病有了转机，并能支持着工作了。我去看她时，正赶上她加班。一路询问，进入姐姐所在的车间，一眼就见她像临风玉树般伫立在机头，手里娴熟地操作着，一边透过四面围合的噪声一声声向跟班的姐妹们发出指令。一束束棉纱在无数根纤纤玉指里穿梭，顷刻间便有一道道棉布像瀑布一样喷涌而出。

姐姐头上斜斜地戴着一顶蘑菇形工作帽，脑后的发髻绾得低低的，新愈后显得苍白的脸被身边的工作指示灯映出一抹苍凉的淡红。我不禁注意起姐姐的神情，心里蓦然为之一动：她双目专注，左右顾盼，冉冉转动的明眸含蓄着宁静，同时有着更多自信和持重的光芒，这目光就像气功师的气场把整个作业流水线严严地笼罩了……我第一次发现，姐姐身上竟透出从未感觉过的动人美丽，而在这令人惊绝的美丽面前，是任何男人女人、妇孺妪翁都要倾倒的啊！当时喜欢的心简直呼之欲出。我猛地觉得生活并没有薄待姐姐，她原来也有着属于自己的一方明丽天空，一片播种欢乐的沃土！不错，姐姐也许缺少名媛淑女们的风韵雅意，但她用心生活着，用属于人类的双手贴近着、创造着生活，因而美在实处，也美到极致了。忽然想起中学时读过的一篇课文——《工作着总是美丽的》，慢慢反刍上来，便一下子觉得深刻地了悟了人生。

回家与妻谈起此行的心得，妻微笑不语。——在这短暂的沉默里，我发现妻已苍老了许多。眼前便跃出妻子箪中谋食、灶前做羹的情形，心里蓦地浮上一丝愧疚与辛酸。

"我已经老了。"

"不，你仍然美丽……真对不起呀，结婚这些年，我都快变成美的看客了。"

妻把我的手攥得紧了，眼角里溢出一颗晶莹的泪花。